NEVERMOOR

네버무어

NEVERMOOR
네버무어

모리건 크로우와
원드러스 평가전 1

제시카 타운센드 장편소설
박혜원 옮김

디오네

호텔 듀칼리온의 첫 투숙객이었던 샐리에게

그리고 나는 무엇이든 할 수 있으며
이 일도 해낼 것이라는 믿음을 준 티나에게

생동감 넘치는 글솜씨와
독창적인 캐릭터

한 연대의 마지막 날인 이븐타이드에 태어난 아이들은 다음 연대가 끝나는 이븐타이드에 죽을 운명을 안고 살아간다. 열한 번째 생일과 함께 운명의 날을 맞은 모리건 크로우 앞에 생강색 머리를 한 수수께끼 같은 남자 주피터 노스가 나타나고, 모리건은 그를 따라 형체 없는 검은 유령 같은 사냥꾼과 사냥개의 추격을 따돌리며 죽음을 벗어나 네버무어라는 도시로 가게 된다. 죽음을 피하려면 그곳에 머물러야 하고, 그곳에 머물 수 있으려면 모종의 권위를 지닌 듯한 조직인 원드러스협회에 들어가야 한다. 그리고 협회에 들어가기 위해서는 어렵고 위험한 네 번의 시험에 참가하여 남다른 재능을 지닌 수백 명의 참가자들과 경쟁

해야 한다. 설상가상으로 모리건은 자신에게도 있다는, 있어야 한다는 그 재능이 무엇인지도 알아내야 한다.

　제시카 타운센드는 저주받은 아이가 피할 수 없는 운명이라 믿었던 죽음을 벗어나기 위해 힘겹고 어려운 도전을 거듭하며 자신의 정체성을 찾아가는 이야기를 담은 작품 『네버무어』로 등장과 동시에 확실히 자기 이름을 각인시킨 작가가 되었다.

　오스트레일리아의 퀸즐랜드에서 자란 타운센드는 어릴 때부터 책에 코를 박고 다니는 독서광이었다고 한다. 고등학생 시절이던 18세 때 처음으로 이 책에 등장하는 캐릭터들을 떠올렸고 22살 때부터 글을 쓰기 시작하여 무려 10년에 걸쳐 네버무어 3부작을 완성했다. 아니 정확히는 아홉 편 분량의 이야기 속에서 3부작 소설을 탄생시켰다. 그 10년은 소설의 배경과 구성과 인물을 빈틈없고 탄탄한 하나의 세계 속에 설계하는 과정이었을 것이다.

　20대의 타운센드는 오스트레일리아의 여느 젊은이들처럼 여러 해를 유럽 여행에 바쳤지만, 배낭여행을 떠나지는 않았다. 타운센드는 런던이 너무 좋아 그곳에서 출판편집자로 일자리를 찾아 정착했고, 사랑하는 런던의 지하철과 트라팔가광장 등을 소설의 무대로 녹여냈다. 저자 개인의 일화도 소설의 중요한 모티브가 되었다. 타운센드가 런던으로 건너간 첫날, 친구가 기념으로 우산을 선물하며 이렇게 말했다. "이제 런던에서 지내려면 이게 필요할 거야." 네버무어 상공을 가로지르는 브롤리 레일은 이 우산 덕분에 설계된 하늘철도다.

브롤리 레일 말고도 네버무어는 상상력이 넘쳐흐르는 공간이다. 그중에서도 모리건이 집을 나와 생활하게 되는 호텔 듀칼리온은 이 책의 분위기와 모리건의 상황을 가장 잘 보여 주는 무대다. 호텔 듀칼리온은 재미나고 엉뚱하고 놀라운 변화가 일어나는 마법 같은 공간이면서, 동시에 갑자기 머리 위로 샹들리에가 떨어지고 그림자가 실물의 의지를 벗어나 남몰래 복도를 배회할지 모를 어딘가 불안한 공간이다. 로비는 밝고 으리으리하며 화려하고 웅장하지만, 직원 전용 출입구로 이어지는 문 뒤쪽 비좁고 가파른 계단은 오래되어 낡고 해지고 눅눅한 냄새가 난다. 무엇이든 풍족하게 즐기고 마음껏 돌아다니고 안전하게 쉴 수 있는 보금자리이지만, 단 한 곳 남관만은 공사 관계로 폐쇄하여 이미 오래전부터 으스스한 출입금지 상태다. 호텔 듀칼리온은 눈앞의 죽음을 피해 네버무어로 들어왔지만 이곳에서조차 저주에 대한 두려움과 추방에의 위협을 느껴야 하는 모리건의 심리와 순탄하지 않을 앞날이 얼핏 엿보이는 공간이다.

물론 모리건은 아무리 힘들어도 특유의 유머 감각을 잃지 않는 당찬 캐릭터다. 당차다기에는 뭔가 어둡고 무뚝뚝한 성격이지만, 마냥 유머라기에는 늘 조금 비꼬는 느낌이지만, 그래서 또래 여자아이들에게 정형화된 캐릭터와 전혀 겹치는 바가 없어 신선하게 도드라져 보이면서도 어떤 상황에서도 꿋꿋한 주인공으로서의 미덕을 잃지 않는 흥미로운 인물이다. 주피터 노스는 판타지 장르에 단골로 등장하는 신비롭고 매력적인 어른 멘토의 계보를 잇는 캐릭터라 할 수 있는데, 한 겹 한 겹 들추며 속얘기를 끌어내 보아도 여전히 보여 주지 않는 게 많은 인물이다. 이 두 사람을 둘러싼 호텔 듀칼리온의 가족과 친구들, 협회 인물들도 단선적이거나 입체적인 캐릭터들이 적절히 섞여 있어 이야기를 뻔하지 않게 끌고 간다. 재미있는 점은 제시카 타운센드가 처음 이야기를 구상할 때 주인공이 모리건이 아니었다는 사실이다. 처음에는 한 여자아이가 친척 아주머니와 함께 살게 되면서 겪는 이야기였는데, 친척 아주머니는 이따금 이상한 마법을 부리는 괴짜 같은 특이한 사람이었다. 책을 쓰기 시작하자 타운센드는 조카보다 아주머니 쪽에 훨씬 흥미가 갔고, 이 사람의 어린 시절이 궁금해졌다. 그래서 아주머니는 어떻게 자랐을까, 어쩌다 이렇게 흥미로운 사람이 되었을까를 생각하며 이야기의 중심을 옮겨 갔다. 이 아주머니가 바로 모리건 크로우다.

『네버무어』는 2016년 프랑크푸르트 북페어에서 여덟 개 출판사가 경매에 참여할 만큼 처음 등장부터 서점가의 비상한 관심을 받았다. 영국과 미국, 오스트리아 등 영문판 판권이 아셰트 북그룹에 돌아간 것을 시작으로 총 39개 국가로 판권이 팔려 나갔다. 20세기 폭스사는 일찌감치 이 책을 영화화하기로 정하고 영화 〈마션The Martian〉의 시나리오 작가로 오스카 각본상 후보에 올랐던 드류 고다드Drew Goddard에게 각색을 맡겼다고 하니 예정대로라면 내년쯤 이 흥미진진하고 박진감 넘치는 이야기를 스크린에서도 볼 수 있을 것이다.

30대 초반 젊은 작가의 첫 소설이 출판되기 전부터 이토록 많은 관심을 불러 모으고 출간 이후에도 다양한 연령층에서 고른 사랑을 받을 수 있었던 비결은 무엇일까?

타운센드는 10년 동안 작품을 완결 짓지 않고 하나의 완벽한 세계를 만들기 위해 배경과 인물들에 디테일을 촘촘히 짜 넣고 겹겹의 개연성을 부여했다. 생동감 넘치는 글솜씨로 독창적인 캐릭터를 구축하는 한편 대중적으로 익숙한 재미의 요소들도 충실히 따랐다. 이방인처럼 살아가는 불운한 주인공과 주인공을 돕고 이끌어 주는 신비로운 어른 인물, 마법을 둘러싼 선악 구도, 불가사의한 저주, 비밀의 세계, 베일에 싸인 적, 위험한 경쟁 같은 것들은 판타지 장르에서 즐겨 쓰는 장치이자 여지없이 긴장과 흥미와 호기심을 불러일으키는 소재다. 아닌 게 아니라 아무도 반기지 않는 곳에서 불행하게 살던 주인공이 어느 날 다른 차원에 존재하는 마법 세상으로 건너가 비로소 진정한 의미의 가족과 친구를 만들고 자신의 정체성을 찾아간다는 줄거리는 많은 사람들이 익히 알고 있으며 이제는 판타지 소설의 클래식이 된 『해리포터Harry Potter』에서도 이야기를 담는 큰 틀이었다.

그 자신도 해리포터 시리즈 마니아이자, 해리포터와의 비교는 너무 큰 찬사여서 겸손히 사양한다는 제시카 타운센드는 그러나 J. K. 롤링 못지않은 필력으로 장르의 흥행 요소들을 훌륭히 이용하여 다음 이야기가 기대되는 장편 시리즈의 서문을 성공적으로 연 듯하다.

이제 커다란 의문 하나를 풀어낸 모리건이 앞으로 어떤 모험을 펼칠지 기다려진다. 저주받은 아이라는 저주를 벗어던진 모리건은 성장할 것이다. 성장 스토리는 언제나 옳다.

이 이야기가 너무 짧게 끝나지 않았으면 좋겠다.

이 책의 마지막 장을 덮으며 독자들은 생각할 것이다.

"자, 시작이야."

2018년 7월,

박혜원

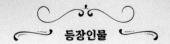

등장인물

모리건 크로우 Morrigan Crow

작은 키에 새까만 머리카락과 비뚤어진 코를 가진 열한 살의 소녀. 지난 연대의 이븐타이드에 태어난 저주받은 아이로, 주변에서 일어나는 모든 불행한 일의 원인으로 지목된다. 이번 연대의 마지막 날인 이븐타이드에 죽을 운명을 타고났다. 까칠하고 냉소적인 듯 보이지만, 호기심과 동정심이 많고 애정에 굶주려 있다.

주피터 노스 Jupiter North

키가 크고 화려한 복장을 즐기는 생강색 머리의 남자. 흔히 주피터 노스 대장이라고 불리며, 원드러스협회, 탐험가연맹, 네버무어호텔경영자연합 등 다양한 곳에 소속되어 있다. 호텔 듀칼리온의 주인이며, 많은 이들의 관심을 받는 유쾌하고 특별한 분위기로 가득한 사람이다. 이븐타이드에 크로우 저택에 나타나 저녁 식사를 하고 있는 모리건을 데리고 네버무어로 떠난다.

[크로우가 사람들] ·····································

커버스 크로우 Corvus Crow

모리건의 아버지이자 윈터시 공화국에서 가장 큰 그레이트울프에이커주의 총리. 완고하고 고집 센 성격으로 자신의 정치적 안위를 최우선으로 생각한다.

아이비 Ivy

커버스의 아내이자 모리건의 새어머니. 검은 머리에 창백한 안색을 가진 크로우가 사람들과는 다르게 금발에 구릿빛 피부를 가졌으며, 단순하고 해맑은 성격이다.

오넬라 크로우 Ornella Crow

커버스의 어머니이자 모리건의 할머니. 항상 검은색 정장 드레스를 차려입고 있으며, 종종 독설을 퍼붓고 깐깐하다. 하인들 사이에서는 '귀부인으로 분장한 포악한 늙은 독수리'로 불린다.

[호텔 듀칼리온 사람들] ·····································

피네스트라 Fenestra

듀칼리온의 시설관리 책임자. 성묘라고도 불리는 암컷 고양이로 까탈스럽고 도도하지만 맡은 일에는 매우 진지하다. 과거 격투기 선수였던 경력을 가지고 있다.

잭 Jack

모리건보다 조금 큰 소년으로 주피터의 조카. 원래 이름은 존 아르주나 코라파티이지만 다들 잭이라고 부르며, 한쪽 눈에 안대를 하고 있다. 기숙학교에 다니고 있어 방학이나 주말을 이용해 듀칼리온을 방문한다. 모리건과 자주 티격태격한다.

챈더 칼리 여사 Dame Chanda Kali

소프라노이자 원드러스협회의 회원. 노래로 동물을 불러 모으는 능력을 가지고 있다. 듀칼리온에 머물고 있으며, 모리건에게 다정하다.

케저리 번스 Kedgeree Burns

듀칼리온의 총괄 관리자. 백발에 노령이지만 항상 단정한 차림새를 유지하며 능숙하게 업무를 처리한다. 강한 사투리 억양을 가지고 있다.

프랭크 Frank

파티 기획자인 흡혈난쟁이. 나른하고 괴팍한 성격이지만 흥미로운 일에 관심이 많다.

마샤 Martha

듀칼리온의 객실관리 직원. 상냥하고 친절하며 모리건의 식사와 기타 여러 가지를 돌봐 준다.

[원드러스협회 회원과 지원자들] ···

낸시 도슨 Nancy Dawson

주피터와 친분이 있는 원드러스협회 회원. 호탕한 성격의 여성으로 용타기 리그에서 다섯 차례나 우승했으며, 호손의 후원자이다.

호손 스위프트 Hawthorne Swift

낸시의 지원자로 용을 다룰 줄 아는 소년. 쾌활하고 엉뚱한 성격이다. 매일 흥미진진한 일을 찾아다니며 사고를 친다. 편견 없이 모리건을 대하는, 모리건이 사귄 최초의 친구다.

바즈 찰턴 Baz Charlton

주피터가 '수두 같은 인물'이라고 말하는 원드러스협회 회원. 매해 수많은 지원자를 이끌고 평가전에 참여한다. 노엘과 케이든스 등을 후원하고 있으며 주피터와 모리건을 못마땅하게 여긴다.

노엘 데버루 Noelle Devereaux

바즈 찰턴의 지원자로 천사의 목소리를 가진 소녀. 주변에 많은 친구들을 몰고 다니지만, 어쩐지 성격이 나쁜 것처럼 보인다.

케이든스 블랙번 Cadence Blackburn

바즈 찰턴의 지원자 중 한 명이자 노엘의 친구. 어딘지 모르게 음침하고 괴팍하다. 종종 낮고 음산한 목소리를 내며, 평가전마다 예기치 못한 모습으로 모리건의 눈에 띈다.

[기타 인물들] ···

존스 씨 Mr Jones

에즈라 스콜의 비서이자 대변인. 에즈라 스콜 대신 비드데이에서 모리건에게 입찰한다. 모리건과 입찰 면담 중 갑자기 사라지는데, 이후 네버무어에서 다시 만나게 된다. 착실하고 단정한 인상으로, 모리건이 신뢰와 친근함을 느끼는 사람이다.

에즈라 스콜Ezra Squall

공화국에서 유일하게 원더를 생산해서 공급하는 스콜인더스트리스의 경영자. 모리건에게 입찰을 넣도록 지시한 주인공으로, 모리건을 후계자로 삼으려고 한다.

원더스미스Wundersmith

'유사 이래 가장 사악한 자'라 알려진 인물. 용기광장 대학살을 일으키고 네버무어를 지배하고자 했으나, 현재는 사라져 과거의 공포로 남은 사람이다. 네버무어 시민들이 가장 두려워하는 이름이기도 하다.

해럴드 플린트록Harold Flintlock

네버무어경찰국 소속 경위. 누군가의 제보로 호텔 듀칼리온에 방문해 모리건을 불법체류 혐의로 추방하려고 한다.

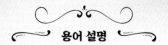

용어 설명

윈터시 공화국

그레이트울프에이커, 프로스퍼, 사우스라이트, 파이스트상 등 네 개의 주로 이루어진 공화국으로 모리건이 태어나서 지금까지 살아온 세계를 말한다.

자칼팩스

그레이트울프에이커주에 속한 도시로 크로우 저택이 있는 모리건의 고향이다.

저주받은 아이

윈터시 공화국에서는 이븐타이드에 태어난 아이들을 '저주받은 아이'라고 한다. 모든 저주받은 아이들은 다음번 이븐타이드 밤에 죽는다. 저주받은 아이는 주변에 재앙을 몰고 온다고 알려져 국가적으로 명부를 따로 관리한다.

비드데이

초등학교를 마친 아이들이 교육기관의 입찰을 받는 날로, 번듯한 기관에서 명망 있는 인물이 나와 가능성 있는 아이에게 입찰을 넣는다. 똑똑하거나 재능이 있거나 부모에게 재산이 많은 경우 입찰을 받는 데 유리하다.

하늘반 시계

연대의 시작, 진행 시점, 그리고 끝을 알려 주는 시계로 자칼팩스 시청 근처의 거대한 철탑 위에 자리하고 있다. 보통의 시계와 달리 시침, 분침, 눈금이 없으며, 둥근 유리반 안에 하늘이 들어 있다. 시계 속 하늘의 빛깔이 변하는 것에 따라 연대의 주기를 알 수 있다.

옅은 분홍빛 – 모닝타이드 (연대가 시작되는 날)
눈부신 황금빛 – 배스킹
은은한 주황빛 – 드웬들선
칙칙한 검푸른 빛 – 글로밍
칠흑같이 까만빛 – 이븐타이드 (연대의 마지막 날)

연기와 그림자 사냥단

사냥개와 말을 탄 사람들의 형상을 한 검은 그림자로 순수한 암흑 그 자체이며, 저주받은 아이들을 사냥한다. 이븐타이드의 저주에서 도망친 모리건을 추적한다.

아라크니포드

거대한 거미 모양의 기계로 주피터가 모리건을 데리고 자칼팩스를 탈출할 때 사용된다. 네버무어에서는 이제 고전적인 기계가 되었지만 주피터가 매우 좋아하는 탈것 중 하나이다.

자유주

윈터시 공화국 사람들은 모르는, 숨겨진 다섯 번째 주를 말한다. 자유주는 총 일곱 개의 포켓으로 이루어졌으며, 그중 첫 번째 포켓인 도시의 이름이 네버무어다. 모리건은 11세 생일에 주피터와 함께 네버무어에 오게 되면서 처음으로 자유주의 존재를 알게 된다.

네버무어

자유주의 1포켓을 말한다. 주피터가 모리건을 데리고 간 곳으로, 자칼팩스와 아홉 시간의 시차가 있다. 주피터에 따르면 '모든 이름 없는 영토 가운데 가장 좋은 곳'이라고 한다.

호텔 듀칼리온

주피터가 소유하고 있는 호텔로, 스스로 방의 모양과 내부 장식 등을 바꾸는 신비로운 곳이다. 네버무어로 간 모리건은 듀칼리온에서 살게 되며, 듀칼리온 사람들과 친구가 된다.

브롤리 레일

네버무어를 순환하는 철도로 둥근 강철 고리가 달린 케이블로 이루어졌다. 브롤리 레일을 이용하기 위해서는 힘껏 뛰어올라 케이블에 달린 강철 고리에 우산을 걸고 대롱대롱 매달려 가야 한다.

원더

일종의 에너지원이자 천연자원이다. 철도를 움직이고 전력을 가동하여 각종 사업을 진행할 수 있게 한다. 원더를 이용해서 운용되는 것을 원드러스 장비라고 한다.

원더철

원더를 이용해서 운행되는 열차를 말한다. 자가 추진 및 자가 관리로 움직이며, 절대 탈선 사고를 일으키지 않는다.

고사메르 노선

영토 탐험 과정에서 발견된 것으로 알려져 있으며, 고사메르 노선을 이용하면 원하는 곳 어디든 갈 수 있다. 아주 기발한 이동 수단이지만, 특권을 누리는 소수의 사람들만 이용할 수 있다.

원드러스협회

네버무어에서 가장 재능 있는 사람들이 모인 기관으로, 회원이 되는 것만으로도 많은 이들의 부러움을 받는다. 회원에게는 W 배지와 함께 다양한 의무와 특권이 주어진다. 협회에서는 매년 이전 해에 열한 번째 생일을 맞은 아이들을 대상으로 새로운 회원을 선발하는데, 보통의 학교처럼 일정 기간이 지난 후 졸업을 하는 게 아니라 영원히 협회의 회원으로 남게 된다. 원드러스협회에 지원하기 위해서는 반드시 협회 회원인 후원자가 있어야 한다.

최고원로위원회

원드러스협회에서는 매번 연대가 끝날 때마다 협회를 다스릴 세 명의 원로 위원을 선발한다. 이를 최고원로위원회라고 하며, 이번 연대에는 그레고리아 퀸, 헬릭스 웡, 앨리어스 사가가 새로운 최고원로위원으로 뽑혔다.

원드러스협회 평가전

원드러스협회에 들어가기 위해서는 네 가지의 입회 시험을 통과해야 한다. 이를 평가전이라고 부르며, 일 년 동안 진행된다. 세 가지 평가전은 매년 다르게 진행되는데, 마지막 평가전만 동일하게 치러진다. 각각의 평가전에서 탈락하면 다음 평가전에 진출할 수 없다. 세 가지 평가전을 모두 통과한 지원자들은 마지막 평가전인 증명 평가전에서 비기를 선보여야 한다. 증명 평가전은 최고원로위원회가 심사하며 최종적으로 단 아홉 명만이 선발된다.

비기

자신만이 가진 신비한 재능으로, 원드러스협회의 마지막 평가전을 통과하기 위해서는 반드시 비기가 있어야 한다.

올드타운

네버무어에 속한 27개의 자치구 중 하나로 네버무어 최초의 도시이다. 중세풍의 석벽이 도시를 둘러싸고 있으며, 도시로 들어갈 수 있는 문은 동서남북 네 곳에 있다. 추격 평가전이 열리게 되는 곳이며, 한가운데에는 용기광장이 자리하고 있다.

용기광장 대학살

네버무어의 역사에서 가장 어두운 사건 중 하나로, 원더스미스와 그가 만든 괴물들이 많은 이들을 학살한 일을 말한다. 원더스미스에 대항했던 사람들의 용기를 기리기 위해 대학살이 일어난 장소의 이름을 용기광장이라 붙였다.

차례

• 1권 •

· 2권 ·

1년, 봄

관보다 먼저 기자들이 도착했다. 밤새 문 앞으로 모여든 기자들은 동틀 무렵 한 무리가 되었고, 오전 9시쯤엔 벌 떼처럼 들끓었다.

정오가 다 되어서야 정문에서 모습을 드러낸 커버스 크로우는 기자들이 접근하지 못하도록 멀찌감치 세워 둔 높다란 철제 난간 앞으로 한참을 걸어 나왔다.

"크로우 주총리님, 이 일이 재선 출마 계획에 영향을 미칠까요?"

"주총리님, 장례식은 얼마나 빨리 치를 예정입니까?"

"대통령은 애도를 표했습니까?"

"오늘 아침에 한시름 덜었다는 기분이 드시던가요, 주총리님?"

"자, 여러분." 커버스는 가죽 장갑을 낀 손을 들어 기자들을 조용히 시켰다. "우리 가족을 대표하여 성명서를 읽도록 하겠습니다."

그는 말쑥하게 차려입은 검은 정장 주머니에서 한 장의 종이를 꺼냈다.

"우리는 지난 11년 동안 성원을 보내 준 위대한 공화국의 시민들에게 감사의 뜻을 전합니다." 커버스는 총리관의 혹독한 체계 안에서 다년간 다져진 권위적이고도 깨끗한 목소리로 성명서를 낭독했다. "이번 일로 우리 가족은 힘든 시련을 맞이했고, 아마도 한동안은 괴로움에서 벗어나기가 쉽지 않을 것입니다."

커버스는 낭독하다 말고 목을 가다듬으며 잠깐 눈을 들어 숨죽인 청중을 쳐다봤다. 카메라 렌즈의 바닷속에서 호기심 어린 눈들이 형형히 그를 맞았다. 플래시 불빛이 끊임없이 번쩍이고 찰각대는 셔터 소리가 맹렬하게 날아들었다.

"아이를 잃는다는 것은 견디기 어려운 일입니다." 커버스는 성명서로 시선을 돌려 다시 글을 읽기 시작했다. "우리 가족만 그러한 것이 아니라 자칼팩스Jackalfax 시민 여러분 또한 함께 비탄에 잠겼다는 걸 알고 있습니다."

좌중에서 50명은 족히 넘을 사람들이 무슨 말이냐는 듯 눈을 치떴다. 순간적으로 조용해진 회견장 곳곳에서 어색한 기침 소리만 쿨럭쿨럭 터져 나왔다.

"하지만 오늘 아침, 윈터시Wintersea 공화국은 아홉 번째 연대를 맞이했고 우리는 최악의 상황을 면했습니다."

난데없이 머리 위에서 새가 깍깍 시끄럽게 울어 댔다. 사람들은 얼굴을 움찔거리며 어깨를 움츠렸다. 하지만 위를 올려다보는 사람은 없었다. 새들은 아침 내내 하늘 위를 빙빙 돌았다.

"여덟 번째 연대 당시 나는 사랑하는 첫 아내를 잃었고, 이번에는 하나밖에 없는 딸을 빼앗겼습니다."

다시 한번 귀청을 찢을 듯 깍깍 소리가 울렸다. 한 기자가 주 총리의 얼굴을 찌를 듯이 마이크를 들이대다 떨어뜨리더니 허둥지둥 부산을 떨며 다시 주워 들었다. 그는 얼굴이 벌게져서 웅얼웅얼 사과했지만 커버스는 들은 척도 하지 않았다.

"하지만 그와 함께 아이의 짧은 생을 따라다녔던 위험과 의심, 절망도 사라졌습니다. 나의… *사랑하는 모리건은*" 커버스는 말을 잇지 못하고 얼굴을 잔뜩 찌푸렸다. "마침내 평온을 얻었고, 우리 또한 그래야 합니다. 자칼팩스는, 사실상 그레이트울프에이커Great Wolfacre주 전체는 다시금 안전해졌습니다. 더 이상 두려워할 것은 없습니다."

반신반의하는 웅성거림이 밀집해 있던 사람들 사이로 물결처럼 퍼져 나갔다. 맹렬히 터지던 카메라 플래시도 주춤해진 듯했다. 주총리는 눈을 깜박이며 좌중을 쳐다봤다. 바람 한 점이 스쳐 지나가자 손에 쥔 종이가 바스락거렸다. 아니 어쩌면 떨리는 손 때문이었는지도 모른다.

"감사합니다. 질문은 받지 않겠습니다."

1장

저주받은 크로우

11년, 겨울
(3일 전)

부엌 고양이가 죽은 건 모리건 때문이었다.

모리건도 어떻게 된 일인지, 언제 그런 일이 있었는지 알지 못했다. 아마도 밤사이에 독이 든 무언가를 먹었을 거라고 생각했다. 개나 여우가 공격했다고 볼 만한 상처도 전혀 없었다. 한쪽 입꼬리에 핏자국이 조금 말라붙어 있는 것을 제외하면 잠을 자는 것처럼 보였지만, 고양이는 차갑고 뻣뻣했다.

겨울 아침의 여릿한 햇살 아래 쓰러져 있는 사체를 발견한 모리건은 미간을 찡그리며 고양이 옆으로 다가가 먼지 바닥에 쪼그려 앉았다. 그리고 머리부터 복슬복슬한 꼬리 끝까지 검은 털가죽을 쓰다듬으며 나지막이 속삭였다.

"미안하다, 고양이야."

모리건은 고양이를 어디에 묻는 게 가장 좋을지, 할머니에게 고양이한테 덮어 줄 괜찮은 아마포를 조금 달라고 해도 될지 생각했다. 그런 부탁은 하지 않는 편이 나을 것이다. 모리건은 마음을 접고 잠옷 중에서 하나를 골라 보기로 했다.

요리사는 전날 남은 음식을 개밥으로 주려고 뒷문을 열었다가 모리건을 보고 깜짝 놀라 하마터면 들고 있던 음식물 통을 떨어뜨릴 뻔했다. 그 늙은 여자는 죽은 고양이를 가만히 들여다보더니 입을 꾹 다물었다.

"그의 재앙을 불쌍히 여기시길. 신을 찬양하리로다." 늙은 요리사는 중얼거리며 나무로 된 문틀을 두드리고 목에 걸린 펜던트에 입을 맞췄다. 그러고는 모리건을 슬쩍 흘겨보았다. "마음에 드는 녀석이었는데."

"나도 그랬어요."

"아, 그래. 그래 보이는구나." 목소리에서 꺼림칙한 기색이 느껴졌다. 게다가 모리건이 쳐다보니 살금살금 뒷걸음질까지 치고 있었다. "어서 들어가거라. 사람들이 주총리님 집무실에서 기다리고 있단다."

모리건은 서둘러 안으로 들어가려다가, 복도로 연결되는 부엌 문가에 멈춰 서서 잠시 서성거렸다. 요리사가 칠판으로 가서 분필을 집어 들고 **생선 상함, 톰 영감 심장마비, 프로스퍼** Prosper**주 북부 홍수, 제일 좋은 식탁보에 소스 얼룩** 등 최근까지 있었던 일을 적어 둔 긴 목록 끝에 **부엌 고양이 – 죽음**이라고 적는 모습이 보였다.

———◆———

"자칼팩스 전 지역에서 유능한 아동 심리학자를 몇 명 추천해 드릴 수 있습니다."

새로 온 아동 복지사는 앞에 놓아둔 차와 비스킷에 손도 대지 않았다. 여자는 그날 아침 수도에서부터 기차를 타고 두 시간 반을 와서는 또다시 기차역에서 크로우 저택까지 지긋지긋한 가랑비를 맞으며 걸어왔다. 축축한 머리카락이 얼굴에 들러붙고 코트 안쪽까지 쫄딱 젖은 모습이었다. 모리건은 녹록지 않은 길을 뚫고 온 복지사의 기분을 달래 주기 위해 차와 비스킷 말고 더 나은 방법이 없는지 머리를 쥐어짜는 중이었지만 여자는 아무래도 좋은 것 같았다.

"그 차는 내가 탄 게 아니에요. 혹시 그것 때문에 안 드시는 건가 해서요."

31

여자는 모리건의 말을 못 들은 척했다. "필딩 박사님은 저주 받은 아이들에 대한 연구로 유명한 분이죠. 주총리님도 그분의 명성은 익히 들으셨을 거예요. 좀 더 부드럽고 모성적인 느낌 으로 접근하는 방식을 선호하는 분들에게는 르웰린 박사님도 높은 평가를 받고 있습니다."

모리건의 아버지는 언짢은 듯 헛기침을 했다. "그럴 필요 없 소."

커버스는 매달 의무적으로 잡히는 이 면담 시간만 되면 왼 쪽 눈에서 미묘하게 경련이 일었다. 모리건만큼이나 그도 면담 이 질색이라는 신호였다. 새까만 머리카락과 비뚤어진 코를 제 외하면, 그것이 아버지와 딸의 유일한 공통점이었다.

"모리건은 상담을 받을 필요가 전혀 없어요. 모리건은 판단 력이 있는 아이요. 자기 상황을 훤히 알고 있소."

아동 복지사는 옆에 있는 모리건을 흘깃 쳐다봤다. 소파에 앉아 있던 모리건은 몸이 들썩이려는 걸 간신히 참았다. 복 지사들은 항상 면담을 질질 끌었다. "총리님, 무례를 범하고 싶지는 않지만… 시간이 얼마 없습니다. 각계의 전문가들 모 두 이 연대가 마지막 해에 접어들고 있다는 데 의견을 같이하 고 있습니다. 마지막 해가 지나면 이븐타이드Eventide를 맞겠지 요." 모리건은 창밖을 살피며 딴청을 피웠다. 사람들이 운명의 그날을 입에 올릴 때마다 하던 버릇이었다. "지금이 중대한 이

행기라는 사실을 인지하셔야 합니다. 곧—"

"기록부는 가져왔소?" 커버스가 참기 힘들다는 기색으로 물었다. 그는 대놓고 벽에 걸린 시계를 쳐다봤다.

"아, 그, 그럼요." 아동 복지사는 서류철에서 종이 한 장을 꺼내며 미세하게 몸을 떨었다. 오늘이 두 번째 면담 자리인 걸 감안하면 여자가 상당히 잘하고 있다고 모리건은 생각했다. 지난 면담 때는 목소리도 귓속말처럼 기어들었다. 모리건과 같은 소파에 앉으라고 했을 때는 재앙이라도 닥친 줄 알았을 것이다. "읽어 드릴까요? 이번 달은 꽤 짧습니다. 잘했어, 크로우 양." 여자는 딱딱하게 말했다.

모리건은 딱히 할 말이 없었다. 사실 자신이 어찌할 수 있는 일이 아니라서 칭찬을 받을 이유도 없었다.

"보상이 필요한 사건부터 시작하겠습니다. 자칼팩스시의회는 우박을 동반한 폭풍이 몰아친 기간 동안 발생한 정자 파손 등의 피해에 대해 700크레드를 요청했습니다."

"기상이변 관련 사건은 이미 내 딸 탓으로 확정할 수 없다는 합의가 이루어진 줄 알았는데. 울프Ulf에서 있었던 산불이 방화로 밝혀진 뒤에 말이오. 기억해요?"

"네, 총리님. 하지만 이 경우에는 모리건 때문이라고 말하는 증인들이 있습니다."

"증인이라고?" 커버스가 따지듯 되물었다.

"크로우 양이 할머님께 연일 계속되는 자칼팩스의 화창한 날씨에 대해 말하는 걸 우체국에서 일하는 한 남자가 우연히 들었다고 합니다." 아동 복지사는 서류철에서 꺼낸 종이를 들여다봤다. "그러고 나서 네 시간 후에 우박이 쏟아지기 시작했네요."

커버스는 한숨을 내쉬며 의자에 등을 기댔다. 그러고는 짜증 섞인 눈길로 모리건을 쳐다봤다. "잘했군. 계속해요."

모리건이 눈살을 찌푸렸다. 모리건은 평생 단 한 번도 "연일 계속되는 자칼팩스의 화창한 날씨" 같은 말을 한 적이 없었다. 그날 우체국에서 할머니를 향해 "덥다, 그렇죠?"라고 물었던 기억은 났다. 하지만 그건 전혀 다른 말이었다.

"토머스 브래치트라는 남성이 얼마 전 심장 발작으로 죽었습니다. 그 사람은—"

"우리 정원사로군. 아는 사람이오." 커버스가 말허리를 끊고 들어왔다. "심히 애석한 일이야. 수국 화단이 엉망이 됐지. 모리건, 그 영감한테 무슨 짓을 한 거냐?"

"아무 짓도 안 했어요."

커버스는 미심쩍은 얼굴이었다. "안 했다고? 정말 아무 짓도 안 했어?"

모리건은 잠시 생각을 더듬었다. "화단이 예쁘다고 했어요."

"그게 언제였지?"

"1년쯤 전이에요."

커버스와 아동 복지사는 서로를 쳐다봤다. 아동 복지사가 조용히 한숨을 쉬었다.

"브래치트 씨 유족은 이 문제에 매우 관대한 입장이에요. 고인의 장례식 비용을 부담하고, 그의 손주들에게 대학 교육을 지원하고, 고인이 후원했던 자선단체에 기부금을 내주는 정도만 요구하고 있습니다."

"손주가 몇 명이오?"

"다섯 명입니다."

"두 명까지 지원하겠다고 해요. 다음."

"자칼팩스의, 앗!" 여자는 모리건이 비스킷을 집으려고 앞으로 몸을 숙이자 화들짝 놀랐다가, 신체 접촉을 할 의도가 없음을 깨닫고 마음을 가라앉히는 눈치였다. "흠… 네. 자칼팩스 사립초등학교 교장이 결국 화재에 대한 피해 보상을 청구했습니다. 여기에 2,000크레드는 소요될 것으로 보입니다."

"신문에는 급식 담당자가 밤새 오븐 위의 가스 불을 켜 둬서 그런 거라고 나왔어요." 모리건이 말했다.

"맞아." 아동 복지사가 앞에 놓인 종이만 뚫어져라 쳐다보며 대답했다. "그 여자가 전날 크로우 저택을 지나다가 네가 마당에 나와 있는 걸 보았다는 내용도 기사에 있었지."

"그게 왜요?"

"그 여자 말이 너하고 눈이 마주쳤다는구나."

"나는 절대 그런 적 없어요." 모리건은 피가 솟구치는 기분이었다. 불이 난 것은 결코 모리건의 잘못이 아니었다. 모리건은 누구와도 눈을 마주친 적이 없었다. 하지 말아야 할 일에 대해서는 잘 알고 있었으니까. 궁지에 몰린 급식 담당자가 거짓말을 하는 것이다.

"전부 경찰 조서에 나와 있는 내용이야."

"그 여자는 거짓말쟁이예요." 모리건은 아버지를 쳐다보았지만 그는 딸의 눈을 보지 않았다. 정말 내 탓이라고 믿는 거야? 급식 담당자가 *가스 불을 켜 났다고* 자백했는데! 부당하다는 생각에 모리건은 속이 뒤틀리고 옥죄는 느낌이었다. "그 여자가 *거짓말을 하고 있다고요.* 나는 절대—"

"네 책임도 있어." 커버스가 역정을 내며 말을 잘랐다. 모리건은 의자에 털썩 주저앉아 단단히 힘주어 팔짱을 꼈다. 커버스는 다시 한번 헛기침을 한 뒤 복지사에게 고개를 끄덕였다. "내 앞으로 청구서를 보내요. 사고 기록을 듣는 건 그쯤해 둡시다. 오늘은 종일 회의에 시달려야 해서 말이오."

"이, 이게 전부 재정적인 검토가 필요한 건이에요." 여자가 떨리는 손가락을 종이 아래로 죽 그으며 말했다. "이달에 크로우 양이 써야 할 사과 편지는 세 건뿐입니다. 하나는 칼푸르니아 말로프 부인이라는 분이 엉덩이 골절을 입은 건에 대해—"

"그렇게 늙어서 스케이트를 타니까 그렇지." 모리건이 투덜거렸다.

"—또 하나는 자칼팩스잼협회에, 마멀레이드 한 통을 못 쓰게 만든 건에 대해서, 마지막은 핍 길취레스트라는 소년에게, 지난주에 열린 그레이트울프에이커주 철자경연대회에서 탈락한 건에 대해서입니다."

모리건의 눈이 휘둥그레졌다. "난 그 애에게 행운을 빌어 준 게 전부라고요!"

"바로 그거 때문이란다, 크로우 양." 아동 복지사는 목록이 적힌 종이를 커버스에게 건네며 말했다. "그 정도는 알아야지. 총리님, 새로운 가정교사를 구하는 중이시라고요?"

커버스가 한숨을 쉬었다. "보좌관들이 자칼팩스의 단체란 단체마다 다 알아보고 수도까지 가서 몇 군데를 살펴보기도 했소. 어쩐지 이 대도시가 극심한 개인 교습 대란을 겪고 있는 것 같더군." 커버스는 꺼림칙하다는 듯 한쪽 눈살을 찌푸렸다.

"그분은 어떻게 됐나요?" 아동 복지사가 자료를 뒤적였다. "린퍼드 양이던가요? 지난 면담 때는 그분이 잘하고 있다고 말씀하셨는데요."

"그 약해 빠진 여자." 커버스가 비아냥거렸다. "일주일은 간신히 버텼지. 어느 날 오후에 나가 버린 뒤로 돌아오지 않았소. 이유는 아무도 모르오."

그렇지 않았다. 모리건은 이유를 알았다.

린퍼드 양은 저주가 두려운 나머지 자기 학생과 한방에 들어갈 수가 없었다. 두 사람이 문을 사이에 두고 고함을 지르며 그롬Grommish 동사 활용법 수업을 하는 모습은 모리건이 볼 때 괴상하고 경망스럽기 짝이 없었다. 모리건은 슬슬 짜증이 났다. 급기야 부러진 펜을 열쇠 구멍에 꽂고 한쪽 끝을 입으로 훅 부는 바람에 린퍼드 양의 얼굴은 검정 잉크 범벅이 되고 말았다. 모리건은 그보다 더한 장난을 친 적도 있다.

"등기소에 저주받은 아이를 가르칠 수 있는 교사 명단이 있습니다. 몇 명 안 되지만요." 분명치 않은 듯 아동 복지사가 어깨를 으쓱였다. "그래도 아마 그중에 누군가는—"

커버스가 손을 들어 여자의 말을 막았다. "그럴 필요 없소."

"다시 한번 말씀해 주시겠어요?"

"당신이 그랬잖소. 이븐타이드까지 얼마 남지 않았다고."

"그렇죠. 하지만… 아직 1년은 있어야—"

"그래도 그렇지. 현시점에서는 시간 낭비에 돈 낭비 아니오?"

모리건은 가슴이 철렁하여 눈을 힐끔 들었다. 아동 복지사조차 놀란 눈치였다. "대단히 죄송하지만, 총리님, 저주받은 아이 등기소에서는 그걸 낭비라고 여기지 않습니다. 우리는 누구나 아동기에는 교육이 중요한 부분을 차지한다고 믿습니다."

커버스가 눈살을 찌푸렸다. "그렇지만 특정한 한 아동기가

짧게 끝날 예정이라면 교육에 비용을 *지불*하는 것이 오히려 무의미해 보이는데. 개인적인 생각으로는 애초에 신경 쓸 필요도 없었소. 차라리 내 사냥개들을 학교에 보내는 게 낫지. 그놈들은 수명도 길고 쓸모도 훨씬 많으니까 말이오."

모리건이 헉 하고 짧은 숨을 뱉었다. 마치 아버지가 엄청나게 큰 벽돌을 던져 배에 정통으로 맞은 느낌이었다.

그랬다. 모리건이 억눌러 담아 두었던, 인정하지 않을 수는 있지만 결코 잊을 수 없었던 그 진실. 모리건과 모든 저주받은 아이들이 뼛속 깊이 간직하고 있는 진실이 그들의 심장에 문신처럼 새겨져 있었다. *나는 이븐타이드 밤에 죽는다.*

"윈터시 당의 동지들도 틀림없이 내 말에 동의할 거요." 커버스는 모리건의 불안감은 아랑곳하지 않은 채 눈을 부릅뜨고 아동 복지사를 노려보며 말을 이었다. "당신네 그 작은 부서의 재정을 관리하는 담당자들이 특히 반색을 하겠군."

한동안 침묵이 흘렀다. 아동 복지사는 곁눈으로 모리건을 힐끔거리더니 꺼내 놨던 물건을 챙기기 시작했다. 여자의 얼굴에 동정심이 스쳐 지나갔다. 모리건은 그런 표정을 보는 게 싫었다.

"잘 알겠습니다. 주총리님의 결정은 저주받은 아이 등기소에 통고하겠습니다. 안녕히 계세요, 총리님. 잘 있으렴, 크로우 양." 아동 복지사는 뒤 한 번 돌아보지 않고 허둥지둥 집무실을 나갔다. 커버스는 책상 위의 버저를 눌러 보좌관들을 불렀다.

　모리건이 의자에서 일어났다. 아버지에게 소리를 지르고 싶었지만, 막상 입을 열자 주눅 든 목소리는 떨리기만 했다. "저는 그럼……?"

　"좋을 대로 하거라." 커버스가 책상에 펼쳐진 서류들을 정리하며 딱딱하게 말했다. "나를 귀찮게만 하지 마."

　말로프 부인께,

　~~부인이 스케이트 타는 법을 잘 몰라서 죄송합니다.~~

　~~부인이 엄청나게 늙고 실바람에도 뚝 부러질 만큼 뼈가 약한데 스케이트를 타러 가도 좋다고 생각했다니 죄송합니다.~~

　저 때문에 엉덩이가 깨져서 죄송합니다. 일부러 그런 것은 아니었습니다. 하루 빨리 회복하시길 바랍니다. 부디 제 사과를 받아 주세요. 쾌유를 빕니다.

모리건 크로우 드림

　보조거실 바닥에 다리를 죽 펴고 엎드린 모리건은 새 종이에 마지막 문장 몇 줄을 또박또박 고쳐 쓴 다음 편지 봉투에 넣었다. 겉은 봉하지 않았다. 편지를 보내기 전 커버스가 검사를 해야 하는 이유도 있지만, 만에 하나 모리건의 침에 어떤 힘이 있어서 갑작스러운 죽음이나 파산을 불러올 수도 있기 때문이었다.

복도에서 *또각또각* 잿걸음 소리가 들리자 모리건은 몸이 굳었다. 벽걸이 시계를 확인했다. 정오였다. 할머니가 친구와 아침 다과를 즐기고 돌아온 것일 수도 있다. 아니면 새어머니가 은그릇에 흠집이 나거나 커튼에 구멍이 뚫린 것을 보고 책임을 물을 사람을 찾는 중인지도 몰랐다. 보조거실은 평소에도 숨기 좋은 장소였다. 집 안에서 가장 음울한 이 방은 햇빛도 거의 들지 않았다. 이 방을 좋아하는 사람은 모리건뿐이었다.

발걸음 소리가 차츰 잦아들었다. 모리건은 참았던 숨을 토해냈다. 라디오가 있는 곳으로 가서 작은 놋쇠 스위치를 돌리며 치지직 잡음만 흐르는 전파 속에서 뉴스 채널을 찾았다.

"매년 열리는 겨울 용 개체조절 작업이 이번 주 그레이트울프에이커 북서부 외지에서 재개됩니다. 무리를 이탈한 파충류 40마리 이상이 위험야생동물척결단의 표적이 될 것으로 보입니다. 척결단은 휴가철 인기 휴양지인 딥다운폴 스파리조트 인근에서 용과 맞닥뜨렸다는 제보가 증가했다고…" 모리건은 뉴스 진행자의 고상한 콧소리를 배경음으로 깔아 둔 채 다음 편지를 쓰기 시작했다.

핍에게,

~~당밀TREACLE 철자에 K가 들어간다고 생각했다니 미안해.~~

~~네가 멍청해서 미안해.~~

~~네가 멍청해서~~ 얼마 전 철자경연대회에서 떨어졌다니 미안해. 나 때문에 겪었을지 모를 시련에 대해서는 깊이 사과할 테니 부디 받아 주길 바라. 앞으로 다시는 네게 행운을 빌어 주지 않겠다고 약속할게. ~~이 배은망덕한 녀석아.~~

그럼 안녕.

모리건 크로우

뉴스에서는 프로스퍼 지역의 홍수로 집을 잃은 사람들이 나와서 강으로 돌변한 거리에서 사랑하는 이들과 반려동물들이 떠내려가는 모습을 지켜볼 수밖에 없었던 상황을 설명하며 울었다. 슬픔이 칼처럼 마음을 후볐다. 모리건은 날씨 문제가 자신의 잘못이 아니라는 커버스의 말이 맞기를 바랐다.

자칼팩스잼협회 귀중,

죄송합니다. ~~하지만 인생에는 못 먹는 마멀레이드보다 더 나쁜 일들도 있지 않나요?~~

"다음 순서입니다. 이븐타이드가 더 빨리 올 수도 있을까요?" 뉴스 진행자가 물었다. 모리건이 펜을 움직이던 손을 멈추었다. 또 그날 이야기였다. "전문가들 대부분은 현 연대가 끝나는 시점까지 1년 이상 남았다는 데 의견을 같이하고 있지만, 소수 비주류 연대학자들은 그보다 훨씬 더 빠른 시점에 이븐타이드의 밤을 기념할 수도 있다고 믿고 있습니다. 이 학자들이 어떤 실마리를 찾은 것일까요, 아니면 단지 실없는 소리를 하는 것일까요?" 약한 한기가 뒷목을 타고 올라왔지만 모리건은 무시했다. *그야 실없는 소리지*, 모리건은 반항하듯 속으로 대답했다.

"하지만 그보다 시급한 문제가 있습니다. 오늘도 원더Wunder 부족이 임박했다는 소문이 확산되면서 수도의 주민들은 점점 더 불안에 떨고 있습니다." 뉴스 진행자는 콧소리를 내며 소식을 전했다. "스콜인더스트리스 대변인은 오늘 아침 기자회견 자리에서 이와 같은 우려에 공개적으로 대응했습니다."

기자들이 웅성거리는 와중에 한 남자가 유순한 목소리로 말하기 시작했다. "스콜인더스트리스에는 어떤 위기도 없습니다. 공화국의 원더 부족에 관한 소문은 전혀 사실이 아니며, 이 점은 아무리 강조해도 지나치지 않을 것입니다."

"크게 말해 주십시오!" 누군가 뒤에서 소리쳤다.

남자는 목소리를 조금 높였다. "공화국은 언제나 그랬듯이 원더가 가득하며, 이 풍부한 천연자원을 계속해서 수확하고 있습니다."

"존스 씨" 한 기자가 외쳤다. "사우스라이트Southlight주와 파이스트상Far East Sang주에서 있었던 대규모 정전 사태와 원드러스 장비 오작동 보도에 대해 답해 주시겠습니까? 에즈라 스콜 씨는 이 문제들을 알고 있습니까? 그가 은둔 생활을 청산하고 이 문제를 해결하기 위해 대중 앞에 나설까요?"

존스 대변인은 목을 가다듬었다. "다시 말씀드리지만, 이번 일은 말도 안 되는 유언비어이며 두려움을 조장하는 낭설에 지나지 않습니다. 우리의 최첨단 추적관찰시스템에 따르면, 원더 부족 문제도, 원드러스 장비 오작동 문제도 전혀 보이지 않습니다. 전국의 철도망은 빈틈없이 가동되고 있으며, 전력망 및 원드러스 보건의료 사업 역시 더할 나위 없이 완벽합니다. 스콜 씨에 대해 말씀드리자면, 원더와 그 부산물을 생산하는 국가 유일의 공급자로서 스콜인더스트리스가 막중한 책무를 지고 있다는 점을 잘 알고 계십니다. 우리는 지금까지 그랬듯 헌신적인—"

"존스 씨, 원더 부족이 저주받은 아이들과 모종의 관계가 있는 것 아니냐는 추측이 줄곧 제기되어 왔습니다. 하실 말씀 있습니까?"

모리건이 펜을 떨어뜨렸다.

"그, 그게 무슨… 무슨 말씀이신지 모르겠군요." 존스 대변인은 깜짝 놀랐는지 말까지 더듬었다.

기자는 질문을 이어 갔다. "그러니까, 사우스라이트에서 파이스트상까지 저주받은 아이 세 명이 주 명부에 올라 있습니다. 그와 달리 현재 저주받은 아이가 존재하지 않는 프로스퍼주는 원더 부족 사태 때 아무런 영향을 받지 않았습니다. 그레이트울프에이커에도 명부상 저주받은 아이가 한 명 있는데요. 저명한 정치인 커버스 크로우의 영애 말입니다. 이번 위기가 다시 일어난다면 다음에 피해를 입을 주는 그레이트울프에이커가 될까요?"

"다시 한번 말씀드리지만, *위기란 건 없습니다*—"

모리건은 신음을 흘리며 라디오를 껐다. 이제는 아직 일어나지도 않은 일로 책임을 추궁당하고 있었다. 다음 달에는 사과 편지를 얼마나 많이 써야 하는 걸까? 모리건은 손으로 꼬리 무는 생각들을 잘라 냈다.

모리건은 한숨을 지으며 펜을 집어 들었다.

> 자칼팩스잼협회 귀중,
> 마멀레이드 일은 죄송합니다.
> M. 크로우 드림

모리건의 아버지는 윈터시 공화국을 이루는 네 개 주 가운데 가장 큰 그레이트울프에이커주의 총리였다. 그는 중요한 자리에 있는 데다 할 일이 워낙 많아서, 어쩌다 한번 집에서 저녁 식

사를 하는 경우에도 손에서 일을 놓지 않았다. 그의 왼쪽과 오른쪽에는 늘 따라다니는 보좌관 **왼쪽**과 **오른쪽**이 앉았다. 커버스는 보좌관을 해고하고 새로 고용하기를 밥 먹듯이 반복했기 때문에 보좌관의 본명을 알아 두겠다는 생각은 접은 지 오래였다.

"윌슨 장군에게 쪽지를 보내게, **오른쪽**." 그날 저녁, 커버스가 그렇게 말할 때 모리건은 식탁 앞에 앉아 있었다. 모리건의 맞은편에는 새어머니인 아이비가, 다른 쪽 끝에는 할머니가 앉아 있었다. 모리건을 신경 쓰는 사람은 아무도 없었다. "장군 사무실에서 늦어도 초봄까지는 야전병원을 신설하는 예산안을 제출해야 할 거야."

"네, 총리님." **오른쪽**이 파란색 직물 견본을 들었다. "집무실에 새로 씌울 소파 덮개가 이건가요?"

"더 짙은 청색일 거야. 그건 아내에게 물어보게. 그런 쪽으로는 전문가니까. 안 그래, 여보?"

아이비가 환하게 웃었다. "붉은빛이 도는 파란색이야, 자기야." 낭랑하고 경쾌한 웃음소리가 이어졌다. "자기 눈에 맞춘 거잖아."

모리건의 새어머니는 크로우 저택에 사는 다른 사람들과 생김부터 달랐다. 금발의 머리카락과 햇볕을 받아 구릿빛으로 익은 피부(프로스퍼주 남동부의 햇빛 찬란한 해변에서 "스트레스를 풀며" 보냈던 여름날의 선물이다)는 머리가 암흑처럼 검고 안색은 창백하며 병약한 크로우 일가 사이에서 위화감을 주었다. 크로우가 사람들은 누구도 햇볕에 살을 태운 적이 없었다.

모리건은 아버지가 그토록 아이비를 좋아하는 이유가 그 때문일 거라고 생각했다. 아이비는 다른 가족들과 전혀 달랐다. 삭막한 식당에 앉아 있으면 아이비는 마치 아버지가 휴가지에서 가져온 이국적인 예술 작품 같았다.

"**왼쪽**, 홍역 발발에 대해 캠프16에서 별다른 기별이 없나?"

"확산은 막았답니다, 총리님. 하지만 아직 전력 관련 항의는 계속 일어나고 있습니다."

"얼마나 자주 있지?"

"일주일에 한 번, 가끔은 두 번 정돕니다. 접경 지역 도시들이 불만을 품고 있습니다."

"그레이트울프에이커에서 말인가? 확실한 건가?"

"사우스라이트 빈민가에서 일어나는 폭동 같은 데 비할 건 아닙니다, 총리님. 그저 얕은 수준의 공포가 돌아 우왕좌왕하는 정도입니다."

"사람들이 그걸 원더 부족 때문으로 여긴단 말이지? 터무니없군. 여기는 아무 문제가 없어. 크로우 저택은 어느 때보다 평탄하게 굴러가고 있다고. 저 전등을 봐. 대낮처럼 밝잖아. 우리 발전기가 철철 넘치도록 가득 차 있는 거야."

"맞습니다, 총리님." 대답하는 **왼쪽**의 얼굴은 편치 않아 보였다. "그걸⋯ 시민들은 그냥 넘기기 힘들었던 겁니다."

"흥, 허구한 날 투덜대는 불평분자들 같으니." 반대쪽 식탁 끝에서 목쉰 소리가 꺽꺽대듯이 말했다. 할머니는 여느 때처럼 저녁 식사용 예복으로 긴 검은색 드레스를 입고 목과 손에 장신구를 착용한 차림이었다. 거친 철회색 머리카락은 엄청난 부피로 돌돌 말려 정수리 위에 동그랗게 얹혀 있었다. "나는 원더가 부족하다는 말 안 믿는다. 에너지를 쓰고 요금을 안 냈으면 딱 빈대지 뭐냐. 나는 에즈라 스콜이 원더 공급을 끊어 버린 데도 탓하지 않을 게다." 할머니는 말하면서 본인의 몫으로 놓인 스테이크를 아주 작은 조각으로 썰었다. 조각난 고기에 핏물이 흥건했다.

"내일 스케줄을 비우게." 커버스가 보좌관에게 말했다. "접경 지역 도시에 가서 악수라도 좀 하고 와야겠어. 그러면 입들 닥치겠지."

할머니가 어처구니없다는 듯 설핏 웃었다. "악수를 할 게 아니라 머리채를 잡아야지. 넌 척추가 없니, 커버스? 그걸 쭉 펴란 말이다."

커버스는 떨떠름한 얼굴을 했다. 모리건은 웃음을 참기 힘들었다. 언젠가 한 메이드가 할머니를 가리켜 "귀부인으로 분장한 포악한 늙은 독수리"라고 소곤거리던 걸 들은 적이 있었다. 모리건은 개인적으로 그 표현에 공감했지만 자신이 표적이 되지 않는 한 오히려 그 포악함을 즐기는 편이었다.

"내일은… 내일은 비드데이Bid Day입니다, 총리님." **왼쪽**이 말했다. "후보 아동들을 대상으로 연설을 해야 하는 자리가 있을 겁니다."

"맙소사, 맞아." (*아닌데*, 모리건은 자신의 접시에 당근을 떠 담으며 생각했다. *그 사람은* **왼쪽**(* 커버스가 왼쪽 보좌관의 말이 맞다는 뜻으로 "You're right"라고 하자 모리건이 그 보좌관은 "Right"가 아니라 "Left"라고 속으로 말장난을 한 것 – 옮긴이)*인데*.) "정말 귀찮군. 올해는 취소가 안 되겠지. 몇 시에 어딘가?"

"정오에 시청으로 가시면 됩니다." **오른쪽**이 말했다. "성 크리스토퍼 학교와 메리헨라이트 아카데미, 그리고 자칼팩스 사립초등학교 출신 아이들이 참석할 예정입니다."

"괜찮군." 커버스가 불만스러운 듯 한숨을 쉬었다. "*크로니클*(* Chronicle, 전기를 집필하는 업체 – 옮긴이)에 연락하게. 내일 행사 때 반드시 취재할 사람을 보내라고 해."

모리건은 입에 가득 물고 있던 빵을 삼켰다. "비드데이가 뭐예요?"

모리건이 말을 할 때마다 흔히 있는 일이지만, 모두들 일제히 고개를 돌려 깜짝 놀란 얼굴로 멍하니 모리건을 쳐다봤다. 마치 모리건이 난데없이 튀어나온 다리로 방 안을 돌아다니며 탭댄스를 추는 램프라도 된 것처럼.

잠시 침묵이 흘렀다. 그러고는—

"가능하다면 시청에 자선학교를 초대해도 좋겠군." 커버스는 아무 일도 없었다는 듯이 말을 이었다. "홍보 효과가 있으니까. 사회 최하층 계급을 위해 뛰는 모습으로."

할머니는 마뜩잖은 듯 끙 앓는 소리를 뱉었다. "커버스, 제발. 카메라 앞에서 포즈를 취할 얼간이는 한 명이면 되는데, 그 하나를 고르려고 수백 명을 부르는 꼴이구나. 사진을 제일 잘 받는 녀석으로 하나 골라서 그놈과 악수나 한 뒤에 끝내. 일을 더 복잡하게 만들 필요가 뭐 있니."

"흠." 커버스는 고개를 끄덕였다. "지당하신 말씀이에요, 어머니. 소금 좀 건네주겠나, **왼쪽**?"

오른쪽은 흠흠 소심하게 목을 가다듬었다. "사실, 총리님… 어쩌면 소외 계층 학교를 초대하는 게 그리 나쁜 생각이 아닐지도 모릅니다. 신문 1면에 실릴 수도 있어요."

"시골 변방 지역에서 총리님의 지지율을 올릴 필요도 있고요." **왼쪽**이 소금을 가지러 식탁 끝으로 잰걸음을 걸으며 덧붙였다.

"그렇게 민감하게 생각할 거 없네, **왼쪽**." 커버스가 눈살을 찌푸리며 곁눈으로 딸을 흘깃 보았다. "내 지지율은 어디서나 다 올려야 돼."

모리건은 쥐꼬리만큼 죄책감을 느꼈다. 사람들에게 온갖 불행을 안겨 주는 외동딸을 두고 그레이트울프에이커 유권자들의 애정을 붙잡기 위해 노력하는 것이 아버지의 인생에서 가장 큰 숙제임을 모리건도 알고 있었다. 이렇게 불리한 조건 속에서도 주총리로서 다섯 번째 해를 보내고 있다는 사실은 커버스 크로우에게 매일 일어나는 기적이었고, 이 믿기 어려운 행운을 한 해 더 지속할 수 있을까 하는 물음은 매일 들이닥치는 근심거리였다.

"하지만 어머니 말씀이 옳아. 행사를 너무 키우지 말자고. 신문의 1면을 장식할 다른 방법을 찾아봐."

"경매를 하는 건가요?" 모리건이 물었다.

"경매?" 커버스가 퉁명스럽게 되물었다. "경매라니, 그게 대체 무슨 말이냐?"

"비드데이 말이에요."

"아, 맙소사." 커버스가 짜증스럽게 투덜거리면서 서류로 시선을 되돌렸다. "아이비, 설명해 줘."

"비드데이란 말이야." 아이비는 가슴을 한껏 펴고 거드름을 피우며 설명하기 시작했다. "초등학교를 마친 아이들이 교육기관의 입찰을 받는 날이야. 운이 따라야 해."

"아니면 돈이 많거나." 할머니가 덧붙였다.

"맞아." 아이비는 말이 끊긴 탓에 살짝 힘이 빠진 듯이 설명을 이어 나갔다. "정말 똑똑하거나 재능이 있거나 부모에게 재산이 좀 있어서 뇌물을 먹일 수만 있으면, 번듯한 교육기관에서 명망 있는 인물이 나와서 그 아이에게 입찰을 넣는 거야."

"전부 다 입찰을 받나요?" 모리건이 물었다.

"세상에, 아니야!" 아이비가 웃으며, 식탁으로 다가와 그레이비소스가 담긴 큰 그릇을 내려놓던 메이드를 힐끔거렸다. 그러고는 과장된 태도로 속삭여 말했다. "다들 공부만 하면 하인은 어디서 구하겠어?"

"하지만 그건 불공평해요." 메이드가 얼굴이 빨개져서 도망치듯 방을 나가는 모습을 지켜보면서 모리건이 눈살을 찌푸리고 항의했다. "그리고 이해가 안 가요. 입찰을 왜 하는 거예요?"

"아동의 교육을 지도하는 영광 때문이지." 커버스가 참지 못하고 끼어들며, 두 사람의 대화를 털어 내기라도 하려는 듯 손으로 얼굴 앞을 휘휘 저었다. "내일의 젊은 지성을 육성하는 영예와 기타 등등을 위해서고. 그만 하자. 너와는 상관없는 일이야. **왼쪽**, 목요일 농업경영위원회 의장과 몇 시에 만나기로 했지?"

"3시입니다, 총리님."

"나도 가도 돼요?"

커버스가 서너 차례나 눈을 껌벅거렸다. 미간이 구겨져서인지 이마의 주름이 더 깊어졌다.

"내가 농업경영위원회 의장과 만나는 자리에 네가 왜 가고 싶은지—"

"비드데이 말이에요. 내일, 시청에서 열리는 행사요."

"네가?" 새어머니가 말했다. "*비드데이* 행사에 가겠다고? 네가 가서 뭘 하려고?"

"그냥—" 모리건은 말을 하려다 잠시 주저했다. 갑자기 확신이 서지 않았다. "그게, 내 생일이 이번 주잖아요. 생일 선물인 셈 칠 수도 있고요." 식구들은 계속해서 멍하니 쳐다보기만 했다. 내일모레면 모리건이 열한 살이 된다는 사실을 생각도 못하고 있었던 게 분명했다. 모리건도 그러지 않을까 의심은 했지만 표정을 보아하니 그게 확실했다. "재미있을 것 같아서…" 모리건은 말끝을 흐리며 앞에 놓인 접시로 시선을 내리깔았다. 가만히 있을 걸, 속으로 가슴을 치며 후회했다.

"*재미*로 하는 일이 아니야." 커버스가 무뚝뚝하게 잘라 말했다. "이건 *정치*야. 그리고 안 돼. 너는 갈 수 없다. 어림없어. 얼토당토않은 생각이야."

모리건은 기운이 빠지고 바보가 된 기분도 들어 의자 안으로 맥없이 몸을 오그렸다. 설마 무엇을 기대했던 걸까? 커버스의 말이 옳았다. 얼토당토않은 생각이다.

크로우 가족이 불편하고 부자연스러운 침묵에 파묻혀 저녁 식사를 이어 나간 지 몇 분쯤 지났을 때—

"사실, 총리님." **오른쪽**이 눈치 보듯 머뭇거리며 입을 열었다. 커버스가 들고 있던 나이프가 접시에 부딪히며 쨍그랑거렸다. 그는 위협적인 눈빛으로 보좌관을 빤히 쳐다봤다.

"뭔가?"

"그, 그러니까… 만약 내일 가실 때, 아니, 꼭 그렇게 하셔야 한다는 건 아니지만, 내일 *가실 때*, 따님을 동반하시면, 어, 부드러운 이미지가 부각될 수도 있을 것 같습니다. 어느 정도는 말입니다."

왼쪽이 두 손을 쥐어짜듯 힘껏 움켜잡았다. "총리님, 제 생각에도 **오른쪽** 말이… 음, 옳은 것 같습니다." 커버스가 노려보자, **왼쪽**은 초조한 사람처럼 다급하게 덧붙였다. "그, 그러니까, 여론조사를 보면 그레이트울프에이커 시민들은 총리님을 약간… 어, 정이 없다고 생각합니다."

"냉담하다고들 하지요." **오른쪽**이 거들었다.

"총리님이 아버지로서 곧… 곧 애끓는 슬픔을 겪게 된다는 사실을 사람들에게 한 번 더 환기시켜 주는 게 총리님의 지지율에 해가 되지는 않을 겁니다. 기자가 볼 때는 그 부분이 이번 행사에서 그, 각별히 주목할 만한 사항으로 부각될 가능성도 있습니다."

"얼마나 각별하겠나?"

"신문 1면을 차지할 만큼이지요."

커버스는 그 뒤로 아무 말도 하지 않았다. 모리건은 아버지의 왼쪽 눈이 파르르 떨렸다고 생각했다.

2장

운명의 날

"사람들한테 말 걸면 안 된다, 모리건." 그날 아침 아버지는 불만 섞인 작은 목소리로 같은 말을 셀 수 없이 반복하면서 시청 돌계단을 서둘러 올라갔다. 모리건은 큰 보폭으로 성큼성큼 걷는 아버지를 따라가느라 애를 먹었다. "너는 나와 함께 무대 위에 앉을 게다. 무대 위에 있으면 모두들 네가 보일 거야. 알아듣겠니? 감히 사고 날 일… 벌이기만 해 봐. 누군가의 엉덩이가 깨져도 안 돼. 그리고 벌 떼가 날아들어도, 사다리가 넘어져

55

도, 또…….."

"상어가 공격해도요?" 모리건이 아버지 대신 말했다.

커버스가 모리건에게 벌컥 역정을 내는 바람에 그의 얼굴은 온통 벌겋게 물들었다. "이 일이 *우스워* 보이니? 시청에 모인 사람들이 전부 지켜볼 게다. 네가 무슨 행동을 하는지, 그리고 그 일로 내가 어떻게 될지 말이다. 내 앞길을 망치려고 *작정하고* 나설 셈이냐?"

"아니에요." 모리건은 얼굴에 튄 분노의 침을 닦았다. "작정한 건 아닌데."

모리건은 시청에 몇 번 와 본 적이 있었다. 대개 아버지의 인기가 바닥을 칠 때, 공개 석상에서 가족으로부터 지지를 받는 모습을 연출해야 하는 자리였다. 거대한 시계 철탑이 그림자를 드리운 자리에 석조 기둥에 둘러싸여 음울한 기운을 풍기며 서 있는 시청은 자칼팩스에서 가장 중요한 건물이었다. 하지만 시청보다는, 평소 모리건이 쳐다보지 않으려고 애쓰는 시계탑 쪽이 훨씬 더 흥미로웠다.

하늘반Skyfaced **시계**는 여느 시계와 달랐다. 시침도, 분침도, 시간을 알려 주는 눈금도 없었다. 둥근 유리반 안에 오로지 하늘만 들어 있었는데, 연대의 흐름과 함께 유리반 안의 하늘도 변했다. 모닝타이드Morningtide가 밝으면 동틀 무렵 희미하게 밝아 오는 빛처럼 엷은 분홍빛을 띠었다. 배스킹Basking 때는 눈부신 황금빛으로, 드웬들선Dwendelsun 때는 노을 같이 은은한 주황빛으로 변했다가 글로밍Gloaming이 되면 칙칙한 검푸른 빛으로 바뀌었다.

올해 들어 줄곧 그랬던 것처럼 오늘도 시계는 글로밍을 가리키고 있었다. 그것은 머지않아 **하늘반 시계**가 다섯 번째 빛깔이자 한 주기를 마감 짓는 마지막 빛깔로 쇠하게 되리라는 뜻임을 모리건도 모르지 않았다. **하늘반 시계**에 별이 총총히 뿌려진 칠흑같이 까만 하늘이 나타나는 그날이 바로 이븐타이드, 이 연대의 마지막 날이다.

하지만 1년 뒤의 일이다. 모리건은 머릿속에서 생각을 떨쳐내며 아버지를 따라 계단을 올랐다.

평소에는 우울하게 가라앉아 작은 소리까지 울리던 강당에 흥분의 기운이 감돌았다. 자칼팩스 도처에서 족히 이삼백 명은 되는 아이들이 제일 좋은 나들이옷을 차려입고 모였다. 남자아이들은 머리에 반질반질하게 기름칠을 하고, 여자아이들은 머리를 땋아 리본으로 묶고 모자를 썼다. 아이들은 허리를 쭉 펴고 의자에 줄지어 앉았다. 머리 위에서는 윈터시 공화국의 대통령이 근엄한 눈으로 아이들을 내려다보고 있었다. 아이들에게도 친숙한 대통령의 초상은 공화국의 모든 정부 청사와 상점, 그리고 집집마다 걸려 있기 때문에 시민들에게 늘 각인되어 있었다.

시끌벅적하던 장내가 웅성거림으로 바뀐 건 모리건과 커버스가 무대 위에 마련된 자리에 앉으면서부터였다. 모리건이 어디를 보든 가늘게 모아 뜬 눈들이 두 사람을 향했다.

커버스가 모리건의 어깨에 손을 얹고 억지로 꾸며 낸 듯 어색한 자세로 부성애를 연출하는 동안, 몇몇 지역 기자들이 셔터를 누르며 두 사람의 모습을 사진에 담았다. 신문 1면감이긴 하지, 모리건은 생각했다. 죽을 날이 다가오는 딸과 비탄에 빠질 날을 기다리는 아버지라니, 부녀간에 이보다 더한 비극이 있을까. 모리건은 될 수 있는 한 더 측은해 보이려고 노력했지만 카메라 플래시가 눈앞을 가려 그것도 쉽지 않았다.

윈터시 공화국의 국가(앞으로! 위로! 미래로! 만세!)가 위풍당당하게 울려 퍼진 뒤, 커버스는 따분하기 그지없는 연설로 행사의 시작을 알렸고, 뒤를 이어 여러 학교의 교장들과 현지 실업가들이 나와 저마다 한마디씩 거들었다. 그리고 마지막으로 자칼팩스 시장이 반들거리는 나무 상자를 들고 나와 입찰서를 읽기 시작했다. 모리건은 자세를 똑바로 고쳐 잡고 앉았다. 뭐라 설명하기 힘든 흥분에 마음이 들썩였다.

"실크랜드발레단의 오노라 샐비 부인입니다." 시장이 상자에서 꺼낸 첫 번째 봉투의 앞면을 읽었다. "입찰하고자 하는 학생은 몰리 젠킨스입니다."

꺄악 하는 기쁨의 탄성이 세 번째 줄에서 터져 나왔고, 자리에서 벌떡 일어난 몰리 젠킨스가 무대로 뛰어나와 발레 동작처럼 무릎을 굽혀 인사하고는 입찰서가 든 봉투를 받았다.

"수고했어요, 젠킨스 양. 식이 끝난 뒤에 강당 뒤쪽으로 가면 보좌관들이 있을 거예요. 그분들이 면접실로 안내해 줄 겁니다."

시장은 두 번째 봉투를 꺼냈다. "포이즌우드 전투학교의 제이콥 잭컬리 소령이 입찰하고자 하는 학생은 마이클 솔즈베리 군입니다."

마이클은 친구와 가족의 환호를 받으며 입찰을 수락했다.

"스니글 뱀 백화점의 소유주이자 경영주이신 헨리 스니글 씨가 입찰하고자 하는 학생은 앨리스 카터 양입니다. 파충류학 연수생으로 입찰을 넣었네요. 이런, 대단히 흥미롭군요!"

입찰 신청은 한 시간 가까이 계속됐다. 시청에 모인 아이들은 상자에서 새로운 봉투를 꺼낼 때마다 불안한 얼굴로 무대를 지켜봤다. 결과가 발표될 때마다 입찰을 받은 아이와 부모는 기쁨의 함성을 질렀고, 그들을 제외한 나머지는 단체로 실망의 한숨을 내쉬었다.

모리건은 좀이 쑤시기 시작했다. 신기했던 비드데이도 어느새 조금 지루해졌다. 모리건은 비드데이가 흥미진진할 거라고만 생각했다. 무겁고 아프게 마음을 물어뜯는 질투심이 생길 줄은 몰랐다. 아이들이 줄줄이 불려 나가 봉투를 받아 드는 모습을 보는 심정이 그랬다. 봉투 안에는 모리건이 한 번도 꿈꿔 보지 못한 빛나는 미래가 담겨 있었다. 아이비가 했던 말이 귓가에 생생하게 울리는 듯했다. *입찰받을까 기대하는 건 아니지? 원, 세상에.*

새어머니가 웃던 모습이 떠오르자 별안간 얼굴이 확 달아올랐다. 갑자기 강당의 온기가 숨 막힐 듯 답답해져 뛰쳐나가고 싶다는 충동이 격렬하게 밀려들었다.

그때 앞줄에서 박수가 터져 나왔다. 코리 제임슨이 윈터시 아카데미에서 나온 지니퍼 오라일리의 입찰을 받았는데, 윈터시 아카데미는 수도에 있고 정부 후원을 받는 명문 학교였다. 이번 건은 코리 제임슨이 받은 두 번째 입찰이었다. 그에게 먼저 입찰을 넣은 곳은 프로스퍼주에 위치한 지질학 관련 기관으로, 프로스퍼주는 루비와 사파이어가 풍부한 광산 덕에 공화국에서 가장 돈이 많은 주였다.

"세상에, 이럴 수가." 시장이 감탄하며 자신의 뚱뚱한 배를 토닥거리는 동안, 코리는 두 번째 봉투를 받아 머리 위로 번쩍 들어 객석에 앉아 목청이 터져라 환호하는 가족을 향해 흔들었다. "두 번째 입찰입니다! 역사에 기록될 만한 일입니다. 자칼 팩스에서 중복 입찰이 나온 게 몇 년 만의 일인지요. 잘했어요, 학생. 아주 잘했어요. 아주 중요한 결정을 내려야 되겠군요. 자, 다음은… 아아, 익명으로 입찰을 신청하셨네요. 이번에 입찰을 받게 될 학생은… 학생은…….."

시장이 머뭇거리며 말을 잇지 못하고 귀빈석을 힐끔거리다 가 다시 손에 들린 입찰서를 들여다보았다. 그는 목청을 가다 듬었다. "모리건 크로우 양입니다."

장내가 조용해졌다. 모리건이 눈을 깜박거렸다.

상상인가? 아니었다. 커버스가 자리에서 엉거주춤 일어나 시장을 노려보았다. 시장은 하릴없이 어깨만 으쓱였다.

"크로우 양?" 시장은 모리건에게 앞으로 나오라고 손짓했다.

객석에서 수군거리는 소리가 봇물 터지듯 올라왔다. 마치 깜 짝 놀란 새 떼가 일제히 날아오르는 소리 같았다.

착오가 있는 거야, 모리건은 생각했다. *입찰은 다른 아이들 이나 받는 거잖아.*

줄지어 앉은 아이들을 쳐다보았다. 눈에 보이는 건 하나같이 험상궂게 일그러진 얼굴에 비난하는 듯한 손가락질뿐이었다. 시청이 갑자기 두 배로 커졌나? 두 배로 밝아진 건가? 모리건 은 머리 위로 집중 조명이 떨어지는 기분이었다.

시장이 바작바작 타들어 가는 얼굴로 조바심을 감추지 못하 고 다시 모리건에게 오라는 손짓을 했다. 모리건은 심호흡을 하고 억지로 다리를 펴고 일어나 앞으로 나아갔다. 걸을 때마 다 강당 구석구석에 부딪혀 돌아오는 발자국 소리가 유난히 신 경에 거슬렸다. 모리건은 떨리는 손으로 입찰 봉투를 받아 들고는 시장을 쳐다보았다. 지금이라도 시장이 *네 건 줄 알았지!* 하고 비웃으면서 봉투를 채 갈 것 같았다. 그러나 시장은 그저 모리건을 마주 보며, 미간에 시름 가득한 주름만 깊이 새기고 있을 뿐이었다.

모리건는 봉투를 뒤집었다. 심장이 쿵쾅거렸다. 거기에는 수려하게 흘려 쓴 글씨체로 *모리건 크로우 양*이라고 적혀 있었다. 정말 모리건을 지정한 입찰이었다. 강당 안은 점점 긴장감이 높아졌지만 모리건은 기분이 좋아졌다. 큰 소리로 웃고 싶은 마음을 간신히 억눌렀다.

"잘했어요, 크로우 양." 시장이 어색한 미소를 지었다. "이제 자리로 돌아가 앉아요, 그리고 식이 끝나면 강당 뒤에 있는 보좌관 중 한 사람을 찾아가요."

"그레고리—" 커버스가 경고하는 목소리로 불렀다. 시장은 이번에도 어쩔 수 없다는 듯 어깨만 들썩일 뿐이었다.

"전통이잖아요, 커버스." 시장이 작게 속삭였다. "아니지, 전통이 다 뭐야. 이건 법이에요."

행사가 다시 이어졌다. 모리건은 어리둥절한 상태로 말없이 제자리에 앉았다. 입찰 봉투를 열어 볼 엄두가 나지 않았다. 커버스는 미동도 없이 앉아서, 모리건이 들고 있는 상아색 봉투를 빼앗아 불태워 버리고 싶다는 듯 1분이 멀다하고 수십 번씩 힐끔거렸다. 모리건은 봉투를 빼앗길까 봐 원피스 주머니에 넣고는, 여덟 명의 아이가 입찰을 받는 동안 손을 빼지 않은 채 꼭 쥐고 있었다. 행사가 얼른 끝났으면 좋겠다고 생각했다. 시장이 아무 일도 없었다는 듯이 분위기를 띄워 보려고 용감히 노력했지만, 모리건은 여전히 수백 쌍의 눈이 자신을 구워 버릴 듯이 이글거리고 있다는 걸 느낄 수 있었다.

"다음은 데버루여학교의 아디스 애셔 부인입니다. 처음 듣는 학교군요! 애셔 부인이 입찰하고자 하는 학생은… 학생은…" 시장의 목소리가 잦아들었다. 그는 주머니에서 손수건을 꺼내 이마에서 흘러내리는 땀을 닦았다. "모리건 크로우 양입니다."

이번에는 객석에서 충격을 받은 듯 짧은 탄식들이 터져 나왔다. 모리건은 꿈을 꾸는 기분으로 걸어 나가 두 번째 입찰을 받았다. 그러고는 겉봉에 쓰인 이름이 정말 자기 이름인지 확인도 하지 않고 달콤한 냄새가 나는 분홍색 봉투를 첫 번째 봉투를 넣었던 주머니에 집어넣었다.

몇 분 뒤 모리건의 이름이 세 번째로 호명됐다. 모리건은 앞으로 뛰어나가 하몬 육군사관학교의 판 레벤후크 대령이 신청한 입찰 봉투를 받아 들고 최대한 잽싸게 자리로 돌아와 신발만 뚫어지게 쳐다보며 앉아 있었다. 뱃속에서 나비 떼가 축하연이라도 벌이는 듯 팔랑거리는 느낌을 모른 체하기 힘들었다. 참으려고 해도 히죽히죽 웃음이 나오려고 했다.

세 번째 줄에서 웬 남자가 일어나 소리쳤다. "하지만 저 애는 저주받은 아이잖소! 이건 아니지." 남자의 아내가 그의 팔을 끌어당기며 말렸지만, 그는 그냥 앉을 생각이 없었다. "입찰을 세 번이나 받는다고? 그런 일은 들어 본 적도 없어요!" 객석 전체가 남자의 말에 동조하며 웅성거렸다.

모리건은 행복했던 기분이 꺼져 가는 가스등처럼 사라지는 느낌이었다. 남자의 말이 맞다. 모리건은 저주받은 아이다. 저주받은 아이가 입찰을 세 번이나 받았다 한들 무엇을 할 수 있을까? 입찰을 수락하고 싶어도 그런 일은 결코 허락되지 않을 것이다.

시장이 두 손을 앞으로 뻗으며 조용히 해 달라고 부탁했다. "선생님, 계속 진행하지 않으면 하루 종일이 걸려도 다 끝내기 힘들 겁니다. 모두들 정숙하게 협조해 주신다면, 오늘 행사가 끝난 뒤에 어떻게 이런 예상치 못한 일이 일어났는지 제가 진상을 조사해 보겠습니다."

시장은 분위기가 진정되기를 바랐지만 다음 봉투를 집어 들고는 낙담할 수밖에 없었다. "주피터 노스 씨가 입찰하고자 하는 학생은… 이런, 어떻게 이런 일이. 모리건 크로우 양입니다."

시청이 폭발이라도 하듯 아이들과 부모들이 벌떡 일어서 붉으락푸르락 낯빛을 붉히며 서로에게 고함을 질렀고, 무엇 때문에 이런 미친 짓을 하는 거냐고 따졌다. 네 번째 입찰이라니!

두 번도 흔치 않고 세 번도 극히 드문 일인데, 네 번이라고? 전례 없는 사건이었다!

입찰 발표는 열두 번이 더 남았다. 시장은 진행에 속도를 냈다. 모리건이 아닌 다른 이름을 부를 때마다 시장은 얼굴이 녹아 없어지지 않는 게 신기할 정도로 땀을 한 바가지씩 흘리며 안도했다. 마침내 시장이 상자에 손을 넣어 휘저으며 바닥까지 비었다는 걸 확인했다.

"그게 마지막 봉투였군요." 시장은 감사한 마음에 눈을 감으며 말했다. 목소리가 떨렸다. "이, 입찰을 받은 학생들은 모두 강당 뒤쪽으로 이동해 주시고, 그러면, 음, 예비 후원자님들께서 기다리고 계신 면접실로, 어, 우리 보좌관들이 안내를 해 줄 겁니다. 나머지 분들은… 분명 여러분도 모두… 뭐 다들 알겠죠. 여러분이 전부 실력이 별로라거나 그렇다는 뜻이 아니고, 또, 뭐… 그래요." 시장이 객석을 향해 어물쩍 손을 흔들자, 그것이 곧 폐회를 알리는 신호가 되었다.

───◆───

커버스는 가만히 있지 않겠다고 딱 잘라 말하며 시장을 고소하고 파면시키겠다고 위협했지만, 시장은 규정을 따라야 한다는 입장을 고수했다. 모리건이 원한다면 *반드시* 입찰 신청자를 만나게 해 주어야 한다는 것이었다.

모리건은 간절히 원했다.

물론 모리건은 그 입찰들을 절대 한 건도 수락할 수 없다는 걸 알고 있다. 사실 이 수수께끼의 입찰자들도 모리건이 저주받은 아이라는 사실을 알게 되면 전부 다 입찰을 취소하고 왔던 길로 꽁무니를 빼고 달아날 게 뻔했다. 하지만 적어도 얼굴조차 내밀지 않는 것은 예의가 아닐 거라 생각했다. 그들도 먼 길을 왔을 테니까.

미안합니다, 모리건은 속으로 할 말을 준비했다. *하지만 나는 저주받은 아이 명부에 올라 있어요. 나는 이븐타이드 때 죽을 거예요. 시간 내서 들어주셔서 고맙습니다.'*

그래. 정중하고 간결해.

모리건이 안내를 받아 들어간 곳은 아무 장식도 없는 벽 양쪽으로 책상과 의자가 한 개씩 놓인 방이었다. 마치 취조실 같긴 한데… 어떤 면에서는 취조실이 맞다고 모리건은 생각했다. 후원자와 아동이 만나는 자리에서 아이는 하고 싶은 질문을 마음껏 할 수 있고, 후원자는 성심성의껏 대답해야 했다. 아버지의 지루한 비드데이 연설에서 건진 몇 개 안 되는 정보 중 하나였다.

아무 질문이나 해도 되는 것은 아니다. 모리건은 다시 한번 생각을 곱씹었다. *시간 내주시고 들어주셔서 고맙습니다.* 모리건은 머릿속에서 단단히 복습을 해 두었다.

부드럽고 가벼운 느낌의 갈색 머리를 한 남자가 한쪽 책상에 앉아 작은 소리로 콧노래를 흥얼거리고 있었다. 남자는 회색 정장을 입고 금속 테의 안경을 끼고 있었는데, 안경을 코 위로 밀어 올리는 손가락이 희고 가늘었다. 그는 조용히 웃는 얼굴로 모리건이 앉을 때까지 기다렸다.

"크로우 양, 내 이름은 존스란다. 만나러 와 줘서 고맙다." 남자는 깔끔하고 딱 부러지는 문장으로 부드럽게 말했다. 목소리가 낯설지 않았다. "나는 내 고용주를 대신해서 온 거야. 그분은 크로우 양에게 제자로서 공부할 기회를 주고 싶어 해."

모리건이 머릿속에 준비해 두었던 말이 어디론가 쑥 꺼져 버렸다. 뱃속에서 살그머니 팔랑대는 기분이 되살아났다. 아주 작고 낙관적인 나비 한 마리가 이제 막 고치 밖으로 기어 나온 느낌이었다. "무엇을… 배우는 제자요?"

존스 씨가 말없이 웃었다. 표정이 풍부한 검은 눈 옆으로 잔주름이 잡혔다. "그분이 경영하는 스콜인더스트리스라는 기업을 배우는 거지."

"스콜인더스트리스라고요?" 모리건이 이맛살을 찌푸렸다. "그럼 아저씨 고용주라는 사람이—"

"에즈라 스콜 씨야. 맞아, 공화국에서 가장 영향력 있는 그분이란다." 남자는 책상 위로 시선을 떨어뜨렸다. "두 번째라고 해야겠구나. 가장 영향력 있는 분은 위대한 대통령이시니까."

불현듯 이 목소리를 어디서 들었는지 기억났다. 남자는 라디오에서 원더 부족에 대해 말하던 사람이었다.

존스 씨는 목소리를 들을 때 떠올랐던 딱 그대로 생겼다고, 모리건은 생각했다. 착실하고 단정해 보였다. 품위도 있었다. 하얗고 길고 가느다란 손은 앞으로 모아 꼭 맞잡은 자세였고, 피부는 반투명하다는 생각이 들 정도로 창백했다. 그렇게 젊지는 않았다. 하지만 나이가 많지도 않았다. 흐트러진 구석이라고는 한 군데도 없었다. 빈틈없이 정돈된 단정한 외모에서 그나마 티라고 할 만한 것은 왼쪽 눈썹을 반으로 깨끗이 가르는 가늘고 흰 흉터와 관자놀이 위를 장식한 밝은 은빛 머리카락 정도였다. 움직임 하나하나까지 정확하고 신중했다. 마치 불필요한 동작에는 에너지를 할애할 필요를 못 느낀다는 듯이. 철저한 자제력을 소유한 사람이었다.

모리건이 가늘게 실눈을 떴다. "공화국에서 두 번째로 영향력 있는 분이 *나한테* 대체 뭘 바라고요?"

"스콜 씨가 무엇을 왜 원하는지는 내가 말할 수 있는 게 아니야." 존스 씨는 움켜쥐었던 손을 풀고 안경을 똑바로 걸쳤다. "나는 그분의 비서일 뿐이고. 그분이 바라는 일을 수행하는 거지. 지금 그분이 바라는 일은 크로우 양이 그분의 제자이자… 후계자가 되는 거란다."

"후계자라고요? 그게 무슨 소리예요?"

"언젠가 크로우 양이 그분을 대신해서 스콜인더스트리스를 운영하고, 꿈에서조차 상상해 보지 못한 부와 권력을 누리면서, 일찍이 존재한 적 없는 가장 크고 힘 있고 유익한 조직을 이끌어 주기를 바란다는 뜻이지."

모리건이 눈을 깜박거렸다. "나는 집에서 봉투에 침도 못 발라요."

존스 씨가 재미있다는 표정을 지었다. "나도 크로우 양이 스콜인더스트리스에서 봉투에 침을 바르는 일이나 할 거라고는 생각하지 않아."

"그럼 무슨 일을 하게 되는데요?" 모리건은 자신이 왜 이런 질문을 하고 있는지 알 수 없었다. 면접실로 오면서 하려고 했던 말은 잘 떠오르지도 않았다. 저주 때문에 어렵다는 뭐 그런 말이었는데… *시간 내주셔서 감사하고…….*

"제국을 운영하는 법을 배우게 될 거란다, 크로우 양. 그것도 최고 중 최고이신 분께 말이야. 스콜 씨는 능력이 특출하고 재능이 뛰어난 분이야. 그분이 크로우 양에게 알고 있는 모든 것을, 다른 누구에게도 알려 주지 않았던 것을 가르쳐 줄 거란다."

"아저씨에게도 알려 주지 않은 것을요?"

존스 씨가 조용히 웃었다. "나한테는 특히 더 안 가르쳐 주시더구나. 제자로서 수련이 끝날 무렵이면, 크로우 양은 스콜인 더스트리스의 광업 부문과 공학기술 부문, 생산기술 분야를 지 휘하는 위치에 있을 거야. 공화국 전체에 우리 직원이 십만 명 넘게 있단다. 모두 크로우 양의 지시를 받게 되는 거지."

모리건이 눈을 휘둥그레 떴다.

"모든 시민이, 공화국의 모든 가정이 네게 감사한 마음을 갖 게 될 거야. 너는 그 사람들의 생명줄이 될 테니까. 따뜻한 온 기와 동력과 식량과 오락거리를 공급해 주는 사람으로서 말이 야. 사람들이 필요로 하는 것들, 그들이 원하는 것들… 그 모든 것이 원더를 어떻게 운용하느냐에 달려 있고, 그 모든 것을 충 족해 주는 존재가 스콜인더스트리스에서 일하는 선량한 사람 들이지. 그 모든 결정을, 네가 하는 거야."

존스 씨가 부드럽다 못해 귓속말처럼 속삭이듯이 말했다. 모 리건은 그를 향해 조금 더 바짝 몸을 기울였다.

"에즈라 스콜 씨는 공화국 최고의 영웅이란다. 그 이상이지. 그분은 사람들에게 자비로운 신이고, 사람들이 누리는 모든 안 락과 행복의 원천이야. 살아 있는 모든 사람들 가운데 원더를 채취하고 유통하고 통제할 능력을 보유한 유일한 존재이고. 우 리 공화국은 철저히 그분이 떠받치는 힘으로 돌아가고 있어."

그의 눈에 어렴풋이 광신도 같은 꺼림칙한 광채가 어렸다. 존스 씨는 입술을 비틀며 보일 듯 말 듯 묘한 미소를 지었다.

모리건은 놀란 마음에 몸을 뒤로 젖히며 바로 앉았다. 존스 씨는 에즈라 스콜을 사랑하거나, 아니면 두려워하거나, 그것도 아니면 에즈라 스콜이 되고 싶어 하는 것 같았다. 어쩌면 전부 다인지도 모르겠다고 생각했다.

"상상해 봐, 크로우 양." 존스 씨가 가만한 목소리로 속삭였다. "그렇게 큰 사랑을 받으면 기분이 어떨지 *상상해 봐*. 깊이 존경받고 절실하게 *필요한* 사람이 되는 거라고. 언젠가, 크로우 양이 열심히 공부하고 스콜 씨가 가르치는 대로만 따라가면… 네가 바로 그런 사람이 되는 거야."

모리건은 상상할 수 있었다. 그런 상상은 수백 번도 더 *했다*. 두려워하는 존재가 아니라 모두가 좋아해 주는 존재가 된다면 기분이 어떨까. 방으로 걸어 들어갈 때마다 사람들이 흠칫 놀라며 피하는 게 아니라 미소 지어 준다면 기분이 어떨, 그건 모리건이 가장 좋아하는 공상 가운데 하나였다.

그건 상상이니까 그렇지, 모리건은 스스로를 다독이며 머릿속 거미줄을 털어 냈다. 헛된 망상이었다. 모리건은 똑바로 앉아 심호흡을 한 번 하고, 목소리가 떨리지 않기를 바라며 말했다.

"나는 받아들일 수 없어요, 아저씨. 나는 저주받은 아이 명부에 올라 있어요. 나는 곧… 나는 곧… 음, 알잖아요. 고, 고맙습니다. 시간 내주시고—"

"그거 열어 봐." 존스 씨가 모리건의 손에 들린 봉투를 보며 까닥 고갯짓을 했다.

"이게 뭔데요?"

"네 계약서야."

모리건은 혼란스러워하며 고개를 저었다. "내, 내 뭐요?"

"표준 계약서야." 존스 씨는 극히 절제된 몸짓으로 살짝 어깨를 으쓱였다. "후원으로 학업을 시작하는 아동은 모두 계약서에 서명을 해야 돼. 부모님이나 후견인의 서명도 받아야 하고."

그럼 그렇지, 이렇게 끝나는구나, 모리건은 생각했다. "우리 아버지는 절대 여기에 서명하지 않으실 걸요."

"그런 걱정은 우리에게 맡겨." 존스 씨는 상의 주머니에서 은색 펜을 꺼내 책상 위에 놓았다. "너는 서명만 하면 돼. 스콜 씨가 모든 일을 해결하실 테니까."

"하지만 아저씨는 이해 못해요. 나는 절대—"

"완벽히 이해하고 있어, 크로우 양." 존스 씨가 모리건을 빤히 들여다보자, 그의 검은 눈이 모리건을 꿰뚫는 듯했다. "하지만 저주나 명부나 이븐타이드 같은 건 걱정할 필요 없어. 다시는 그 어떤 걱정도 할 필요 없어. 에즈라 스콜 씨와 함께 한다면."

"하지만—"

"서명해." 존스 씨가 펜을 향해 고개를 까딱였다. "서명해. 약속하지. 언젠가는 너를 불행하게 만들었던 모든 사람을 사고

72

팔 수 있는 힘까지 갖게 될 거야."

눈을 반짝반짝 빛내며 차분하고 은밀하게 미소 짓는 존스 씨를 보면서, 모리건은 아주 잠시나마, 꿈에서조차 가능하다 여겨 본 적 없지만 존스 씨와 에즈라 스콜은 왠지 자신의 어떤 미래를 알고 있다는 생각이 들었다.

모리건은 펜을 잡으려다가 망설이며 주춤거렸다. 아직 마음속에 꺼지지 않고 타오르는 질문 하나가 남았다. 그 무엇보다 중요한 질문이었다. 모리건은 존스 씨를 쳐다봤다.

"왜 *나*예요?"

누군가 요란하게 문을 두드렸다. 문이 벌컥 열리며 시장이 잔뜩 시달린 모습으로 비틀비틀 들어왔다.

"정말 미안하다, 모리건." 시장이 손수건으로 이마를 꾹 누르며 말했다. 시장이 입고 있는 정장은 땀으로 얼룩덜룩했고, 남은 머리카락은 온통 뻗쳐 있었다. "누군가 크로우 양에게, 아니 우리 모두에게 못된 장난을 친 것 같구나."

"장, 장난이라고요?"

뒤에서 커버스가 입을 꾹 다물고 성큼성큼 방으로 들어왔다. "거기 있었구나. 이만 가자." 커버스는 모리건의 팔을 와락 붙잡더니 방 밖으로 끌고 나갔다. 모리건이 앉았던 의자가 기우뚱하며 덜커덕 바닥으로 넘어졌다.

"크로우 양한테 입찰했던 사람들이 한 명도 나타나질 않았구

나." 시장이 숨을 고르려고 애쓰며 두 사람을 따라 복도로 나갔
다. "내 잘못이다. 알아차렸어야 했는데. 하몬 육관사관학교니,
데버루여학교니… 누구도 들어 본 적이 없는 곳들이야. 지어냈
다는 거지 뭐겠니." 시장은 모리건을 보다가 커버스를 한번 보
고는 다시 모리건에게 눈길을 돌렸다. "이런 일을 겪게 해서 정
말 유감이오, 커버스, 우린 오랜 친구잖소. 언짢게 생각하지 말
아 줘요."

커버스가 시장을 노려보았다.

"그런데 잠깐만요—" 모리건이 입을 열었다.

"무슨 말인지 모르겠니?" 아버지가 화난 목소리로 차갑게 말
했다. 그는 모리건이 들고 있던 봉투를 낚아챘다. "내가 웃음거
리가 됐다. 이게 다 누군가 장난질을 한 거야. 망신을 당한 거
라고! 바로 내 유권자에게 말이다!"

"하지만 제 말 좀 들어 보세요. 한 사람은 *왔다니까요*. 존스
아저씨가 누구를 대신해서—" 모리건이 말을 하다 말고 면접실
로 뛰어 들어갔다.

존스 씨가 앉아 있던 의자는 비어 있었다. 펜과 계약서도 보
이지 않았다. 그는 사라지고 없었다. 모리건은 입을 딱 벌리고
빈 공간을 바라보았다. 아버지와 시장님이 다투는 사이 몰래
빠져나간 건가? 마음이 바뀐 걸까? 아니면 존스 아저씨도 그저
장난을 쳤던 걸까?

현실이 빠르게 자각됐다. 뒤통수를 한 대 얻어맞은 것처럼.

장난이 당연하다. 공화국 제일가는 힘과 권위를 가진 사업가가 왜 나를 제자로 삼고 싶어 하겠어? *후계자*라고? 단연코 어처구니없는 생각이다. 모리건은 뒤늦게 날아든 무안함에 두 볼이 화끈거렸다. 어쩌면 그토록 어수룩하게 다 믿었을까?

"말도 안 되는 소리 그만하거라." 커버스가 입찰 봉투를 갈기갈기 찢었고, 모리건은 눈처럼 팔랑팔랑 바닥으로 흩날리는 종잇조각을 애타는 마음으로 바라보았다.

모리건과 아버지는 반질반질한 검은 사륜마차에 올라 시청 앞을 벗어났다. 커버스는 말이 없었다. 가죽 가방 안에 뭉치로 들고 다니는 서류로 이미 관심이 옮아간 커버스는 나머지 업무 시간이라도 헛되이 보내지 않으려 애쓰고 있었다. 그는 마치 그날의 불행한 사건이 일어난 적도 없다는 듯 일에 몰두했다.

모리건은 고개를 돌려 시청 건물에서 거리로 쏟아져 나오는 사람들을 가만히 바라보았다. 아이들과 부모들 모두 들뜨고 신이 난 모습으로 재잘거리며 입찰 봉투를 흔들어 댔다. 질투심이 격하게 솟구쳤다.

상관없어, 모리건은 속으로 생각했다. 눈물이 따끔따끔 올

라오는 눈을 힘주어 깜박였다. *전부 말도 안 되는 짓이야. 전혀 중요하지 않다고.*

거리를 메운 사람들은 흩어질 기미를 보이지 않았다. 너무 많은 사람들이 거리로 모여드는 바람에 마차는 완전히 멈춰 섰다. 행렬을 이룬 사람들은 허둥대며 마차 앞을 지나 시청 쪽을 향해 가면서 하늘 위를 올려다보았다.

"로우리." 커버스가 버럭 고함을 지르면서 지붕을 두드려 마차꾼을 불렀다. "왜 길을 막고 서 있는 건가? 사람들을 길 밖으로 내보내게."

"노력은 하고 있습니다만, 주총리님—"

"*왔다!*" 누군가 소리쳤다. "*시작됐어!*" 사람들이 환호했다. 모리건은 목을 길게 빼고 무슨 일이 일어났는지 보려고 했다. 사람들이 길거리에서 서로 부둥켜안고 있었다. 비드데이 입찰을 받은 아이들만이 아니라 모든 사람들이 휘파람을 불고 함성을 지르고 모자를 벗어 던지며 기쁨을 감추지 못했다.

"사람들이 왜…" 모리건이 말을 꺼내다 말고, 귀를 기울였다. "저 종소리는 뭐예요?"

커버스가 묘한 얼굴로 모리건을 쳐다봤다. 그는 손에 들고 있던 서류가 떨어져 바닥에 어지럽게 흩어지는지도 모른 채 문을 박차고 거리로 뛰쳐나갔다. 모리건도 뒤따라 나가 위를 올려다보았다. 모두가 달려가는 곳이 어딘지 눈에 들어왔다.

그것은 시계탑이었다.

하늘반 시계가 변하고 있었다. 모리건이 지켜보는 앞에서 어스름한 황혼의 푸른빛은 청옥처럼 깊어졌다 짙은 감색이 되고 마침내 깊이를 알 수 없을 정도로 심오한 검은빛으로 바뀌었다. 마치 하늘에 잉크병이 떠 있는 것 같았다. 검은 구멍이 세상을 집어삼키려고 다가오는 모습 같기도 했다.

종소리는 이븐타이드를 알리고 있었다.

———◆———

그날 밤 모리건은 뜬 눈으로 누워 어둠을 맞았다.

종은 한밤중까지 울리다가, 자정이 지나면서 돌연 질식할 것만 같은 정적으로 돌아섰다. 종소리는 이븐타이드가 시작된다는 경고이자 신호였고… 자정이 지나면서는 더 이상 알릴 필요가 없어진 것이었다. 이븐타이드가 왔다. 이번 연대의 마지막 날이 시작되었다.

당연히 겁이 나고, 슬프고, 불안할 수밖에 없는 상황이라는 것을 모리건도 알고 있었다. 정말로 겁이 나고, 슬프고, 불안했다. 하지만 무엇보다도 화가 났다.

모리건은 속았다. 이번 연대는 12년을 채울 거라고 했다. 누구나 할 것 없이 그렇게 말했다. 커버스도, 할머니도, 모리건이 만났던 복지사들도, 뉴스에 출연했던 연대학자들도 전부 다 그렇게 말했다. 12년도 짧은데, *11년*이라고?

하늘반 시계가 검은색으로 변하자, 전문가들은 앞다퉈 경쟁하듯 얘기했다. 오래전부터 의심했다고, 징조가 보였다고, 올해, 그러니까 *이번 겨울*로 연대가 막을 내린다는 소견을 곧 공표하려고 했었다고 말이다.

걱정할 것은 없다고, 전문가들은 입을 모아 말했다. 이번 연대는 11년짜리 연대였나 봅니다. 실수는 누구나 하는 거고, 1년이면 별 차이가 있는 것도 아니에요.

물론, 천지 차이가 있었다.

생일 축하해 모리건, 모리건은 비참한 심정으로 봉제 토끼인형 에밋을 한 팔로 안았다. 언제부터였는지 기억도 나지 않는 시절부터 끼고 잤던 에밋을 힘주어 꽉 안은 채 잠을 자려고 애썼다.

그런데 무슨 소리가 들렸다. 들릴 듯 말 듯 아주 작은 소리는 숨죽여 소곤대는 귓속말 같기도 하고 돌풍이 지나가는 소리 같기도 했다. 모리건이 재빠르게 불을 켜자 방 안에 빛이 쏟아졌다.

방에는 아무것도 없었다. 심장이 쿵쿵 빠르게 뛰었다. 모리건은 벌떡 일어나 침대 밑과 주변을 둘러보고 옷장 문을 벌컥 열었다. 아무것도 없었다.

아니야. 없을 리가 없어.

뭔가 있어.

작고 하얀 직사각형 모양이 검은 나무 바닥 위에서 도드라졌다. 누군가 방문 밑으로 봉투를 밀어 넣은 것이다. 모리건은 봉투를 집어 들고 삐걱거리는 문을 열어 복도를 훔쳐봤다. 밖에는 아무도 없었다.

봉투에는 아무렇게나 갈겨 쓴 듯 새까만 잉크로 이렇게 적혀 있었다.

*원드러스협회Wundrous Society*의 주피터 노스가 모리건 크로우 양에게 입찰을 재신청합니다.

"원드러스협회." 모리건이 나지막이 읊조렸다.

모리건은 겉봉을 찢어 안에 든 종이 두 장을 꺼냈다. 한 장은 편지였고, 다른 한 장은 계약서였다. 활자가 타자로 입력되어 공문서처럼 보였고, 글의 아랫부분에는 서명 두 개가 날인되어 있었다. 후원자라는 글자 위에는 아무렇게나 크게 갈겨 쓴 듯한 필체로 주피터 노스라는 이름이 서명되어 있었다. 부모 또는 후견인이라는 글자 위에 날인된 두 번째 서명은 전혀 알아볼 수 없었다. 아버지의 필체가 아닌 것은 확실했다.

세 번째 공간인 지원자 칸은 빈 채로 대기 중이었다.

모리건은 편지를 읽으면서도 어리둥절했다.

크로우 양에게,

축하합니다! 학생은 우리 협회 회원 1인의 원드러스협회 입회 지원자로 선택받았습니다.

입회가 확정된 것은 아님을 숙지해 주시기 바랍니다.

우리 협회는 회원 자격을 엄격히 제한하고 있으며, 매년 입회를 희망하는 지원자 수백 명이 협회의 학생 신분을 차지하기 위해 경쟁을 벌입니다.

협회 가입을 원한다면, 동봉한 계약서에 서명한 후 학생의 후원자에게 11년 겨울 마지막 일자까지 늦지 않게 회신하여 주시기를 바랍니다. 입회 시험은 봄에 시작됩니다.

학생에게 행운이 함께하기를 바랍니다.

안녕을 기원하며.

원로 G. 퀸

FS, 네버무어 프라우드풋*Proudfoot* 하우스

편지 마지막 줄에는 검은 펜으로 급히 휘갈겨 쓴, 짧지만 전율을 부르는 전언이 달려 있었다.

준비하고 있어.

—J. N.

3장

죽음이 저녁 식탁을 찾아오다

이브타이드의 밤, 조용하고 차분한 자칼팩스 거리마저 활기
가 넘쳤다.

자갈돌이 길게 깔린 엠파이어로Empire Road도 유쾌하게 콧노
래를 흥얼거리는 이들과 자정 무렵까지 부어라 마셔라 떠들썩
하게 즐긴 사람들로 한껏 들떠 올랐다. 골목골목마다 거리의
악단들이 동전 몇 푼을 받고 공연을 펼치며 지나가는 행인의
관심을 차지하려고 경쟁을 벌였다. 알록달록한 전등과 색색의

종이띠와 작은 꼬마전구가 대롱거리는 전선이 거리를 가득 채웠고, 맥주 냄새, 설탕 탄 냄새, 꼬치구이 고기를 굽는 냄새가 공기 중에 진동했다.

검게 변한 **하늘반 시계**가 축하연이 벌어지는 도시 위로 우뚝 솟아올랐다. 자정이 되면 하늘반의 색이 흐려지며 밝은 미래를 약속하는 연한 분홍빛으로 바뀌어 모닝타이드를 알릴 것이고, 새로운 연대 1년 봄을 맞아 모든 시민은 산뜻한 새 출발을 이룰 터였다. 밤은 심상치 않은 기운과 가능성으로 가득했다.

누구에게나 그런 밤이었지만, 모리건 크로우는 예외였다. 모리건에게 그날 밤은 단 한 가지 가능성만 존재했다. 정확히 11년 전인 지난 연대 이븐타이드에 태어난 모든 아이들이 그렇듯이, 시계가 자정을 가리키면 죽을 가능성만 있었다. 11년이라는 짧은 세월로 운명 지어졌던 생이 마감되고, 모리건에게 내려진 저주가 마침내 실현될 것이다.

크로우 가족은 축하 파티 비슷한 자리를 마련했다.

언덕 위의 저택에서 열린 파티는 침울했다. 커튼도 걷지 않은 실내는 불빛마저 어두침침했다. 저녁 식탁에는 모리건이 좋아하는 요리가 올랐다. 양 갈비와 파스닙(* parsnip, 설탕당근이라고도 하는 미나리과 식물 – 옮긴이), 그리고 박하 향유를 입힌 완두콩 요리까지. 커버스가 파스닙을 싫어해서 평소 집에서 식사를 하는 날에는 식탁에 올리지도 못했는데, 메이드가 그의 접시에 파스닙을 산더미처럼 쌓는 동안에도 심각한 얼굴로 입을 꾹 다물고만 있었다. 모리건은 오늘 저녁 식사가 얼마나 민감한 자리인지, 그 모습이 대변하고 있다고 생각했다.

방은 고요했고 은으로 된 나이프와 포크가 사기그릇을 가볍게 긁는 소리만 들렸다. 모리건은 목구멍으로 넘어가는 음식 한 입, 시원한 물 한 모금을 모두 느꼈다. 벽시계가 똑딱거리는 소리가 행진하는 악단의 북소리처럼 들렸다. 죽는 순간까지 멈추지 않고 점점 더 가까이 다가오는 행진.

모리건은 죽는 순간에 고통이 없으면 좋겠다고 생각했다. 저주받은 아이는 대개 빠르고 평화롭게, 마치 잠이 들 듯 죽는다는 글을 읽은 적이 있었다. 죽으면 어떻게 되는지도 궁금했다. 언젠가 요리사가 말했던 것처럼 **평안의 세계**로 가게 될까? **신성한 존재**란 게 진짜 있어서, 사람들이 약속했던 것처럼 모리건을 두 팔 벌려 환영해 줄까? 모리건은 그랬으면 좋겠다고 생각했다. 그것 말고 다른 쪽은 생각하고 싶지도 않았다. 요리사에게서 **환난의 세계**에 산다는 **사악한 존재**에 대한 이야기를 들은 뒤, 모리건은 일주일 동안 잘 때 불을 끄지 못했다.

죽는 날 밤에 축하를 받다니 뭔가 이상해, 모리건은 생각했다. 생일 기분은 조금도 나지 않았다. 축하 파티 같은 느낌도 전혀 없었다. 오히려 죽기 전에 미리 장례식을 치르는 기분이었다.

누가 자신에 대해 한마디 하지 않을까 생각하던 찰나, 커버스가 목청을 가다듬었다. 모리건과 아이비와 할머니는 양고기와 완두콩을 양껏 찍은 포크를 입으로 가져가다 말고 커버스를 쳐다봤다.

"할 말이, 어, 할 말이 있었는데" 커버스는 말을 꺼냈지만, 차마 입이 떨어지지 않는 듯했다. "하고 싶은 말이…….."

아이비가 아련한 눈빛으로 힘내라는 듯 커버스의 손을 꼭 잡았다. "어서 말해, 자기야."

"나는 그저…" 커버스는 애써 재차 입을 열다가 우렁차게 헛기침을 했다. "내가 하려던 말은… 그러니까 양고기가 아주 맛있다고. 굽기가 완벽해. 분홍빛이 연하게 도는 게 훌륭해."

앉아 있던 사람들이 정말 그렇다며 소곤댔고, 다시 손을 움직이면서 포크와 나이프를 쨍그랑거렸다. 이 자리에서 기대해봐야 달라질 건 없으리라고, 모리건은 깨달았다. 게다가 양고기에 대해서는 아버지의 말에 동의하지 않을 수 없었다.

"음, 내가 한마디 해도 될지 모르겠네요." 아이비가 아마포 냅킨으로 입술을 곱게 토닥거리면서 말했다. "내가 한 가족으로 지내게 된 건 비교적 최근의 일이지만, 지금이 이 얘기를 하기에 적절한 밤 같아요."

모리건은 등을 펴고 바로 앉았다. 이번에는 좋은 얘기겠지. 어쩌면 결혼식 날 주름이 잔뜩 잡힌 간질간질한 시폰 드레스를 입혔던 일을 사과할지도 몰랐다. 아니면 이 집에 들어온 뒤로 모리건에게 몇 마디 건넨 적은 없었지만 사실 딸처럼 사랑했고 몹시 그리워하게 될 거라고, 장례식을 치를 때는 펑펑 우느라 화장이 망가져서 예쁜 얼굴에 보기 흉한 검은 눈물이 줄줄 흘러내릴지도 모르지만 사랑스러운 모리건밖에는 아무 생각도 나지 않을 것이기에 몰골이 어떻게 되든 전혀 상관하지 않는다는 말일지도 몰랐다. 모리건은 겸손하고 평온한 표정을 지었다.

"커버스는 굳이 무슨 말을 해야 하는지 잘 모르겠다고 하지만, 모리건은 개의치 않을 거라고 생각해요……."

"말씀하세요." 모리건이 말했다. "괜찮아요. 정말이에요. 어서 말씀하세요."

아이비는 모리건을 향해 활짝 웃어 보이고(난생 처음이었다) 대담하게 자리에서 일어섰다. "커버스하고 저, 아기를 가졌어요."

방 안이 조용해졌다. 다음 순간 문 앞에 있던 메이드가 접시를 떨어뜨리는 바람에 요란하게 박살 나는 소리가 들렸다. 커버스는 젊은 아내를 보며 웃으려고 노력했지만 얼굴은 점점 일그러졌다.

"이런." 아이비가 대답을 유도하듯이 말했다. "축하 안 해 줄 거예요?"

"아이비, 아가." 할머니가 며느리를 보며 싸늘하게 웃었다.

"좀 덜 민감한 날을 골라 발표했으면 이런 반응은 아니었을 게다. 이를테면 내 유일한 손녀가 열한 살이 되어 비극적으로 떠나게 되어 있는 날 *다음* 날 말이다."

묘하게도 할머니가 하는 말을 듣자 모리건은 약간 기운이 났다. 지금껏 할머니가 했던 말 가운데 가장 감상적인 말로 들렸다. 포악한 늙은 독수리에게서 생각지도 못했던 따뜻한 마음이 전해졌다.

"하지만 이건 좋은 일이잖아요! 모르겠어요?" 아이비가 지원을 요청하는 눈길로 커버스를 쳐다보았다. 커버스는 편두통에 시달리는 사람처럼 콧날만 쥐어짰다. "이건… 생명의 순환 같은 거라고요. 한 생명은 꺾이지만, 또 다른 생명이 세상에 태어나는 거죠. 그야말로 기적이나 다름없다고요!"

할머니가 들릴 듯 말 듯 않는 소리를 흘렸다.

아이비는 악착같았다. "새로운 손주가 생기는 거예요, 어머님. 커버스에게는 새 딸이 생기는 거고요. 아니, 아들일 수도 있죠! 멋지지 않나요? 조그만 남자아이라니, 커비, 자기도 늘 아들이 있으면 좋겠다고 했잖아. 작은 검은색 정장을 아빠랑 똑같이 맞춰 입힐 수도 있고."

아버지의 엄숙한 얼굴을 본 모리건은 웃음을 참기가 힘들었다.

"그래, 기뻐." 커버스가 어찌할 바를 모르겠다는 듯 말했다.

"그래도 축하는 나중에 하도록 하지."

"하지만… 모리건은 상관 안 한다고. 그렇지 않니, 모리건?"

"내가 무슨 상관을 해요?" 모리건이 물었다. "몇 시간 뒤면 내 존재는 완전히 지워질 테니까 나를 대신할 아이에게 무슨 옷을 입힐까 준비하고 있는 거요? 전혀요." 모리건은 파스닙을 포크로 찍어 입에 밀어 넣었다.

"어휴, 제발 좀!" 할머니가 언짢아하며 작은 소리로 엄하게 말하고는 아들이 앉은 쪽의 식탁을 노려보았다. "우리 그런 극단적인 말은 일절 꺼내지 않기로 했잖니."

"나는 안 했어요." 커버스가 불만스럽게 말했다.

"난 '죽는다'고 하지 않았어요, 할머니." 모리건이 말했다. "'존재가 지워진다'고 했죠."

"글쎄, 그만 좀 하거라. 네 아버지가 머리 아파하는 거 안 보이니?"

"아이비는 '꺾인다'라고 했는걸요. 그게 훨씬 더 나빠요."

"그만하면 됐어."

"내가 *임신한 건* 아무도 신경 안 쓰는 건가요?" 아이비가 발을 쾅쾅 구르며 소리 질렀다.

"내가 곧 죽을 *거라는 건* 아무도 관심이 없는 거예요?" 모리건이 소리쳐 되물었다. "*제발* 잠깐이라도 나에 대해 이야기하면 안 돼요?"

"*내가 극단적인 말 입 밖에 내지 말라고 했지!*" 할머니가 버럭 호통을 쳤다.

누군가 현관문을 요란스레 세 번 두드렸다. 모두가 입을 다물었다.

"도대체 누가 이 시간에 찾아온 거지?" 아이비가 목소리를 낮추고 소곤소곤 말했다. "기자가 왔나? 벌써?" 아이비는 머리와 옷매무새를 다듬고 숟가락을 들어 거기에 비친 모습을 점검했다.

"굶주린 독수리들 같으니라고. 무슨 특종이라도 있나 기웃거리는 게지?" 할머니가 메이드를 가리키며 말했다. "가서 망신이나 된통 주고 쫓아 버려라."

몇 분 뒤, 현관 안쪽에서 웅얼웅얼 이야기를 나누는 소리가 들리더니, 무거운 부츠를 신고 복도를 걸어오는 소리며 메이드가 바로 뒤에서 우물쭈물 막아 보려는 소리가 이어졌다.

발자국 소리를 들은 모리건도 심장이 쿵쾅댔다. *이제 시작인가?* 모리건은 생각했다. *죽음이 나를 데리러 오는 거야? 죽음도 장화를 신나?*

한 남자가 불빛을 받아 검은 윤곽을 그리며 문 앞에 나타났다.

남자는 키가 크고 몸이 늘씬하면서 어깨가 넓었다. 얼굴을 반쯤 가린 두꺼운 모직 스카프 위로, 주근깨와 예리해 보이는 파란 눈이 자리해 있었다. 콧대는 높고 콧방울은 넓었다.

180센티미터가 넘는 체구를 긴 푸른색 코트로 덮은 남자는 코트 안으로 자개 빛깔 단추가 달린 얇은 정장을 차려입었는데, 멋쟁이 같기는 했지만 어딘가 살짝 풀어져 보였다. 마치 격식 있는 행사를 마치고 집에 돌아가면서 옷을 풀어 헤친 것처럼. 코트 깃에는 금색의 작은 W 모양 배지를 달고 있었다.

남자는 다리를 넓게 벌리고 서서 두 손을 바지 주머니에 쑤셔 넣고 태연히 문틀에 기댔다. 마치 반평생 그 자리를 지키고 서 있었다는 듯, 그보다 더 편한 공간은 생각도 할 수 없다는 듯, 그가 크로우 저택의 소유자이며 크로우 가족은 그가 부른 손님에 지나지 않는다는 태도였다.

남자가 아는 사람인 양 모리건에게 시선을 고정했다. 그러고는 소리 없이 시원스레 웃는 표정을 지었다. "거기, 안녕."

모리건은 대답하지 않았다. 조용한 가운데 벽에 걸린 시계만 째깍거렸다.

"늦어서 미안." 입이 스카프에 가려져 목소리가 살짝 파묻힌 것처럼 들렸다. "제트잭스자디아Jet-Jax-Jaida의 외딴섬에서 열린 파티에 갔었거든. 둘도 *없이 친한* 옛 친구하고 담소를 조금 나누다 보니, 공중그네 곡예를 하는 친구인데, 정말 재미있는 녀석이야. 한번은 자선 모금을 한다고 활화산 위에서 그네를 탄 적도 있다니까. 아무튼 그러다가 시차가 있다는 걸 완전히 깜박했지 뭐야. 멍청한 늙은이가 따로 없지. 걱정 마. 이렇게 왔으니까. 짐은 다 쌌지? 앞에다가 주차를 해 놔서 말이야. 그건 파스닙인가? 먹음직스럽기도 해라."

할머니는 충격을 받은 게 틀림없었다. 남자가 큼지막하게 구운 파스닙 덩어리 하나를 잽싸게 집어 입에 넣고는 음미하듯 손가락을 핥고 있는데도 입도 벙긋하지 않았다. 사실 크로우 가족 모두가 언어 능력을 잃어버린 듯 보였다. 특히 모리건이 그랬다.

몇 분 동안 이 초대받지 않은 손님은 무언가를 기대하는 사람처럼 몸을 흔들흔들하며 기다리다가 갑자기 생각났다는 듯이 말했다.

"내가 여태 모자를 쓰고 있었나요? 이런. 이렇게 무례할 데가." 남자는 말문이 막힌 관중을 향해 한쪽 눈썹을 둥글게 휘어 올렸다. "놀라지 말아요. 나는 생강이랍니다."

"생강"이라는 표현으로는 약하다고 생각하면서, 모리건은 모자를 벗은 모습에 놀라지 않은 척하려고 노력했다. "올해의 생강"이나 "생강왕"이나 "구제 불가 생강을 위한 생강 재단의 왕생강 회장"이라고 하는 편이 더 맞을 것 같았다. 밝은 구릿빛으로 물결치는 길고 숱 많은 머리칼로 아마 상을 탈 수도 있을 것처럼 보였다. 남자가 얼굴에 둘렀던 스카프를 풀자 만만치 않게 충격적인 빛깔의 턱수염이 나타났다.

"저기요." 모리건이 최대한 또박또박하게 말했다. "누구세요?"

"주피터." 그가 방 안을 둘러보며 알아보는 사람이 없는지 살폈다. "주피터 노스 몰라요? 원드러스협회의 주피터 노스라고 해도? 네 후원자인데?"

내 후원자. 주피터 노스. *내* 후원자. 모리건은 믿기지 않아 고개를 저었다. 또 장난인가?

모리건은 그때 계약서에 서명했다. 당연히 계약서에 서명을 했다. 단 5분이라도 그게 사실이라고 상상하는 건 황홀하고 영예로운 기분이었으니까. 원드러스협회라는 게 정말 존재하고, 협회가 나에게, 수많은 사람들 중에서 *모리건 크로우*에게 입회를 요청했다고. 봄이 되어 미지의 시험이 시작될 때까지 죽지 않고 살 수 있다고. 이븐타이드 너머 저편에 가슴 뛰는 짜릿한 미래가 나를 기다리고 있다고.

당연히 모리건은 계약서 밑의 빈칸에 서명했다. 심지어는 이름 뒤의, 펜에서 잉크가 떨어져 크게 얼룩이 진 자리에 작은 까마귀 그림까지 끼적였다.

그러고 나서 난로에 던져 버렸다.

계약서에 손톱만큼이라도 사실인 부분이 있다는 생각은 1초도 하지 않았다. 설마. 진심으로 믿지는 않았다.

마침내 커버스의 말문이 트였다. "어처구니가 없군!"

"저런." 주피터가 다시 한번 모리건을 데리고 식당을 벗어나 복도로 나가려고 했다. "미안하지만 우리는 정말 서둘러야 돼, 모리건. 여행 가방은 몇 개나 되지?"

"여행 가방요?" 모리건은 얼이 나가 둔해진 느낌으로 놀라서 되물었다.

"아, 이런." 주피터가 말했다. "짐은 *싸 뒀겠지*. 아니야? 걱정 마라. 도착하면 칫솔을 구할 수 있을 거야. 작별 인사는 이미 했을 거라고 믿지만, 얼른 한 번씩 안아 주고 작별의 입맞춤을 나눌 시간은 되겠다."

이 특별한 제안(이 또한 크로우 집안에서는 처음 있는 일이었다)을 하고 나서 주피터는 식탁으로 달려가 크로우 가족을 차례차례 꼭 끌어안았다. 모리건은 주피터가 아버지에게 바짝 다가가 경악하는 얼굴에 요란하고 찐득하게 입술을 찍어 내는 모습을 보고 웃어야 할지 도망쳐야 할지 갈팡질팡했다.

"그만두라고!" 커버스가 씩씩거리며 의자에서 일어났다. 이브타이드 밤에 웬 남자가 예고도 없이 쳐들어온 것도 그렇지만, 그자와 신체 접촉까지 하는 건 생각도 못할 일이었다. "누가 당신 후원을 받는다는 거요. 내 집에서 당장 나가시오. 시 수비대를 부르기 전에."

주피터는 협박이 간지럽다는 듯이 싱긋 웃었다. "나는 *현재* 어떤 아이의 후원자죠, 크로우 주총리님. 행동이 굼뜨지만 그것 말고는 사랑스러운 이 아이의 후원자랍니다. 모두 합법적이고 정당한 절차에 부합한다고 확실히 말씀드리지요. 아이가 계약서에 서명했습니다. 나한테 그 계약서가 있고요."

주피터가 구겨진 자국과 반듯하게 접었던 흔적까지 있는 너덜너덜한 종이를 재빨리 꺼냈다. 모리건도 본 적 있는 종이였다. 그는 작고 검은 까마귀 그림과 실수로 잉크를 떨어뜨린 자국까지 그대로 남은 모리건의 서명을 가리켰다.

하지만 그건 불가능했다.

"말도 안 돼요." 모리건이 고개를 가로저었다. "불에 타서 재가 되는 걸 내가 봤는데."

"아, 이건 원드러스 계약서거든." 주피터가 계약서를 조심성 없이 펄럭펄럭 흔들었다. "네가 서명하는 순간 원본이랑 똑같은 사본이 만들어지지. 그래서 여기 가장자리에 탄 자국도 남은 거지만."

"나는 거기에 서명을 한 적이 없소." 커버스가 말했다.

주피터가 관심 없다는 듯 어깨를 으쓱였다. "당신한테 해 달라고 한 적 없어요."

"나는 그 애 아버지요! 그 계약서에는 내 서명이 들어가야 한다고."

"사실상 성인 보호자 한 명만 서명하면 되고 나는—"

"원드러스 계약서는 불법이야." 마침내 말문이 트인 할머니가 입을 열었다. "원더 오남용 방지법이 그렇다고. 우린 당신을 잡아 둘 의무가 있어."

"그럼, 빨리 움직여야 할 거예요. 난 몇 분밖에 시간이 없거든요." 주피터가 따분해하는 목소리로 말했다. 그는 시계를 확인했다. "모리건, 이제 정말 가야 돼. 시간이 얼마 없어."

"시간이 얼마 없다는 건 내가 잘 알아요." 모리건이 말했다. "아저씨가 실수하신 거예요. 아저씨는 내 후원자가 될 수 없어요. 오늘이 내 생일이거든요."

"그렇지! 생일 축하한다." 주피터는 생각이 다른 데 팔린 사람처럼, 창가로 다가가 커튼 사이로 밖을 엿보았다. "그런데 축하는 나중에 하면 안 될까? 시간이 상당히 지체되고 있는 데다—"

"아니요, 아저씨는 몰라요." 모리건이 말을 끊었다. 모리건은 입가에 무겁게 말라붙은 말을 밀어냈다. "나는 저주받은 아이 명부에 올라 있어요. 오늘은 이브타이드고요. 자정이 되면 나는 죽어요."

"맙소사, 너무 비관에 빠져 있는 거 아니니?"

"계약서를 태운 이유는 그 때문이었어요. 나는 쓸모가 없어요. 미안해요."

주피터는 이제 걱정스럽게 창밖을 내다보며 이마에 주름을 잔뜩 잡았다. "그래도 계약서를 태우기 전에 실제로 *서명*을 하긴 했잖아." 주피터가 창밖에서 눈을 떼지 않은 채 말했다. "그리고 네가 죽는다고 누가 그래? 죽고 싶지 않으면 죽지 않아도 돼."

커버스가 주먹으로 식탁을 쾅 내리쳤다. "이건 참기 어렵군! 네 놈은 도대체 누군데, 내 집에 당당하게 들어와서 이 따위 헛소리로 내 가족을 뒤흔드는 거지?"

"말했잖소." 주피터가 사리 분별 못하는 어린아이를 대하듯 참을성 있게 말했다. "내 이름은 주피터 노스라고."

"그리고 나는 커버스 크로우지. 그레이트울프에이커의 주총리이자 윈터시 당의 고위 당원이고." 커버스가 가슴을 활짝 펴며 말했다. 그는 기세를 되찾았다. "당장 나가는 게 좋을 거요. 내가 내 딸의 죽음을 평화롭게 애도할 수 있도록."

"*딸의 죽음을 애도해?*" 주피터가 메아리처럼 되뇌었다. 그는 천천히 커버스를 향해 두 걸음 다가가 멈춰 섰다. 눈이 반짝거렸다. 모리건은 팔에서 털이 곤두섰다. 주피터는 한 옥타브 떨어진 목소리로 차갑게, 바라만 봐도 소름 끼치는 조용한 분노를 담아 말했다. "그 딸이 설마 당신 앞에 있는 이 아이라는 거야? 당신 눈앞에, 이렇게 멋지게, *반짝거리며* 살아 있는 이 아이라고?"

커버스가 씩씩거리며 벽걸이 시계를 가리켰다. 분노로 손이 부들부들 떨렸다. "글쎄, *몇 시간만 지나면 된다고!*"

모리건은 무언가가 가슴을 쥐어짜는 느낌을 받았지만, 왜 그런지 알 수 없었다. 이븐타이드에 죽는다는 건 늘상 알고 있었다. 아버지와 할머니는 그 사실을 쉬쉬하지 않았다. 커버스가 모리건의 죽음을 운명으로 여겨 체념하고 받아들여도 그리 놀랄 일은 아니었는데, 모리건은 불현듯 깨달았다. 아버지에게 자신은 이미 죽은 딸인 편이 더 나았던 것이다. 어쩌면 커버스는 수년 동안 내심 모리건을 죽은 존재로 여겼는지도 몰랐다.

"모리건." 주피터가 모리건의 아버지를 대할 때와는 전혀 다른 목소리로 물었다. "살고 싶지 않니?"

모리건은 놀라서 움찔했다. 도대체 무슨 질문이 저래? "내가 뭘 바라는지는 중요한 게 아니에요."

"중요하지." 주피터가 단호히 말했다. "정말로, 아주 대단히 중요해. 지금 중요한 건 그것밖에 없어."

모리건은 순식간에 아버지와 할머니, 새어머니까지 눈으로 훑었다. 세 사람 모두 불안한 마음으로 모리건을 뚫어지게 쳐다봤다. 마치 생전 처음 제대로 보는 얼굴인 것처럼.

"당연히 살고 싶죠." 모리건이 잔잔하게 말했다. 이 말을 입밖으로 꺼내는 일조차 처음이었다. 가슴을 옥죄던 것이 조금 풀어졌다.

"현명한 선택이야." 주피터가 미소 지었다. 그의 얼굴에 끼어 있던 먹구름이 빠르게 종적을 감추었다. 주피터는 창가로 돌아갔다. "죽음은 따분하지. 삶 쪽이 훨씬 재미있단다. 무슨 일이 생기는 건 언제나 삶 쪽이거든. 예상 밖의 일, 도저히 예상조차 할 수 없는 일 말이야. 예상조차 못하는 이유는 그게 너무… 예상 밖이라 그런 거지." 주피터가 창가에서 조금씩 뒷걸음질하며, 여전히 창밖에 시선을 고정한 채 더듬더듬 모리건의 손을 잡았다. "예를 들면, 장담하는데 세상에서 말하는 죽음이란 게 세 시간 일찍 찾아올 거라고는 예상 못했을걸."

얼굴 위로 가루 같은 것이 떨어졌다. 모리건이 얼굴을 닦는 동안 붙박이 조명등이 흔들리고 회반죽을 바른 벽에 금이 갔다. 전구가 깜박거리면서 윙윙 소리가 났다. 유리창이 덜거덕댔다. 어렴풋하게 타는 냄새가 났다.

"저게 뭐예요?" 모리건은 반사적으로 그의 손을 꽉 움켜잡았다. "어떻게 된 거예요?"

주피터가 몸을 숙여 모리건의 귀에 속삭였다. "나를 믿니?"

모리건은 자신도 모르게 대답했다. "네."

"확신할 수 있어?"

"완전히요."

"좋아." 그가 모리건을 마주 보았다. 발밑에서 바닥이 부르르 흔들렸다. "내가 지금 저 커튼을 한 번에 잡아 뜯을 거야. 뭐가 보이든 두려워하지 마. 겁먹으면 저들이 알아챌 거야."

모리건은 마른침을 꿀꺽 삼켰다. "저들이 누군데요?"

"내가 하는 대로만 따라오면 다 잘될 거야. 알겠니? 겁낼 거

없어."

"겁낼 거 없어." 모리건이 되뇌었다. 그러는 사이 두려움이 마음속에 자리를 잡고 축제를 벌였다. 뱃속에서 공포의 대관람차가 느릿느릿 움직였다. 두려움은 곡마단의 춤추는 코끼리처럼 창자 사이사이로 공중제비를 돌았다.

"도대체 거기서 무슨 이야기를 하고 있는 게냐?" 할머니가 말했다. "그 남자가 네게 뭐라고 지껄이는 거니, 모리건? 분명히 말하지만—"

그 순간 주피터가 날렵하게 주머니에서 은색 가루 한 줌을 꺼내 커버스와 아이비, 할머니를 향해 구름처럼 자욱하고 별빛처럼 반짝이는 손 키스를 불어 날린 뒤, 창가로 몸을 움직여 커튼을 뜯어 엉망으로 구겨서 바닥 한가운데 포개 놓았다.

주피터는 뒤로 물러서서 손수 만든 작품을 바라보며 천천히, 애절하게 고개를 흔들었다. "*정말 유감이군요. 이렇게 어린 나이에 가다니 얼마나 비극적인 일인지.*"

커버스가 이맛살을 찌푸린 채 믿을 수 없다는 듯이 눈을 깜빡였다. 흐리멍덩한 표정이었다. "비극이라고?"

"흠흠." 주피터가 한 팔을 커버스의 어깨에 두른 채 커튼이 널브러진 곳으로 가까이 데려갔다. "얘야, 사랑하는 모리건. 그렇게 생기발랄했는데. 세상에 함께할 게 이렇게 많은데. 이렇게 가다니! 너무 덧없이 갔어."

"덧없지." 커버스가 어쩔 줄 몰라 하며 고개를 끄덕였다. "너무 덧없어."

주피터는 나머지 한 팔을 아이비에게 둘러 자신의 품으로 끌어당겼다. "당신들 자신을 탓하지는 말아요. 탓하고 싶으면 조금 탓해도 되지만." 주피터가 모리건에게 눈을 찡긋했다. 모리건은 너무 우스꽝스러워서 웃음이 새어 나올 지경이었다. 정말 저 커튼이 나라고 믿는 거야? 내가 죽어서 바닥에 누워 있는 거라고? 내가 바로 앞에 이렇게 서 있는데!

"아이가 아주 작아 보여요." 아이비가 훌쩍이다가 소매로 코를 쓸었다. "너무 작고 야위었네."

"그렇군요." 주피터가 말했다. "아이가 마치… 천 쪼가리 같군요."

모리건이 콧방귀를 뀌며 웃었지만, 크로우 가족은 그 소리를 전혀 듣지 못한 눈치였다.

"나는 가 볼 테니 여러분은 필요한 준비를 하도록 해요. 언론에 발표할 성명서를 준비해야 할 거예요. 가기 전에 제안을 하나 하자면, 장례식은 관을 닫고 진행하는 게 어떨까요? 관 뚜껑을 열어 두는 건 너무 천박하죠."

"옳지." 할머니가 커튼으로 만든 모리건을 내려다보며 말했다. "아무렴, 천박하고말고."

"어떻게 한 거예요?" 모리건이 귓속말로 주피터에게 물었다.

"그 은색 가루는 뭐였어요?"

"엄청난 불법이야. 너는 못 본 척해."

조명등이 맹렬히 움직이며 방 전체에 그림자를 드리웠다. 나무 타는 냄새가 여지없이 공기를 채웠다. 바닥이 다시 흔들리고, 멀리서부터 모리건에게 어떤 소리가 들렸다. 폭우가 쏟아지는 소리인지, 천둥이 치는 소리인지, 아니면 *말발굽 소리인가?*

모리건은 창밖을 내다보았다. 강렬하고 얼얼한 두려움이 척추를 타고 내려가는 느낌이었다. 극심한 공포가 담즙처럼 목구멍을 타고 올라왔다.

모리건은 그것을 볼 수 있었다. 죽음이 다가오고 있었다.

4장

연기와 그림자 사냥단

형체 없는 검은 덩어리가 초목이 메마른 숲을 지나고 산마루를 넘어서 크로우 저택으로 접근했다.

모리건에게는 메뚜기 떼나 하늘을 뒤덮은 박쥐들처럼 보였지만, 메뚜기나 박쥐라기에는 바닥과 지나치게 가깝고 요란했다. 말발굽 소리가 귀청이 터질 듯 커지면서 검은 덩어리도 점점 더 가까워졌다. 검은색 안에 불타는 듯 붉은빛의 알갱이가 수백 개 섞여 있었는데, 빛 알갱이들도 시시각각 더 환해졌다.

덩어리가 형태를 갖추기 시작했다. 커다란 형체에서 머리와 얼굴과 다리가 돋아나는 광경을 보며, 모리건은 간이 떨어지는 느낌이었다. 빨갛게 달아오른 빛의 알갱이는 불빛 따위가 아니었다. 그것은 눈이었다. 사람의 눈, 말의 눈, 사냥개의 눈이었다.

육체를 가진 존재가 아니었다. 그들은 살아 움직이는 하나의 그림자였다. 어둠이었고, 빛이 없는 순수한 암흑 그 자체였다. 또한 목적이 있었다.

그들은 사냥 중이었다.

모리건은 숨을 쉴 수가 없었다. 폐에 필요한 공기를 채워 넣기 위해 숨을 들이마시느라 가슴이 들썩거렸다. "저것들은 뭐예요?"

"나중에 얘기하자." 주피터가 말했다. "지금은 뛰어야 해."

하지만 모리건은 발이 바닥에 붙어 버린 듯 꿈쩍할 수 없었다. 창에서 고개도 돌릴 수 없었다. 주피터는 모리건의 어깨를 움켜잡고 정면으로 눈을 맞추었다.

"겁낼 것 없어. 기억하니?" 주피터는 모리건을 가볍게 흔들었다. "나중을 위해 기억해 둬."

주피터가 모리건을 창에서 떼어 내 복도로 데리고 나갔다. 모리건은 문 앞에서 걸음을 멈췄다.

"잠깐만요! 제 가족은 어쩌고요?" 모리건이 식구들이 있는 곳을 뒤돌아보았다. 그들은 아직도 바닥에 누운 커튼을 둘러싸

고 있었는데, 백여 명쯤 되는 유령 사냥꾼들이 집을 향해 달려
드는 광경을 알아채지 못한 듯했다. "그냥 이렇게 떠날 수는—"

"네 가족은 괜찮을 거야. 사냥단은 저들을 건드릴 수 없어.
내가 장담해. 서둘러."

"하지만—"

주피터가 모리건을 잡아끌었다. "저들이 사냥하려는 건 *너
야*, 모리건. 가족을 돕고 싶어? 그렇다면 이 집에서 멀리, 최대
한 멀리 달아나야 돼."

"그럼 왜 *위*층으로 올라가는 거예요?"

주피터는 대답하지 않았다. 4층에 도착하자 그는 가장 가까
운 창문을 활짝 열어젖히고 고개를 밖으로 내밀었다. "여기면
되겠어. 준비됐니? 저 채광창으로 가는 거야."

모리건은 지금까지 본 것 중 가장 기이하게 생긴 기계가 있
는 창밖을 내다보았다.

주총리인 아버지는 수년 동안 온갖 종류의 차를 타고 지역을
누볐다. 커버스는 아직도 개인적으로는 말이 끄는 구식 마차를
선호했지만, 종종 윈터시 당에서 창이 검고 엔진이 부르릉거리
는 값비싼 승용차를 보내곤 했다. 한번은 특별 허가를 받아야만
지붕에 착륙시킬 수 있는 소형 유인 비행선을 보낸 적도 있는
데, 동네 사람들이 모여들어 넋을 놓고 구경하며 사진을 찍었다.

하지만 모리건의 기억에 커버스가 탔던 차들 중에도 이렇게

생긴 건 없었다. 은은한 광택이 흐르는 황동빛의 유선형 동체가 가늘고 긴 여덟 개의 다리에 의지하여 2층 높이에 서 있는 모습은 어마어마하게 큰 금속 거미를 연상케 했다. *이웃 사람들이 **이걸** 보면 뭐라고 생각할까?* 모리건은 눈을 휘둥그렇게 뜨고 생각했다.

"아슬아슬한 거리에 댔네." 주피터가 말했다. "뛰어내릴 때 약간 반동을 줘서 차고 나가야 할 거야."

뛴다고? 설마 나더러 4층에서 뛰어내리라는 뜻은 아니겠지?

주피터가 창틀로 올라가더니 지렛대원리를 이용하여 몸의 대부분을 창밖에 걸치고 모리건에게 손을 내밀었다. "셋에 뛰는 거야, 괜찮지?"

"싫어요." 모리건이 고개를 가로저으며 창가에서 뒷걸음질 쳤다. "안 괜찮아요. 그 반대예요."

"모리건, 너의 자기 보호 본능은 칭찬해 주마. 정말이야. 하지만 뒤의 상황을 본다면, 네 본능도 어서 뛰어내리라고 말할 거야."

모리건은 뒤를 돌아봤다.

불타는 듯 빨간 눈을 한 늑대 같은 사냥개 한 마리가 위험할 정도로 가까이 쫓아와 이를 드러낸 채 으르렁거렸다. 그 뒤로 다른 사냥개 무리가 계단을 살금살금 올라왔다. 못해도 열 마리, 아니 그 이상이었다. 개들은 거칠게 몸싸움을 하며 금방이라도 물어뜯을 듯이 맹수 같은 이빨을 드러낸 채 으르렁거리면서 창가에 얼어붙은 모리건에게 가만히 접근하고 있었다.

"거, 겁낼 것 없어." 모리건이 중얼거리자 온몸의 세포들이 일제히 대답했다. *아니야 겁나.*

"셋 센다." 주피터가 모리건의 손을 잡고 창틀 위로 끌어올렸다. "하나……."

층계참에 앞장 서 있던 사냥개 주변으로 뒤따르던 무리가 합류하고, 이어서 세 번째 무리가 합세했다. 하나같이 날카로운 누런 이를 드러낸 채 불타오르는 눈을 하고 있었으며, 연기가 소용돌이치는 털은 암흑처럼 검었다. 개들이 으르렁거리는 진동이 모리건의 발가락으로 전달됐다.

"둘……."

모리건은 뒤로 물러섰다가 공중으로 몸을 띄우며 주피터에게 매달렸다. 주피터는 두 팔로 모리건을 감싸 안고 끌어당기며 상체를 뒤로 젖혔다. 사냥개들이 모리건을 향해 맹렬히 덤벼들었다.

"셋!"

차갑고 날카로운 바람이 추락하는 모리건의 귀를 채찍처럼 치고 지나갔다. 유리가 와장창 부서지면서 두 사람은 간신히 거대한 황동 거미의 몸속으로 떨어졌다. 주피터가 두 팔로 꽉 끌어안은 덕에 모리건은 충격을 덜 받았다. 위를 올려다보니 사냥개들이 창가에서 사라졌다.

"어우." 주피터가 끙끙댔다. "내일이면 내가 왜 그랬지 싶을 거야. 좀 비켜 볼래."

주피터가 모리건을 바닥으로 굴려 보냈다. 바닥에 떨어진 유리 조각이 손바닥 불룩한 곳에 박히는 바람에 모리건은 움찔 놀라 손을 움츠렸다.

"걔들은 어디로 간 거예요?"

"몰라. 하지만 아주 간 건 아니야. 아무거나 잡고 있어." 주피터는 제어판으로 달려가 조종간을 당겼다. 끼임과 함께 엔진에 시동이 걸리면서 거미가 앞으로 휙 기울어졌다. 그 바람에 모리건은 벽으로 내동댕이쳐져 얼굴로 박치기를 해야 했다. 속이 메슥거리고 토할 것 같았다. "처음에는 항상 덜컹거려. 멈출 때도 그렇고. 하지만 걱정하지 않아도 돼. 움직이는 동안은 비단결처럼 매끄럽거든. 아닐 때도 있지만. 그때그때 다르긴 해. 정말이야."

모리건은 중심을 잃고 비틀거리며 비좁은 조종석까지 떠밀려 가 낡은 가죽 의자 등받이를 꽉 붙잡았다. 주피터가 그 의자에 앉아 황동 거미를 조종했다. 모리건은 손바닥에 박힌 유리 조각을 뽑아 던져 버리고, 피는 옷에 문질러 닦았다. "그것들은 뭐였어요?"

"연기와 그림자 사냥단이야." 거미가 천천히 저택에서 멀어지는 동안 주피터는 어두운 얼굴로 어깨 너머 뒤를 돌아보았다.

"그림자…" 모리건은 반짝반짝한 버튼과 조종간이 있는 주피터의 제어판에, 아니 그의 뒤통수에 저녁에 먹은 것들을 게 워 내지 않으려고 한 손으로 입을 틀어막았다. 파도가 일렁이 는 바다 위에 조각배를 타고 앉아 있는 느낌이었다. "도대체 나 한테 뭘 바라는 거예요?"

하지만 주피터는 동체를 움직이고 기어를 변환하면서 똑바로 앉아 있기까지 하느라 정신이 없었다. "조수석에 앉아서 안전벨 트 매." 주피터가 조종석 왼쪽의, 난타라도 당한 듯 보이는 의자 를 향해 고개를 홱 움직였다. 모리건은 어렵사리 자리에 앉아 가 슴을 비스듬히 지나는 벨트를 착용했다. "준비됐니? 꽉 잡아."

거미가 엄청나게 휘청거리며 크로우 저택의 출입문을 성큼성 큼 타고 올라 넘어갔다. 전방에 어렴풋이 솟아오른 산이 보였지 만, 주피터는 방향을 틀어 자칼팩스 시내로 향했다. 길이 평탄해 지자 거미는 내리막길에서 속도를 낼 때도 안정적으로 움직였다.

자칼팩스는 이른 불꽃놀이와 요란한 소음으로 뒤덮이고, 밤 을 밝히는 형형색색의 불꽃을 구경하려고 모여든 사람들로 북 적였다. 엠파이어로가 인파로 가득 찬 모습은 모리건도 처음 보는 광경이었다.

금속 거미는 여덟 개의 다리로 도시의 중심지에서 종종걸음 을 치며 거리를 메운 사람들의 언저리를 빙 둘러 지나갔다. 주 피터에게는 더없이 좋은 기회였다. 하늘에 펼쳐진 구경거리가 연기와 그림자 사냥단으로부터 달아나는 두 사람을 감쪽같이

가려 주었다. 사람들의 시선은 위로 쏠렸고, 휘파람과 폭죽 터지는 소리가 귀를 앗아 갔다.

"우린 시내로 들어갈 게 아니라 나가야 되는 거 아니에요?" 모리건이 물었다.

"이 길이 지름길이야."

주피터는 그렇게 대답하고 나서 시청을 향해 기계를 조종했다. 거미는 삐걱거리는 금속 관절을 쭉 펴서 한껏 키를 키우더니 마치 까치발을 한 것처럼 우아하게 군중 사이를 걸어갔다.

"이건 뭐예요?" 모리건이 물었다. "이 거미 같은 거요."

"네가 '거미 같은 거'라고 막말을 퍼부은 이 기계는 말이지" 주피터가 날 선 표정을 숨기지 않고 모리건을 보며 말했다. "아라크니포드arachnipod라고 한단다. 지금껏 보지 못했던 가장 정교한 기계지."

유난히 커다란 불꽃이 밤하늘을 수놓은 뒤 폭죽의 영혼인 듯 연기가 꽃 모양으로 퍼지다가 사라졌다. 사람들의 환호 소리가 떠들썩했다.

"아름답지 않니? 이 아이의 이름은 옥타비아야. 아라크니포드는 옥타비아를 포함해서 딱 두 대만 제작됐어. 내가 그 발명가를 알고 있었지. 그 파란 조종간 좀 나 대신 당겨 줄래? 아니, 그거 말고. 그래, 그거."

아라크니포드가 요동을 치더니 멈추었다. 주피터가 미간을 일그러뜨렸다. 그는 자리에서 일어나 동체 뒤쪽으로 달려가 둥근 유리벽 바깥을 초조하게 내다봤다.

"뭐가 잘못됐나요?"

"물론 이 녀석처럼 흥미로운 기계들은 이제 한물갔어." 주피터는 아무 일도 없었다는 듯이 하던 이야기로 되돌아갔다. "그래도 나는 절대 내 오랜 오키를 보내 주지 못할 거야. 오키는 정말 믿음직스럽거든. 공중 부양선이니 자동차니 모두 아주 신식이고 화려하지만, 내가 늘 말하듯이 산을 굴러 넘을 수도 없고 물속을 돌아다닐 수도 없어. 옥타비아는 못 가는 곳이 거의 없지. 그래서 바로 이런 순간에 쓸모가 있는 거야. 우리가 꽤나 구석에 몰린 것 같구나."

주피터는 제어판으로 돌아와 천장에서 화면을 잡아당겼다. 화면은 4분할되어, 아라크니포드에서 바라본 사방의 전경을 나타냈다.

연기와 그림자 사냥단이 어느새 따라붙었다. 말 등에 올라탄 사냥꾼들과 침 흘리는 사냥개들이 사방에서 두 사람을 포위했다.

"이런 순간에 뭐가 어떻게 도움이 된다는 거예요?" 심장이 쿵쿵 뛰었다. *끝났어,* 모리건은 생각했다. *우린 갇혔어. 여기가 마지막인 거야.* "여기는 산도 없고 물도 없잖아요!"

"산은 없지, 산은." 주피터가 혼잣말처럼 중얼거렸다. "하지만 저기에… *저게* 있지."

모리건은 주피터를 따라 시계탑 꼭대기를 쳐다봤다.

"거미들이 기막히게 잘하는 게 바로 이런 거지." 주피터가 조종석에 앉아 안전띠를 매며 말했다. "기어가는 거. 너도 안전 벨트를 단단히 조여, 모리건 크로우. 그리고 뭘 해도 상관없지만 눈은 꼭 뜨고 있어라."

"눈을 감으면 어떻게 되는데요?"

"재미있는 걸 놓치지."

간신히 안전띠를 매자마자 아라크니포드가 느닷없이 앞다리를 들어 올리는 바람에 모리건은 의자 등받이로 쓰러졌다. 가늘고 긴 거대한 금속 다리 두 개가 시청 처마에 들러붙고 몸체가 들리더니, 요동을 치며 높이 더 높이, 헤아릴 수 없이 까만 **하늘반 시계**를 향해 올라갔다.

"가장 좋은 길은 아니지만, 내가 급조했던 비상 게이트웨이들 중에서 최악은 아니야."

모리건은 그가 무슨 말을 하는지 도무지 알아들을 수가 없었다. "게이트웨이라니 어디로 가는 거죠?"

"보면 알아."

모리건은 뒤돌아 둥근 유리벽을 내려다봤다. 바닥이 몇 미터 아래에서 어지러이 흔들리고, 설상가상으로 엄청나게 많은 검은 연기의 사냥꾼들이 말에서 내려 시계탑을 오르고 있었다.

"우리를 쫓아와요!" 모리건이 비명을 질렀다.

주피터는 얼굴을 찡그렸지만 뒤돌아보지 않았다. "얼마 남지 않았어. 사냥단은 우리가 가는 곳까지 따라오지 못할 거야."

"거기가 어딘데요?"

두 사람이 시계탑 꼭대기에 도착했을 때 불꽃놀이도 절정에 이르러, 빨간빛과 황금빛, 파란빛, 그리고 자줏빛 불꽃이 밤하늘을 화려하게 밝혔다.

"집에 가는 거야, 모리건 크로우."

아라크니포드가 가늘고 긴 다리 한 개를 시계 안으로 쑥 집어넣었다. 유리는 깨지지 않았다. 금도 가지 않았다. 다른 다리가 들어가자, 깊고 검은 호수에 조약돌을 던진 것처럼 시계 유리에 잔잔한 파문이 일었다. 모리건은 어안이 벙벙해 멍하니 쳐다봤다. 불가능의 밤에 또 하나의 불가능한 일이 추가됐다.

모리건은 뒤돌아봤다. 사냥꾼들이 숨을 쉬면 옥타비아의 유리벽에 김이 서릴 만큼, 그들은 바짝 다가와 있었다. 사냥꾼들이 해골 같은 팔을 뻗었다. 마치 후면의 창을 뚫고 모리건을 붙잡아 죽음이 기다리는 저 아래로 끌어내리려는 것 같았다. 모리건은 눈을 질끈 감고 싶었다. 하지만 눈을 뗄 수가 없었다.

몸체가 들썩하더니, 아라크니포드가 앞으로 고꾸라지며 시계의 문자반을 통과해 데굴데굴 굴러떨어졌다. 모리건은 어딘지 모를 곳에 도착했다.

폭죽이 터지는 소리는 들리지 않았다. 온 세상이 고요했다.

5장

네버무어에 온 것을 환영합니다

1년, 봄

그들은 쿵 하고 떨어졌다. 아라크니포드 밖은 흰 안개만 자욱했다. 온통 조용하고 잠잠했으며, 자칼팩스광장의 혼돈은 행방도 없이 사라진 듯했다. 모리건은 토할 것 같았다.

결국 이런 게 죽음일까? 둘 다 죽어서 **평안의 세계**로 건너온 걸까? 잠시 집중하여 감각을 살피던 모리건은 있을 수 없는 일이라고 생각했다. 귀가 멍멍하고 속이 메슥거렸다. 손바닥의 상처는 여전히 욱신거렸고 희미한 핏자국에 딱지가 앉은 것도

그대로였다. 모리건은 창밖을 가린 안개를 가만히 바라보았다. 두 팔 벌려 기다리는 **신성한 존재**도, 그들을 맞이하는 천사들의 합창도 없었다. 여기가 어디든, **평안의 세계**는 아니었다.

그래도 자칼팩스가 아닌 건 확실하네. 모리건은 생각했다.

나직한 신음 소리가 들려 돌아보니 주피터가 아픈 듯 얼굴을 찡그리며 조종석에서 나오기 위해 몸을 밀어내고 있었다. "미안, 기대했던 만큼 매끄럽지 못했어. 괜찮니?"

"그런 것 같아요." 모리건은 차분하게 심호흡을 하고 연기와 그림자 사냥단에 대해 생각하지 않으려 애쓰면서 주변을 두리번거렸다. "여기는 어디예요? 이 안개는 다 뭐고요?"

주피터가 눈을 위로 굴렸다. "아슬아슬했어. 그렇지? 여긴 출입통제소야." 그는 미안해하며, 마치 모든 것을 설명했다는 듯이 말했다.

모리건이 그게 무슨 뜻인지 물어보려고 입을 떼는 순간 옥타비아의 벽 안쪽에서 윙윙, 탁탁 하는 요란한 소리가 들렸다.

"이름과 소속을 밝혀 주십시오." 우렁차고 사무적인 목소리가 어딘가에서 크게 흘러나왔지만 모리건에게는 스피커가 보이지 않았다. 여기저기서 소리가 나오는 것 같았다.

주피터는 제어판에서 작은 은색 장치를 집어 들고 대답했다. "네, 안녕하십니까! 원드러스협회와 탐험가연맹, 그리고 네버무어호텔경영자연합의 주피터 노스 대장Captain Jupiter North입니다. 그리고 모리건 크로우 양은… 소속이 없습니다. 아직은요."
주피터가 모리건에게 눈을 찡긋했고, 모리건은 초조해 보이는
희미한 미소로 화답했다.

주변에서 윙윙거리는 기계음이 났다. 창밖으로 긴 기계 팔
끝에 달린 거대한 눈 하나가 안개 속에서 나타났다. 주피터의
머리보다 큰 눈은, 두 사람을 향해 깜박이며 좌우, 위아래로 아
라크니포드 안의 모든 것을 살펴봤다.

"자유주Free State의 7포켓Pocket에서 플로리엔산Mount Florien 게
이트웨이를 통해 들어왔군요. 맞습니까?" 주인을 알 수 없는
목소리가 광광 울렸다. 모리건은 흠칫 놀랐다.

"맞습니다." 주피터가 작은 은색 마이크에 대고 대답했다.

"7포켓 여행 허가는 받았습니까?"

"네, 그럼요. 학술외교 허가를 받았습니다." 주피터가 말했
다. 그는 헛기침을 하며 모리건에게 경고의 눈빛을 보냈다.

"그럼 크로우 양은 7포켓 바클레이타운Barclaytown 주민입니
까?"

크로우 양은 7포켓 바클레이타운이란 건 처음 들어 봅니다.
모리건이 속으로 대답했다.

모리건은 흥미진진하면서도 걱정되는 마음으로 주피터를 쳐
다봤다. 플로리엔산 게이트웨이라고? 학술외교 여행 허가증?
전부 말도 안 되는 얘기였다. 모리건의 심장박동 소리가 귀를

울리며 쿵쿵, 아라크니포드를 가득 채울 만큼 시끄럽게 뛰었다. 하지만 주피터는 침착했다. 그는 국경수비대의 질문에 우아하고 차분한 태도로 명랑하게 거짓말을 늘어놓았다.

"모리건 양은 1포켓 출입 승인을 받았습니까?"

"물론이죠." 주피터는 막힘없이 대답했다. "교육 체류 허가를 받았습니다."

"서류를 제출하세요."

"서류요?" 자신감 넘치는 목소리로 대답하던 주피터가 말을 더듬었다. "맞아요, 물론 그래야죠. 서류라. 그걸… 깜박했군. 잠깐 기다려요. 있었던 것 같은데… 여기 뭔가…….."

모리건은 주피터가 제어판의 다른 칸을 손으로 더듬거리며 빈 초콜릿 봉지와 쓰고 버린 휴지를 찾아내는 모습을 숨도 못 쉬고 지켜봤다. 주피터는 모리건을 보며 태연히 웃더니 찾은 물건들을 유리벽에 대고 거대한 눈의 검사를 받았다. 정말 미친 사람 같았다.

침묵의 시간은 길어지고, 모리건은 만약을 대비하며 긴장했다. 경보음과 경적이 울리고 무장한 수비대가 아라크니포드의 문을 부수고 들어올지 몰라…….

마이크에서 탁탁거리고 윙 하는 소리가 울렸다. 목소리의 주인공은 고뇌에 찬 한숨을 깊게 내뱉으며 속삭였다. "솔직히, 당신은 노력조차 안 하고 있잖아요…….."

"미안해요. 아무리 찾아도 이런 것밖에 없어요!" 주피터 역시 속삭이면서 거대한 눈을 들여다보고 깊이 반성한다는 듯이 어깨를 으쓱였다.

마침내 목소리가 우렁차게 말했다. "이동하셔도 좋습니다."

"최고예요." 주피터는 낡은 가죽 의자로 돌아가 다시 안전띠를 맸다. 모리건은 참았던 숨을 토해 냈다. "고마워요, 필."

"이런, 제발요, 좀." 스피커에서 우물거리는 소리와 삐익 마이크 떨어지는 소리가 나더니 속삭이는 목소리로 말했다. "노스, 내가 근무 중일 때는 이름 부르지 말라고 했을 텐데요."

"미안, 메이지에게 안부 전해 줘요."

"다음 주에 저녁이나 같이 하게 들러요. 안부는 와서 직접 전하면 되겠네요."

"알겠습니다, 여신님!" 주피터는 은색 마이크를 받침대에 되돌려 놓고 모리건을 돌아봤다.

"네버무어에 온 걸 환영한다."

안개가 걷히고, 거대한 석조 아치길과 난로 위 아지랑이처럼 어른거리는 은빛 문이 나타났다.

네버무어. 모리건은 마음속으로 그 단어를 곱씹어 보았다. 원드러스협회에서 보낸 입찰서에서 딱 한 번 본 적 있는 말이었다. 그때는 모리건에게 아무 의미도 없는 단어였다.

"네버무어." 모리건은 혼잣말로 작게 속삭였다.

발음이 마음에 들었다. 마치 비밀처럼, 왠지 자신에게만 속한 말 같았다.

주피터가 옥타비아에 기어를 넣는 사이, 모리건은 화면에 뜬 안내문을 읽었다. "'현지 시각 6:13a.m. 귀족 연대 3기 1년 봄, 모닝타이드 첫날. 날씨: 쌀쌀하지만 하늘은 쾌청. 도시 전반의 분위기: 낙관적이고 나른하며 약간 술에 취한 상태.'"

문이 끼익 열리고 아라크니포드가 요동을 치며 되살아났다. 모리건은 도시로 들어서면서 숨을 깊이 들이마셨다. 자칼팩스 시내를 벗어난 적이 없는 모리건은 문 너머에 무엇이 있을지 어떤 예상도 할 수 없었다.

자칼팩스에서는 모든 것이 단정하고 질서 정연했으며 또한… *평범*했다. 집들은 한결같이 줄을 맞춰 나란히 늘어서 있었다. 똑같은 벽돌집이 반듯하고 깨끗한 거리를 따라 차례차례 세워졌다. 자칼팩스에 첫 주민이 집을 지은 게 150년 전이고 뒤이어 자치시가 건설되었는데, 한 치의 오차도 없이 똑같은 양식으로 건물을 세운 건 아니지만, 만일 누군가 하늘에서 자칼팩스를 내려다본다면 생을 비관한 우울한 건축가 한 명이 도시 전체를 설계했을 거라고 추측할 정도였다.

네버무어는 자칼팩스와 전혀 달랐다.

"우리가 있는 곳은 남쪽이야." 주피터가 제어판에서 네버무어 지도를 가리키며 말했다. 아라크니포드는 몸체를 낮춘 채 어둡고 조용한 거리를 종종거리며 걷다가, 이따금 보행자가 나타나면 이리저리 재빠르게 길을 피했다.

지난밤 이른타이드를 기념한 흔적이 어두운 거리 여기저기에 흩뿌려져 있었다. 풍선과 기다란 색지들이 집집마다 앞뜰과 가로등에 어지러이 널려 있고, 이른 아침의 거리 청소부들은 나뒹구는 병을 모아 커다란 금속 휴지통에 집어넣었다. 몇몇 사람들은 푸르스름하게 날이 밝는 시간에도 여전히 거리 위에서 열린 자축연에 취해 있었다. 개중에는 비틀비틀 술집을 나서며 애절한 모닝타이드 송가를 조용히 노래하는 청년 무리도 있었다.

"오, *지이이치지 마아아시오, 나의 치이인구여—*"

"*세에에월의 바다를 헤에쳐 나아가면,* 피트, 음정이 떨어지잖아. 거긴, 잠깐, 멈춰 봐. 음이 낮다고—"

"*새로운 연대가 저 기슭에서 우리를 맞이이하니—*"

"*지나간 옛 연대가 꼭 그러어어했던 거어어처럼,* 아니 이 부분은, 여긴 끝을 내려야지. 올리는 게 아니야—"

옥타비아는 속도를 올려 자갈이 깔린 차로, 좁은 골목길과 드넓은 대로, 정돈이 잘된 구식 도로와 정신없이 현란한 길 등을 지났다. 물 위에 둥둥 떠서 지나온 곳은 오그덴온주로Ogden-on-Juro라는 자치도시였는데, 마치 도시 전체가 가라앉고 있는 것처럼 보였다. 거리가 물로 이루어져서, 사람들은 물안개가 소용돌이치는 수면 위로 작은 배를 저으며 지나다녔다.

눈을 돌리는 곳마다 완만하고 푸른 공원과 자그마한 교회 정원, 묘지와 마당과 분수대, 조각상이 보였는데, 따뜻해 보이는 노란 가스등과 이따금 한 번씩 터지는 불꽃이 그 전경을 환하게 비추었다.

모리건은 조수석에서 일어나 창문마다 돌아다니며 얼굴을 바짝 대고 모든 것을 눈에 담았다. 이럴 때 카메라가 있다면. 모리건은 아라크니포드에서 뛰어내릴 수만 있다면 거리로 달려 나가고 싶었다!

"내 대신 화면 좀 봐 줄래." 주피터가 옥타비아를 몰고 지저분한 뒷골목을 지나가며 고갯짓으로 화면을 가리켰다. "일출이 몇 시니?"

"일출은… 6시 36분이에요."

"늦었네. 속도 좀 내 볼까, 오키." 주피터가 혼잣말을 하자 아라크니포드의 엔진 소리가 윙윙대며 높아졌다.

"여기는 어디예요?" 모리건이 물었다.

주피터가 웃었다. "잠이라도 잤니? 여긴 네버무어란다, 아가야."

"알아요, 그러니까 네버무어가 *어디냐고요*?"

"자유주지."

모리건이 미간을 찌푸렸다. "자유주가 어디에 있는 주인데요?" 공화국에는 네 개의 주가 있었다. 사우스라이트, 프로스퍼, 파이스트상, 그리고 나머지 하나는 물론 그레이트울프에이 커였다. 네 개 주 이외의 세상에 대해서는 들어 본 적이 없었다.

"여기는" 주피터가 옥타비아를 옆길로 몰면서 말했다. "자유 주는 자유주야. 정말로 자유로운 주란다. 다섯 번째 주지만, 네 가정교사들은 자유주에 대해 절대 알려 준 적이 없을 거야. 왜 냐하면 그 사람들도 모르거든. 엄밀히 따지면 여기는 법적으로 공화국에 속한 지역이 아니야." 주피터가 모리건에게 눈썹을 씰룩이며 말했다. "초대받지 못한 사람은 들어올 수 없지."

"그래서 연기와 그림자 사냥단이 시계탑에서 못 들어온 건가 요?" 모리건이 조수석으로 돌아가 앉으며 물었다. "초대를 받 지 못해서?"

"그래." 주피터가 망설였다. "원래는."

모리건은 그의 얼굴을 유심히 쳐다봤다. "여기까지… 여기까 지 우리를 따라올 수도 있나요?"

"너는 안전해, 모리건." 주피터가 거리에서 시선을 떼지 않 은 채 대답했다. "내가 보장해."

모리건의 흥분이 가라앉았다. 주피터가 출입통제소 수비대 에게 능수능란하게 거짓말하는 모습을 본 데다, 모리건이 묻 는 말에 제대로 대답하지 않았다는 사실도 그냥 지나치기 힘들 었다. 하지만 이 이상한 밤에 일어난 일 중 이치에 맞는 부분은 거의 없었다. 머릿속에서 질문들이 회오리를 쳤지만 모리건이 할 수 있는 일은 날아다니다 걸려드는 질문을 꽉 그러잡는 것뿐이었다.

"어떻게, 그러니까 내 말은…" 모리건은 눈을 깜박였다. "이해가 안 돼요. 나는 이븐타이드에 죽었어야 해요."

"아니야. 정확히 말하면 이븐타이드 *자정*에 죽는 거였지." 브레이크를 꾹 밟은 주피터는 고양이 한 마리가 길을 다 건널 때까지 기다렸다가 다시 힘껏 가속페달을 밟았다. 와락 의자를 움켜잡은 모리건의 손가락이 하얗게 질렸다. "하지만 이븐타이드에 자정은 없었어. 너에게는 말이지. 네버무어는 자칼팩스보다 아홉 시간 정도 빠르거든. 그러니까 너는 자정을 그냥 건너뛴 셈이야. 다른 시간대로 넘어왔으니까. 넌 죽음을 속인 거야. 훌륭해. 배고프니?"

모리건이 고개를 저었다. "연기와 그림자 사냥단은, 왜 우리를 쫓아오는 거예요?"

"우리를 쫓아오는 게 아니라 너를 쫓아오는 거야. 그리고 너를 쫓아오는 게 아니야. 너를 사냥하는 거지. 그놈들은 저주받은 아이들을 사냥해. 저주받은 아이들이 죽는 건 다 그 때문이야. 맙소사, 배고파서 기절하겠네. 잠깐 세워 놓고 아침을 해결할 시간만 있어도 좋으련만."

모리건은 입이 말랐다. "아이들을 사냥한다고요?"

"*저주받은* 아이들을 사냥하지. 전문가라고 해도 될 정도야."

"하지만 왜요?" 머릿속 회오리가 더 거세게 휘몰아쳤다. "그 사냥꾼들을 누가 보내는 건데요? 또 저주가 자정에 죽는 거라면—"

"베이컨 샌드위치 정도는 한입에 해치울 수 있을 것 같아."

"—그럼 그들은 왜 일찍 온 거죠?"

"그건 전혀 감이 안 와." 주피터는 가벼운 목소리로 대답했지만 얼굴은 뒤숭숭해 보였다. 그는 자갈이 깔린 비좁은 거리를 살피며 가기 위해 기어를 변경했다. "파티라도 가야 했나 보지. 이븐타이드에 일을 해야 하니 기분이 개떡 같았을 거야."

"네가 무슨 생각하는지 다 알아." 옥타비아를 전용 차고에 채워 두며 주피터가 말했다. 커다란 롤링도어 옆의 늘어진 쇠줄을 당기자 문이 내려왔다. 공기가 몹시 차서 숨을 쉬면 입김이 구름처럼 하얗게 나왔다. "네버무어. 그게 그렇게 대단하다면 왜 한 번도 못 들어 봤을까 궁금하지? 사실, 모리건, 이곳은 최고의 장소란다. 모든 이름 없는 영토 가운데 *가장 좋은 곳*이지."

주피터는 몸에 딱 맞는 푸른색 코트를 벗어 모리건의 어깨에 둘렀다. 너무 크고 길어서 소매 끝에 손이 닿지 않았지만 모리건은 코트를 꼭 끌어안고 온기에 한껏 몸을 맡겼다. 주피터는 이제 축 처진 구릿빛 머리카락을 한 손으로 쓸어 넘기며, 다른 손으로 모리건의 손을 잡고 동이 트기 시작한 쌀쌀한 거리를 걸었다.

"우리는 훌륭한 건축 기술도 가지고 있어." 주피터가 말을 이었다. "식당도 아름답고. 대중교통도 꽤 믿을 만하지. 기후도 정말 좋아. 겨울에는 춥고, 겨울이 아닐 땐 춥지 않단다. 너도 예상은 했겠지만. 참, 바닷가도 있지! *바닷가*라." 주피터는 곰곰이 생각하는 얼굴이었다. "바닷가는 사실 볼 건 없어. 뭐, 완벽할 순 없으니까."

모리건은 그가 혼잣말인 듯 속사포처럼 내뱉는 이야기를 알아듣는 것도 힘들었지만, 가늘고 긴 다리에 보조를 맞춰 걷느라 죽을 맛이었다. **험딩어가로수길**Humdinger Avenue이라는 이정표가 붙은 거리를 지날 때는 깡충거리며 걷다 뛰다를 반복했다.

"죄송해요." 모리건은 숨도 차고, 쥐가 나서 종아리가 조이는 탓에 살짝 절뚝거렸다. "조금만… 천천히 가면… 안 돼요?"

"안 돼. 시간이 거의 다 됐어."

"무슨… 시간요?"

"가 보면 알게 될 거야. 어디까지 했지? 아, 바닷가. 별 볼 일 없다고. 하지만 오락거리를 찾는다면 트롤경기장Trollosseum에 가면 돼. *네가 폭력적인 걸 즐긴다면 말이야.* 트롤 격투 경기는 매주 토요일에 열리고, 켄타우로스(* centaur, 그리스신화에 등장하는 상반신은 사람이고 하반신은 말인 종족 – 옮긴이) 롤러더비(* roller derby, 롤러스케이트를 신고 트랙을 돌며 경쟁하는 팀 대항 격투 스포츠 – 옮긴이)는 매주 화요일 밤에 열려. 좀비 페인트볼(* paintball, 상대에게 페인트가 든 탄환을 쏘는 스포츠 – 옮긴이) 경기는 격주로 금요일에 볼 수 있고. 크리스마스에는 유니콘 토너먼트 시합이 개최되고, 6월에는 용타기 대회가 열리지."

모리건은 머리가 팽글팽글 돌았다. 파이스트상주에 켄타우로스가 소규모로 군집을 이룬 곳이 있다는 이야기도 들어 봤고, 야생에 용이 산다는 것도 알았다. 하지만 전부 엄청나게 위험한 존재들이었다. 누가 용을 탈 생각을 한단 말인가? 게다가 트롤이라니. 좀비라니? 뭐 *유니콘?* 주피터가 하는 말이 농담인지 진담인지 분간이 안 갔다.

두 사람은 캐디스플라이앨리Caddisfly Alley라는 이름의 길로 들어가, 미로처럼 고불고불한 곳을 전력을 다해 뛰어 내려갔다. 길은 끝도 없이 계속될 것 같았지만, 어느덧 두 사람 앞에 위가 둥근 나무 문이 나타났다. 문에는 빛바랜 금색 활자로 **호텔 듀칼리온**이라고 쓴 작은 간판이 달려 있었다.

"아저씨… 호텔에… 살아요?" 모리건이 숨을 몰아쉬며 물었다.

하지만 주피터는 그 말을 듣지 못했다. 그가 여러 개의 열쇠가 달린 황동 고리를 들고 주춤할 때 문이 벌컥 열리는 바람에 모리건은 뒤로 넘어질 뻔했다.

문에서 불쑥 튀어나온 건 고양이었다. 그냥 고양이가 아니었다. *어마어마하게 큰 고양이*였다. 모리건이 지금껏 본 고양이 중에서 가장 크고 가장 무섭고 가장 이빨이 도드라지고 가장 털이 덥수룩했다. 엉덩이를 깔고 앉은 고양이는 문틀 사이에 편하게 자리를 잡기 위해 끙끙거리고 있었다. 벽을 들이받은 것처럼 짜부라지고 주름진 얼굴로 코를 킁킁대고 숨을 헐떡이는 모습이, 거대한 원시시대 고양이가 된 크로우 저택의 부엌 고양이 같았다.

그러나 고양이의 겉모습을 보고 받은 충격은 아무것도 아니었다. 놀랍게도 그 거대한 잿빛 머리가 주피터를 보며 말을 하기 시작한 것이다.

"내 아침밥을 챙겨 왔군."

6장

모닝타이드

고양이가 주먹만 한 호박색 눈으로 자신을 위아래로 훑어보는 동안 모리건은 숨을 죽였다. 마침내 고양이는 뒤를 돌아 슬그머니 안으로 들어갔다. 모리건이 뒤로 물러서려는데 주피터가 팔꿈치로 쿡 찌르며 문 쪽으로 밀었다. 모리건은 공포에 질려 그를 쳐다봤다. 속임수였나? 나를 연기와 그림자 사냥단에게서 구해 *엄청나게 큰* 고양이의 먹이로 주려고 데려온 거야?

"하나도 안 웃겨." 주피터가 어둑한 불빛의 길고 좁은 복도를 앞장서서 걸어 내려가는 거대한 고양이의 엉덩이를 향해 말했다. "너야말로 *내* 아침을 준비해 놨길 바란다. 늙수그레한 털북숭이야. 시간이 얼마나 있지?"

"6분하고 30초." 고양이가 대답했다. "늘 그렇듯이 미련할 정도로 빠듯하게 왔어. 로비에 흙칠하며 돌아다니기 전에 그 욕지기나는 부츠는 반드시 벗어야겠지?"

주피터가 한 손을 모리건의 어깨에 얹으며 앞으로 걷게 했다. 벽에 걸린 가스등이 한층 어둑해졌다. 보이는 게 많지는 않았지만, 카펫은 허름하고 벽지는 군데군데 벗겨졌다. 희미하게 눅눅한 냄새도 났다. 그들은 가파른 나무 계단을 오르기 시작했다.

"여기는 직원 전용 출입구야. 으스스하지. 나도 알아. 손을 좀 봐야 돼." 주피터가 말했다. 모리건은 주피터가 자신에게 설명하고 있다는 걸 깨닫고 깜짝 놀랐다. 내 생각을 어떻게 알았지? "어디서 연락 온 건 없어, 핀?"

고양이가 고개를 돌려 주피터를 쳐다보았을 때 이들은 맨 위 계단참에 다다라 번지르르한 검은색 이중문 앞에 서 있었는데, 믿기 힘들었지만 모리건이 보는 앞에서 고양이는 짜증난다는 듯이 눈알을 위로 굴리며 대답했다. "내가 어떻게 알겠어? 내가 네 비서도 아니고. *장화 벗으라고 했잖아.*" 고양이는 거대한 잿빛 머리를 쿡 들이밀어 단번에 문을 열었다. 그곳은 지금까지 모리건이 보았던 곳 중 가장 아름답고 웅장한 공간이었다.

호텔 듀칼리온의 로비는 동굴 같으면서 밝았다. 어두침침하고 낡은 직원 전용 출입구를 빠져나온 뒤라 더 놀라웠다(하지만 말하는 거대 고양이가 문을 열어 주었을 때만큼은 아니었다). 바닥에는 검은색과 흰색의 대리석이 체커판처럼 깔려 있고, 천장에 달린 장밋빛 범선 모양의 샹들리에는 수정을 주렁주렁 매단 채 로비에 따스한 빛을 한가득 채웠다. 나무 화분과 우아한 가구가 이곳저곳을 장식했다. 웅장하고 화려한 계단은 벽을 따라 아찔한 나선을 그리며 14층까지 이어졌다(모리건이 세어 보았다).

"나한테 이래라저래라 하면 안 되지. 내가 네 급료를 지불하는데!" 주피터는 툴툴거리면서도 여행용 부츠를 벗었다. 젊은 남자가 벗어 놓은 부츠를 받아 들고 반질반질하게 광을 낸 검은 구두 한 켤레를 건네자, 주피터는 마지못해 그 구두를 신었다.

분홍색과 금색이 섞인 제복 차림의 직원들이 지나가면서 "즐거운 모닝타이드예요, 대장"이라거나 "새 연대에도 행복하세요, 노스 대장"이라고 발랄하게 인사했다.

"자네도 행복한 연대가 되게나, 마사." 주피터도 인사에 답례했다. "새 연대에도 행복하게, 찰리. 즐거운 모닝타이드예요, 여러분! 거기 전부 당장 옥상으로 올라가지 않으면 가진 걸 다 잃게 될 거야. 거기 셋, 아니 네 명. 와서 승강기를 타지. 그래, 자네도. 마사, 옥상에 자리가 널렸다고."

직원 몇 명이 고분고분 주피터를 따라 드넓은 로비를 가로지르는 동안, 모리건은 깨달았다. 주피터가 단순히 호텔에 *사는* 게 아니라 호텔을 소유했다는 사실을 말이다. 대리석 바닥과 샹들리에, 반짝반짝 빛나는 안내 데스크, 한편에 놓인 그랜드 피아노, 휘황찬란한 계단 등, 이 모든 게 *그의 것*이었다. 사람들은 주피터가 고용한 직원들이었다. 그에게 큰소리를 치고 그를 노려보는 어마어마하게 큰 고양이까지도. 모리건은 기가 죽는 느낌을 떨치기 힘들었다.

"위에서 봐. 꾸물거리지 말고." 고양이는 둥글게 휜 계단의 난간 위로 뛰어오르더니, 한 번에 네 계단씩 껑충껑충 올라갔다.

주피터가 모리건을 돌아봤다. "네가 무슨 생각을 하는지 알아." 오늘에만 두 번째로 하는 말이었다. "왜 저 성묘(* Magnificat, 본래 '성모의 노래'라는 뜻으로, 거대하고 훌륭한 고양이라는 중의적 의미를 담은 작명 – 옮긴이)가 나한테 이래라저래라 하도록 내버려 두냐는 거지? 그야, 단순하지—"

"저건 성묘가 아니에요." 모리건이 주피터의 말을 가로챘다.

주피터가 콧김을 훅 들이마시더니, 고개를 길게 빼고는 빙글빙글 올라가는 계단 높은 곳까지 유심히 올려다보며 고양이가 없는지 확인했다. 멀리서 아무 소리도 들리지 않는 것까지 확인한 뒤에야 모리건을 돌아보며 목소리를 낮춰 물었다. "그게 무슨 뜻이니? '저건 성묘가 아니에요?' 저 친구는 당연히 성묘야."

"성묘 그림은 신문에서 본 적이 있는데, 저 고양이랑 하나도 닮지 않았어요. 윈터시 대통령도 성묘 여섯 마리가 끄는 마차를 타거든요. 그 성묘들은 전부 까맣고 윤기가 반지르르해요." 주피터가 조용히 하라는 뜻으로 손가락을 자기 입에 갖다 대며, 불안한 듯 또다시 계단 위를 힐끔거렸다. "그리고 성묘는 장식이 달린 목걸이를 하고 커다란 코걸이도 해요. 또 확실한 건, 말을 하지 않아요."

"피네스트라가 그 말을 듣는 일은 *없게* 해라." 주피터가 작은 소리로 엄하게 말했다.

"피네스트라요?"

"그래!" 그가 분한 듯 대답했다. "저 친구도 이름이 있지 않겠니. 기분 나쁘게 듣지 마라. 하지만 네가 생각하는 성묘상은 몹시 치우쳐 있어. 이 동네에서 미운털 박히고 싶지 않으면 그런 생각은 속으로만 하는 게 좋을 거야. 피네스트라는 시설관리 책임자란다."

모리건은 그를 빤히 쳐다봤다. 미친 사람과 함께 시계를 통과해 낯선 도시로 들어와서 호텔까지 따라온 게 현명한 일이었는지 찰나의 의문이 스쳐 지나갔다. "고양이가 어떻게 시설을 관리해요?"

"네가 무슨 생각하는지 알아." 또 그 말이었다. 둘은 유리로 만든 오래된 원형 승강기 앞에 섰다. 주피터가 승강기 버튼을 눌렀다. "마주 보는 엄지손가락도 없는데 먼지는 어떻게 터냐고? 솔직히 말하면 나도 나 자신에게 똑같은 질문을 해 봤는데, 밤잠을 설칠 정도로 고민한 건 아니야. 너도 그럴 필요 없어. 아, 케저리가 오는군."

승강기가 도착해 문이 열리는 순간, 노령이지만 정정해 보이는 새하얀 머리의 남자가 승강기를 잡기 위해 힘껏 달려왔다. 남자는 장밋빛 타탄 무늬 바지에 회색 정장 상의를 입고, 분홍색 손수건을 접어 주머니에 단정히 밀어 넣은 모습이었는데, 그 위에는 HD라는 철자가 금색의 모노그램(* monogram, 약어나 머리글자 등을 한 단어처럼 도안한 문양 – 옮긴이)으로 새겨져 있었다.

"모리건, 이쪽은 케저리 번스 씨란다. 우리 호텔 총괄 관리자지. 호텔에서 길을 잃으면, 아마 다니다 보면 그럴 때가 있을 거야. 그때 케저리를 부르렴. 이곳은 이 사람이 나보다 더 잘 알지 않을까 싶을 때도 있거든. 내 앞으로 연락 온 거 있나요? 연락이 닿지 않는 곳에 다녀와서요." 주피터가 일행을 모두 승강기 안쪽으로 밀어 넣자 윙 하고 문이 닫혔다.

케저리는 주피터에게 종이 뭉치를 건넸다. "물론입니다. 연맹에서 열여섯 건, 협회에서 네 건, 청장실에서 한 건 있습니다."

"엄청나군. 탈이나 말썽은 없었지요?"

"순탄합니다. 순탄해요." 케저리가 강한 사투리 억양으로 말을 이었다. "목요일에 6층에 들락거리는 유령 문제를 처리하러 초자연현상서비스 양반들이 들렀습죠. 청구서는 경리부로 보냈습니다. 어제는 네버무어교통국에서 전갈을 보냈습니다. 조언을 구하고 싶다더군요. 고사메르 노선Gossamer Line의 울림 현상에 대한 거라나 뭐라나. 참, 그리고 누군가 온실에 알파카 네 마리를 풀어놨습니다. 프런트에서 안내 방송을 내보낼까요?"

"알파카라고? 와우! 거기가 마음에 쏙 드는 눈치던가요?"

"지금도 온실의 난초를 뜯어먹고 있습죠."

"그러면 좀 더 놔둬도 돼요." (좀 더가 언제까지야? 모리건은 생각했다.) "방은 준비됐나요?"

"물론 됐습죠. 객실 청소를 끝냈습니다. 가구들도 반짝반짝 윤이 나도록 닦았고요. 봄날의 꽃처럼 싱그러울 겁니다."

승강기가 올라가고 층수를 알리는 불빛이 바뀌면서 유리벽 바깥으로 보이는 호텔 로비도 발밑으로 멀어졌다. 모리건은 간이 오그라드는 것 같았다. 한 손을 유리벽에 붙이고 중심을 잡았다. 주피터와 인사를 나누었던 객실관리 직원 마사가 안심하라는 듯 미소를 지어 주었다. 마사는 어리지만 유능해 보였는데, 칙칙한 갈색 머리를 동그랗게 말아 올려 단정하게 고정시키고, 유니폼을 구김살 하나 없이 깔끔하게 다려 입고 있었다.

"처음 몇 번은 다들 그래." 마사가 소곤거리듯 상냥하게 말했다. 입에 머금었던 미소가 커다란 녹갈색 눈까지 번졌다. "익숙해질 거야."

"우산들은 준비했나?" 주피터가 묻자, 직원들이 너나 할 거 없이 허둥대며 우산을 들어 보이는 것으로 대답을 대신했다. "아, 잊을 뻔했네. 생일 축하한다, 모리건."

주피터가 손을 뻗더니 아직 모리건이 어깨에 걸치고 있는 파란 외투 속 깊숙이 어딘가에서 길고 가는 갈색 종이 꾸러미를 꺼냈다. 모리건이 조심스럽게 종이를 벗겨 내자 손잡이에 은으로 가는 줄무늬가 세공된 검은색 우산이 나왔다. 손잡이 끝에는 오팔로 조각된 작은 새가 장식되어 있었다. 각도에 따라 빛깔이 바뀌는 날개를 손가락 끝으로 더듬던 모리건은 말문이 꽉 막혀 버린 느낌이었다. 이토록 사랑스러운 선물은 난생 처음이었다.

손잡이에는 끈에 매달린 작은 쪽지도 있었다.

> 이게 필요할 거야.
> - J. N.

"고, 고맙습니다." 모리건은 목이 메어 말을 더듬었다. "난 한 번도, 아무한테도—"

하지만 말을 끝맺기도 전에 승강기 문이 열리면서 시끌벅적하게 축하연을 즐기는 소리가 쏟아져 들어왔다. 모리건은 화려한 폭풍의 눈 속으로 들어선 느낌이었다.

탁 트인 넓은 옥상에 모인 수백 명의 손님들은 무리를 지어 다니며 쩌렁쩌렁 소리를 지르고 키득거리면서 신나게 춤을 췄다. 줄지어 불타오르는 횃불과 장식등이 희열에 넘치는 얼굴들을 비추었다. 십여 명의 사람들이 밑에서 움직이는 거대한 허수아비 용 인형이 그 틈에서 춤을 추었다. 의상을 갖춰 입은 곡예사들은 아찔하게 높은 단 위에서 춤을 추며 공중제비를 돌았다. 곡예사들의 머리 위로는 모자이크 모양으로 반짝이는 미러볼들이 마법에 걸린 것처럼 빙글빙글 돌면서 모리건이 보는 곳마다 변화무쌍한 빛을 뿌려 댔다. 모리건보다 나이가 많아 보이는 남자아이가 웃으면서 모리건을 지나쳐 춤추는 용을 쫓아 뛰어갔다.

이 모든 것에 둘러싸인 한가운데 거품을 뿜는 샴페인 분수와 연주대가 있고, 연주대 위에서 흰 재킷을 입은 연주자들이 스윙 음악을 연주했다. (음악가들 사이에 밝은 초록색의 커다란 도마뱀이 섞여 콘트라베이스를 연주하는 것 같았지만, 모리건은 너무 피곤해서 헛것이 보인다고 생각했다.) 성묘 피네스트라조차 미러볼을 치거나 춤을 추다 지나치게 가까이 다가온 사람들을 노려보면서 한껏 즐기고 있는 듯 보였다.

모리건은 고막을 때리는 소음을 참지 못하고 눈을 휘둥그레 뜬 채 뒤로 물러섰다. 여기까지 따라왔을지 모를 저주가 일으킬 만한 상황들을 머릿속으로 헤아려 보니, 온통 파티를 망쳐 버릴 일투성이였다. 내일 아침 신문 1면의 머리기사가 눈에 선했다. 무대에서 떨어진 곡예사, 목이 부러지다: 원인은 저주받은 아이. 샴페인 분수가 유독성 산성 물질로 변해, 수백 명이 고꾸라져 사망.

모든 게 버거웠다. 가장 먼저 연기와 그림자 사냥단이 그랬고, 엄청나게 큰 거미 기계와 안개로 뒤덮인 출입통제소가 그랬고, 지금… 이 기괴한 파티가 그랬다. 심지어 호텔 옥상에서 말이다. 아무렇게나 자리 잡은 듯, 한 번도 들어 본 적 없는 비밀의 도시에서. 미친 생강 인간과 거대 고양이와 함께하는.

비록 모리건은 아닐지라도, 끝날 줄 모르는 이 밤은 분명 누군가에게는 마지막이 될 것이다.

"*주피터다!*" 누군가 외쳤다. "봐. 주피터 노스야! 주피터가 왔어!"

깜짝 놀라 삑 하고 음을 이탈한 색소폰 소리와 함께 음악이 뚝 끊겼다. 흥분된 떨림이 파티장을 휩쓸었다.

"건배!" 어떤 여자가 소리쳤다.

사람들이 여자를 따라 외치며 박수를 치고 휘파람을 불고 발을 쿵쿵 굴렀다. 모리건은 수백 명이 얼굴을 빛내며 해를 쫓는 해바라기처럼 일제히 주피터를 돌아보는 광경을 넋을 잃고 지켜보았다.

"새로운 연대를 위해 건배합시다. 노스 대장입니다!"

주피터가 연주대로 뛰어 올라가 한 손을 치켜들면서 다른 손으로는 종업원이 쟁반에 받쳐 나르던 늘씬하게 긴 샴페인 잔을 낚아챘다. 파티에 모인 사람들이 조용해졌다.

"친구들, 존경하는 귀빈 여러분, 그리고 나의 사랑하는 듀칼리온 가족 여러분." 이른 아침의 상쾌한 공기 속으로 그의 목소리가 낭랑하게 울렸다. "우리는 신나게 춤을 추고, 잔뜩 먹고, 거하게 마셨습니다. 우리는 아쉽고도 자랑스러운 마음으로 지난 연대에 이별을 고했습니다. 그리고 이제 새로운 연대를 향해 담대하게 나아가야 합니다. 이 연대에도 모두들 원만하고 행복하기를. 예기치 못한 모험 앞에 나설 수 있기를."

"예기치 못한 모험 앞에 나설 수 있기를." 파티에 모인 참가자들이 마지막 말을 한목소리로 따라하며, 들고 있던 분홍빛 샴페인 잔을 내렸다.

주피터는 많은 사람들 중에서 모리건을 바라보며 싱긋 웃었고, 모리건도 우산을 꽉 움켜쥔 채 미소로 답했다. 오늘 밤에 일어난 일은 전부 다 예기치 못한 모험이었다.

"이제, 용기가 있다면, 듀칼리온의 유서 깊은 모닝타이드 전통 행사로 여러분을 초대합니다." 그가 동쪽을 가리켰다. 저 멀리 지평선을 따라 일자로 뻗은 금빛이 이제 막 아른거리기 시작하고 있었다. "횃불을 꺼요. 여명이 밝기 시작했고, 우리는 그 빛 아래 서게 될 것입니다."

횃불이 하나하나 사라졌다. 장식등이 깜박깜박하다 꺼졌다. 주피터는 손짓으로 모리건을 불렀다. 모리건은 옥상 가장자리를 빙 둘러 주피터에게 걸어갔다.

사방으로 수 킬로미터씩 펼쳐진 네버무어가 보였다. 모리건은 배를 타고 건물과 거리와 사람들과 *삶*의 바다를 항해하는 상상을 했다.

전율이 모리건의 목을 타고 내려가며 소름이 돋았다. *나는 살아 있어*, 이 생각이 참으로 터무니없기도 하고 벅차오르기도 하면서 웃음이 새어 나왔다. 웃음이 조용한 파티장으로 흘러들었지만 모리건은 신경 쓰지 않았다. 속이 탁 트인 기분이었다. 죽음을 속여 넘긴 사람만이 느낄 수 있는 배짱과 새로운 기쁨이 터질 듯 차올랐다.

이제 새로운 연대야. 모리건은 그렇게 생각하면서도 믿기지 않았다. *그리고 나는 살아 있어.*

모리건의 왼쪽에 있던 여자가 난간 위로 올라갔다. 여자는 치렁치렁한 실크 드레스 자락을 붙잡고, 머리 위로 우산을 폈다. 둘러서 있던 사람들이 모두 여자를 따라 올라가, 난간 위는 어느덧 어깨를 맞대고 우산을 높이 든 채 새로운 해를 바라보며 서 있는 사람들로 가득 찼다.

"담대하게 나아가라!" 실크 드레스를 입은 여자가 외쳤다.

그러고는 한 치의 망설임도 없이 옥상에서 뛰어내렸고, 14개 층을 둥실, 둥실, 둥실 떠내려갔다. 모리건이 깜짝 놀라 주피터를 쳐다봤지만 그는 아무렇지도 않은 표정이었다. 모리건은 아래에서 고통스러운 비명 소리나 철퍼덕 땅에 떨어지는 소리가 크게 들려올 거라 생각했지만, 아무런 소리도 들리지 않았다. 지상에 착륙하면서 살짝 비틀거린 여자는 승리의 환호를 내질렀다.

있을 수 없는 일이야, 모리건이 생각했다.

"담대하게 나아가라!" 다른 손님이 큰 소리로 외치고, 다음으로 호텔 총괄 관리자 케저리와 객실관리 직원 마사도 나섰다. "담대하게 나아가라!" 한 명, 한 명이 같은 말을 연이어 외치더니 이내 이 짜릿한 두 단어의 합창 소리가 대기를 가득 메웠다. 사람들은 차례차례 난간에서 뛰어내렸고, 모리건이 내려다보았을 때는 우산의 바다가 펼쳐져 있었다.

다음으로 주피터가 뒤 한 번 돌아보지 않고 난간 위로 올라가서 우산을 펼쳤다. 파티장에서 본 남자아이도 난간 위에 올라 주피터 옆에 섰다. 두 사람은 함께 "담대하게 나아가라!"라고 외친 뒤 난간을 박차고 뛰어올랐다.

모리건은 두 사람이 아래로 공기처럼 가볍게 떠내려가는 모습을 유심히 지켜봤다. 그들이 바닥으로 내려가기까지 한 연대가 흐른 것 같았지만, 마침내 주피터와 남자아이는 안전하게 두 발로 착지한 후 웃으며 서로를 껴안고 등을 두드려 주었다. 그러고 나서 주피터는 고개를 들어 모리건을 쳐다봤다.

모리건은 그가 무슨 말이든 하기를 기다렸지만 주피터는 아무 말도 하지 않았다. 격려도 없었다. 설득하거나 안심시켜 주는 말도 없었다. 그저 바라보면서, 모리건이 어떤 선택을 할지 기다렸다.

모리건은 공포와 희열을 동시에 느꼈다. 이건 두 번째 기회였다. 꿈조차 꿔 본 적 없던 새로운 삶의 시작이었다. 두 다리가 부러져 새로운 삶을 망치게 될까? 유혈 낭자한 죽음을 맞게 되는 건 아닐까? 이븐타이드에 죽음을 속여 도망쳐 놓고, 결국 모닝타이드가 되자마자 너무 쉽게 죽음에 무릎 꿇는 꼴이 되진 않을까?

확실히 알 수 있는 방법은 단 한 가지뿐이었다.

주피터가 걸쳐 주었던 외투가 발밑으로 흘러내렸다. 난간을 오르면서 떨리는 손으로 새 우산을 펼쳤다. *아래를 보지 마, 아래를 보지 마, 아래를 보지 마.* 주변 공기가 거의 다 증발해 버린 것만 같았다.

"담대하게 나아가라." 모리건이 나지막이 읊조렸다.

그다음 눈을 감았다.

그리고 뛰어내렸다.

바람이 모리건을 폭 껴안았다. 땅으로 떨어지는 내내 아드레날린이 맹렬히 분출하는 것 같았다. 차가운 공기를 맞은 머리카락이 얼굴 이리저리로 휘날렸다. 마침내 두 발이 땅에 단단히 내려섰다. 착륙의 충격 때문에 다리가 비틀거렸지만, 어떻게 된 일인지 모리건은 기적처럼 똑바로 서 있었다.

모리건은 눈을 떴다. 사방에서 중력에 승리한 사건을 자축하며, 물살을 튀기고 분수대로 뛰어 들어가 파티 의상을 흠뻑 적셨다. 단 한 사람, 주피터만이 꼼짝도 하지 않고 그 자리에 서서 자랑스러운 마음과 안도감과 감탄이 뒤섞인 얼굴로 모리건을 바라봤다. 이 세상에서 어느 누구도 그런 얼굴을 하고 모리건을 바라본 적은 없었다.

모리건은 주피터가 선 곳으로 씩씩하게 걸어가면서, 그를 안아 줄까, 분수대로 밀어 버릴까 고민했다. 결국 둘 다 실행에 옮기지는 않았다.

"행복한 새 연대 되세요"라고 말한 것이 전부였다.

하지만 진심은 다른 말을 하고 있었다. *난 살아 있어요.*

7장

호텔 듀칼리온에서의
즐거운 시간들

　모리건은 어둠 속으로 떨어지는 꿈을 꿨다. 하지만 잠에서 깨니 햇살은 눈부셨고, 누군가 놓고 간 쟁반 위에 달걀 프라이와 토스트, 그리고 쪽지가 하나 남겨져 있었다.

　아침 식사를 한 뒤에 내 서재로 오렴.
　4층 음악 살롱에서 두 방 건너란다.

—J. N.

뒷면에는 주피터가 화살표로 방향을 표시해 둔 약도가 그려져 있었다. 벽시계를 보니 오후 1시였다. 아침 식사 시간은 훨씬 지났네, 모리건은 생각했다. 이 쪽지는 언제 남긴 걸까?

탐나는 눈초리로 쟁반을 쳐다보던 모리건은, 생일 만찬에서 양고기를 먹고 크로우 저택을 나온 뒤로 아무것도 먹지 않았다는 걸 깨달았다. 그게 언제였더라? 한 백 년쯤 됐나? 모리건은 달걀 두 개와 버터를 바른 두꺼운 토스트 한 조각을 허겁지겁 먹어 치우고 우유를 탄 미지근한 차도 마셨다. 먹으면서 방을 둘러보았다.

호텔에서 보았던 금장 거울과 유화 그림, 호화로운 양탄자, 초록이 우거진 화분들, 크리스털 샹들리에 등과 비교하면 모리건이 잠든 침실은 뜻밖의 공간이었다. 그곳은… 그냥 방이었다. 더할 나위 없이 좋은 방. 하지만 *평범한* 방이었다. 1인용 침대와 나무 의자가 한 개씩 있었고, 작고 네모난 창이 하나 있었으며, 침대 왼쪽의 문을 열고 들어가면 자그마한 욕실이 나왔다. 협탁에 주피터의 메모가 놓여 있지 않았다면, 그리고 침대 머리맡에 은줄 손잡이가 달린 우산이 걸려 있지 않았다면, 잠에서 깬 모리건은 듀칼리온과 네버무어가, 아니 지난밤의 그 모든 일이 꿈이었다고 생각했을 것이다.

간신히 생각에서 깨어나 남은 한 모금의 차를 마저 비운 모리건은 파란색 원피스로 갈아입은 뒤(옷장에 그 옷 한 벌뿐이었

다) 주피터가 알려 준 길을 따라 서재까지 한달음에 달려갔다. 모리건은 잠시 숨을 고른 뒤 문을 두드렸다.

"들어와." 주피터가 대답했다. 모리건은 문을 열고 벽난로와 가죽이 해진 안락의자 두 개가 놓인, 작지만 실용적으로 꾸며 놓은 방으로 들어갔다. 주피터는 원목 책상을 짚고 구부정하게 서서 수북이 쌓인 서류와 지도들을 살펴보고 있었다. 그는 고개를 들고 활짝 웃었다. "어! 왔구나. 마침 잘됐다. 너를 데리고 한 바퀴 둘러볼까 생각했거든. 잠은 잘 잤니?"

"네, 덕분에요." 모리건은 별안간 수줍어졌다. 주피터가 자신을 보며 계속해서 미소를 짓고 있는 게 문제라고 생각했다. 자연스럽지가 않았다.

"그래, 방은 괜찮니?"

"네, 네, 그럼요!" 모리건이 더듬대며 대답했다. "제가 나올 때까지는 괜찮았어요. 정말이에요."

주피터는 잠시 모리건을 쳐다보며 무슨 말인지 이해해 보려는 듯 이마를 찡그렸다. 그러더니 눈을 감고는 배꼽 빠지게 재미있는 말이라도 들은 사람처럼 웃음을 터뜨렸다. "아니, 아니, 내 말은… 그러니까 방이 *마음이 드는지* 물은 거야. 네가 지내기에… 괜찮으냐고?"

"아하." 모리건은 볼이 화끈거렸다. "네, 아주 예뻐요. 고맙습니다."

143

주피터는 예의를 지키려는 듯 얼굴에서 웃음기를 깨끗이 지웠다. "좀, 어… 좀 재미없지. 알아. 하지만 너를 처음 봐서 그래. 너도 친해질 거야. 변화도 생길 거고."

"아하." 모리건은 달리 할 말이 없었다. 주피터가 무슨 말을 하는 건지 도통 알 수가 없었다. "알겠어요."

주피터의 서재는 책장이 벽을 대신했고 사진 액자도 즐비했는데, 사진은 대부분 낯선 풍경과 사람이 주인공이었다. 주피터가 찍힌 사진은 몇 장 없었다. 그조차 더 젊은 시절의 모습인지, 생강색은 더 생생했으며 더 말랐고 지금보다 턱수염도 적었다. 비행 중에 복엽기 날개 위에 서서 찍은 사진도 있었다. 곰 어깨에 올라타 양손 엄지손가락을 치켜든 모습도 보였다. 배의 갑판 위에서 아름다운 여자와, 무슨 까닭인지는 몰라도 미어캣도 함께 춤을 추는 모습도 있었다.

책상 위의, 가장 잘 보이는 자리는 주피터와 어떤 남자아이가 함께 찍은 사진이 차지했다. 사진 속에서 두 사람은 나란히 앉아 눈앞의 바로 그 책상에 발을 올리고 각자 팔짱을 낀 자세로 입이 귀에 걸리도록 싱글벙글 웃고 있었다. 남자아이는 하얀 이가 가지런하고 피부는 따스한 갈색이었으며 왼쪽 눈에는 검은 안대를 착용하고 있었다.

모리건은 그 아이를 본 적이 있었다. 이븐타이드 파티에서 마주쳤던, 용을 쫓고 옥상에서 주피터와 나란히 뛰어내린 그

아이였다. 파티에서 봤을 때는 그 애가 안대를 했다는 건 알아채지 못했다. 하지만 그때는 뛰어다니며 모리건의 옆을 순식간에 지나간 데다, 모리건도 도마뱀 음악가라든지 거대 고양이 등등을 납득해 보려고 분주하게 머리를 굴리고 있었을 것이다.

"이 아이는 누구예요?"

"내 조카야. 잭이라고 하지. 여기도 있어. 보이니? 작년에 학교에서 찍은 사진이야." 주피터가 한 무리의 남학생들이 줄을 맞춰 서 있는 사진을 가리켰다. 사진 밑에는 다음과 같이 적혀 있었다. *그레이스마크 청년수재학교. 남부 세력 연대 11년 겨울.* 남학생들은 예복용 검은 정장에 하얀 셔츠를 입고 나비넥타이를 맨 차림이었다.

모리건은 사진 밑에 적힌 이름들을 끝까지 읽었다. "여기는 이 아이 이름이 존이라고 적혀 있는데요."

"음, 원래 이름은 존 아르주나 코라파티야. 우리는 잭이라고 불러."

모리건이 안대에 대해 물어보려고 했지만 주피터가 말을 잘랐다.

"잭에게 직접 물어보는 게 좋을걸. 봄방학이 될 때까지 기다려야 할지 모르지만. 첫 학기 중에는 얼마 다녀갈 것 같지도 않고. 너하고는 오늘 인사를 했으면 했는데, 안타깝지만 학교로 다시 가 봐야 한다고 하더구나."

"오늘은 휴일 아니에요?"

주피터가 온몸이 들썩이도록 한숨을 쉬었다. "우리 잭은 아니시란다. 이제 막 3학년에 올라가서, 그 녀석 주장으로는 반 친구들이 전부 이브타이드 휴일에 학교로 돌아와 벌써부터 첫 시험 준비를 한다더구나. 그레이스마크에서는 학생들이 재학하는 동안에는 틈을 주지 않아." 주피터는 모리건을 복도로 데리고 나가며 서재 문을 닫았다. "네가 그 녀석에게 안 좋은 물을 들여 주면 좋겠는데. 스모킹팔러Smoking Parlour로 가 볼까?"

"그러니까." 주피터가 주머니에 손을 넣고 몸을 흔들흔들하며 승강기를 기다렸다. "모리건… 모리건."

"네?" 모리건은 드디어 그가 원드러스협회에 대해 말해 주려나 보다 하고 생각했다.

주피터가 고개를 들었다. "응? 아, 모리건으로 뭘 할 수 있는지 생각하느라고. 그러니까, 애칭 말이야. 모리나… 모로… 아니야. 모즈. 모자. 모지?"

땡 소리와 함께 승강기 문이 열렸다. 주피터는 모리건을 먼저 태우고 나서 10층 버튼을 눌렀다.

"절대로 하지 마요." 모리건이 발끈했다. "애칭은 싫어요."

"당연히 있어야지. 애칭을 싫어하는 사람이—" 그때 삐익, 탁 탁 소리가 나더니, 구석에 달린 뿔 모양 확성기에서 목청을 가 다듬는 소리가 흘러나왔다.

"안녕하십니까, 신사, 숙녀, 워니멀 여러분. 온실에 알파카 네 마리를 풀어놓으신 고객님께서는 가급적이면 빨리 데려가 주시기 바랍니다. 도움이 필요하시면 케저리를 불러 주시기 바랍니다. 감사합니다."

"애칭을 싫어하는 사람은 없어." 방송이 끝나자 주피터가 끊 겼던 말을 갖다 붙였다. "예를 들면 내 애칭은 위대하고 명예로 운 대장 주피터 아만티우스 노스 경 귀하거든."

"그거 아저씨가 만들었어요?"

"내가 다 만든 건 아니야."

"애칭치고는 너무 길어요." 모리건이 말했다. "애칭은, 그런 거 있잖아요. 짐이나 러스티 같은 거. 위대하고 명예로운 대장 경 어쩌고 하고 부르는 데 1년은 걸리겠어요."

"그래서 다들 주피터라고 줄여서 부른다니까." 주피터가 말 했다. 승강기가 부르르 떨리며 멈추자 두 사람은 내렸다. "네 말이 맞아. 보통은 짧을수록 더 좋지. 보자… 모. 모어. 모그… 모그!"

"모그요?" 모리건이 코를 찡긋거렸다.

"모그가 애칭으로 딱이야!" 주피터는 집요하게 말했다. 그는 모그라는 단어를 계속 중얼거리며 긴 복도를 걸어 내려갔다. "모그. 모거스. 목스터. *이리저리 바꿔 부르기도 딱 좋아.*"

모리건이 우거지상을 지었다. "느낌이, 어떤 동물이 집 앞에 게워 놓고 간 토사물 같아요. 이제 원드러스협회에 대해 말해 주실 건가요?"

"조금만 기다려, 모그, 그보다—"

"모리건이에요."

"—우선 쭉 둘러보는 거야."

스모킹팔러라고 해서 모리건은 투숙객들이 여송연이나 파이프 담배를 피우는 방이라고 생각했지만, 다행히 그곳은 벽 같은 곳에서 형형색색의 향기로운 연기가 뭉게뭉게 뿜어져 나오는 방이었다. 이날 오후에는 암록색 샐비어 향 연기("철학적 사고 능력을 증진시킨다"고 주피터가 말했다)가 자욱했지만, 문에 붙여 둔 일정표를 보니 저녁에는 인동 향("연애 감정을 촉진한다") 연기가 나오고 밤늦은 시간에는 라벤더 향("불면증에 도움이 된다")으로 바뀐다고 적혀 있었다.

체구가 아주 작고 얼굴은 핏기 하나 없이 창백한 남자가 온통 검은 옷을 입고 벨벳 망토를 두른 차림으로 2인용 소파에 늘어져 있었다. 남자는 테두리를 검고 두껍게 그린 눈을 감고 있었는데, 양쪽 입가가 아래로 휘어져 내려가 어딘지 모르게 괴기스럽고 비극적인 분위기를 풍겼다. 모리건은 첫눈에 그가 마음에 들었다.

"안녕, 프랭크."

"어이, 주브." 체구가 작은 남자가 한쪽 눈만 빠끔하게 뜨더니 구슬픈 눈빛을 드러내며 말했다. "왔군. 방금 죽음을 생각하던 참이었어."

"어련하시겠어." 주피터가 별 감흥 없는 목소리로 대답했다.

"올해 할로우마스에서 부를 노래들도 생각했지."

"그건 거의 1년이나 남았잖아. 게다가 난 노래 한 곡을 해도 좋다고 말했지, 노래들이라고 하지는 않았는데."

"그리고 내 방에 깨끗한 수건이 부족하다는 생각도."

"깨끗한 수건은 아침마다 주잖아, 프랭크."

"하지만 나는 아침마다 깨끗한 수건을 두 장씩 받고 싶다고." 프랭크가 심통이 난 말투로 대답했다. "머리에 쓸 수건도 필요하단 말이야."

모리건은 피식 웃음이 나오려는 걸 꾹 참았다.

"그 얘기는 피네스트라에게 하라고. 그나저나 어젯밤은 훌륭했어. 지금껏 가장 대단한 이븐타이드였어." 주피터가 모리건에게 바짝 붙더니 귓속말로 소곤댔다. "프랭크는 나와 공식적으로 계약한 파티 기획자야. 옥상 행사 총괄 책임자지. 일적으로는 최고지만, 그 이야기는 절대 하면 안 돼. 저 친구가 그걸 알면 보수를 더 많이 주는 곳을 알아볼 테니까."

프랭크는 졸린 듯이 히죽히죽 웃었다. "내 실력이 최고라는 건 나도 알아, 주브. 알면서도 여기 있는 이유는 여기보다 더 많이 주는 데가 없어서 그런 거야. 호텔 경영자들은 모두 정해진 예산 안에서 천재성을 펼치라고 하는데, 자유주에서 내게 그런 대접을 하지 않는 호텔 주인은 자네밖에 없어."

"나도 자네가 그 천재성을 절제할 수 있도록 예산을 꼭 정하거든, 프랭크. 자네는 매번 무시하지만 말이야. 말이 나와서 말인데, 이구아나라마 밴드는 누구한테 허락받고 섭외한 건가?"

"자네가 허락했지."

"아니지, 내가 말한 건 *리자마니아*였어. 이구아나라마 헌정 밴드 말이야. 리자마니아는 출연료가 4분의 1이라고."

"당연하지. 실력이 4분의 1이니까." 프랭크가 발끈 성을 냈다. "그런데 자네는 왜 여기 있는 거야? 지금 피로를 풀고 있는 거 안 보이나?"

"자네에게 소개시켜 주려고 특별한 사람을 데리고 왔어. 이쪽이야." 주피터가 한 손으로 모리건의 어깨를 탁 쳤다. "모리건 크로우야."

프랭크는 벌떡 일어나 앉아 눈을 가늘게 뜨고 모리건을 쳐다봤다. "오호, 내게 선물을 가져왔군. 어린 피라. 마음에 들어."
프랭크가 깨물려는 듯이 이를 드러냈다. 모리건은 애써 웃음을
꾹 참았다. 프랭크가 겁을 주려고 이러는 거라면, 장단을 맞춰
주는 편이 재미있을 것 같았다.

"아니야, 프랭크." 주피터가 프랭크의 콧날을 꼬집었다. "정
말이지 자네하고 핀은… 봐, 이 아이는 *먹잇감*이 아니야. 듀칼
리온에서는 어느 누구도 먹이가 아니라고. 이건 결론이 난 얘
기야."

프랭크는 눈을 감고 못마땅한 표정으로 다시 드러누웠다.
"그럼 왜 날 귀찮게 하는 거야?"

"자네가 내 지원자를 만나고 싶어 할 줄 알았거든. 그뿐이
야."

"무슨 지원자?" 프랭크가 하품을 하며 물었다.

"원드러스협회지."

프랭크가 눈을 번쩍 떴다. 자리에서 일어나 앉아, 다시 흥미
롭게 모리건을 관찰했다. "아니, *이거야말로* 일이 재미있게 흘
러가는 거 아닌가? 평생 후원자가 되는 일은 절대로 없을 거라
고 맹세했던 주피터 노스가, 드디어 지원자를 데려오다니." 프
랭크는 두 손을 비비며 신이 난 얼굴로 말했다. "와, 사람들이
입방아 좀 찧겠는데."

"사람들이야 워낙 말하는 걸 좋아하니까."

모리건은 주피터에게서 프랭크로, 다시 주피터에게로 시선을 옮겼다. "무슨 말을 하는 거예요?"

하지만 주피터는 대답이 없었다.

정말로 그가 절대 후원자가 되지 않겠다는 맹세를 했었다고? 그 말을 들으니 기분이 좋아지는 건 어쩔 수 없었다. 한눈에 보아도 모든 사람에게 사랑과 존경을 받는 주피터 노스가, *자신*을 생애 첫 지원자로 선택했다. 모리건은 그 이유를 알고 싶었다.

프랭크도 의심스러운 듯, 모리건을 미심쩍은 눈으로 쳐다보았다. "기분이 좋아서 그러는데, 모리건. 뭐 하나 물어봐도 될까?"

주피터가 끼어들었다. "안 돼. 질문은 안 돼."

"이런, 좀 봐줘, 주브, 딱 한 개만 물어볼게."

"한 개도 안 돼."

"모리건, 너는 무슨—"

"그만두지 않으면 내일은 깨끗한 수건이 *한 장도* 없을 줄 알아."

"그렇지만 내가 궁금한 건 그저—"

"누워서 샐비어 향이나 맡아, 프랭크." 벽에서 상쾌한 초록빛 연기가 뭉게뭉게 퍼져 나오기 시작했다. "마사가 곧 차 카트를 끌고 돌 거야."

불만스럽게 헛기침을 한 프랭크는 부루퉁해져서 등을 돌린 채 소파에 벌러덩 누웠다.

주피터는 앞이 보이지 않는 안개 속에서 모리건을 문 쪽으로 이끌며 귀에 대고 조용히 말했다. "프랭크는 표현이 약간 과장되지만 믿을 만한 친구야. 네버무어의 유일한 난쟁이흡혈귀거든." 주피터의 목소리에는 자부심이 배어 있었다. 모리건은 뒤를 돌아 아지랑이 같은 초록빛 연기 사이로 프랭크를 쳐다보며 살짝 오싹함을 느꼈다. 내가 *정말* 흡혈귀하고 대화를 한 거야? "난쟁이 사회나 혹은 흡혈귀 사회에서는 별로 인기가 없지만. 안타깝게도 말이야. 그건 다 저 친구—"

"흡혈난쟁이야." 안쪽에서 프랭크가 주피터의 말을 지적하며 끼어들었다. "둘은 차이가 있다고 했잖아. 호텔을 계속 경영하려면 감수성 훈련이라도 받아 보는 게 좋을 거야."

"—다 저 친구 성미가 까다로워서 그럴 거야. 생각해 봐. 다른 흡혈귀들에 비해 *너무 까칠*하다니까." 주피터가 귓속말을 멈추고 고개를 돌려 어깨 너머로 크게 외쳤다. "자기네 손해지, 프랭크. 자기네가 손해라고."

———◆———

스모킹팔러를 나오자 객실관리 직원 마사가 차와 맛있어 보이는 먹을거리로 가득한 카트를 밀며 지나갔다. 마사는 눈을 찡긋하며 분홍색 아이싱을 입힌 케이크를 모리건의 손에 슬쩍 쥐어 주었고, 주피터는 한껏 티를 내며 못 본 체했다.

모리건이 케이크를 한 입 크게 베어 물고 천국 같은 맛을 막 음미하고 있는데, 운전기사 모자를 쓰고 제복을 입은 젊은 남자가 승강기 문 사이로 불쑥 나타났다. 흑갈색 피부의 남자는 커다란 눈에 불안한 기색이 역력했다.

"노스 대장!" 그가 크게 소리쳐 부르며 복도를 뛰어왔다. 모리건은 온몸이 얼어붙었다. 저주 때문에 생긴 모리건의 불행한 능력은 나쁜 소식이 날아들 때면 그걸 *정확히* 감지했다. "케저리가 저를 보냈어요, 대장. 교통국에서도 연락이 왔고요. 대장더러 지금 바로 와 달래요." 운전기사는 모자를 벗고 불안한 듯 챙을 만지작거렸다.

마사가 카트를 내버려 두고 충격을 받은 얼굴로 달려왔다. "또 원더철Wunderground 사고가 난 건 아니지?"

"또라니—" 주피터가 고개를 흔들었다. "그게 무슨 말이지? 또 사고라니?"

"오늘 아침 뉴스에 나왔어요." 마사가 대답했다. "동이 튼 직후에 베드타임 노선Bedtime Line에서 열차 한 대가 탈선해서 터널 벽과 충돌했다고요."

"어디서?" 주피터가 추궁하듯 물었다.

"블랙스톡Blackstock역이랑 폭스가Fox Street역 사이 어디래요.

수십 명이 부상을 당했다고 하더라고요." 마사는 미동도 없이 서서, 잔뜩 긴장한 목소리로 조용히 덧붙였다. "사망자는 없어요. 정말 다행이에요."

모리건은 속이 뒤틀리는 느낌이었다. 올 것이 왔다. 마침내 재앙이 여기까지 찾아온 것이다. *반가워, 네버무어.* 모리건은 입술을 깨물었다. *모리건 크로우가 왔어.* 모리건은 주피터를 바라보며 비난이 돌아오길, 그가 의심 가득한 얼굴로 자신을 공격하기를 기다렸다.

하지만 모리건의 후원자는 얼굴을 찌푸리고 있을 뿐이었다. "원더철은 탈선하지 않아. 절대 탈선이 아니야."

"마사의 말이 맞습니다, 대장." 운전기사가 말했다. "신문이며 라디오며 온통 난리예요. 어떤 사람들은 지금… 어떤 사람들은 이 사건이…" 운전기사가 말을 멈추고 침을 삼키더니 갑자기 소곤거리는 목소리로 뒷말을 이었다. "원더스미스의 작품이라고들 하는데… 하지만 그건……."

"말도 안 되는 소리."

"나도 그렇게 말했다니까요, 대장. 하지만… 그 정도로 끔찍한 사건이라, 사람들이 그런 생각을 할 수밖에—"

"정말 원더스미스가 한 짓일 수도 있나요?" 마사가 핏기가 가신 얼굴로 끼어들었다.

주피터는 코웃음을 쳤다. "그 자가 사라진 지 백 년도 넘었다는 걸 생각하면, 마사, 그건 좀 아닌 것 같아. 유언비어로 불안감을 조장하는 사람들에게 휘둘리지 말라고."

"원더스미스가 뭐예요?" 모리건이 물었다. 다른 사람을 탓할 수 있다고? 단 한 번이라도 *모리건*이 아닌 다른 누군가를? 모리건은 그런 생각에 기분이 좋아지는 자신이 부끄러웠다.

"동화책과 미신에나 나오는 사람이란다." 단호하게 고개를 끄덕이며 말한 주피터는 다시 운전기사에게 시선을 돌렸다. "찰리, 원더철은 자가 추진과 자가 관리로 운행돼. *원더로 움직인다고*. 맙소사. 원더는 사고를 *내지 않아*."

찰리가 한쪽 어깨를 들어 올리며 자신도 이해할 수 없다는 표정을 지었다. "나도 알아요. 교통국에서 대장이 왜 와야 하는지 말해 주진 않았지만, 차에 연료를 채우라고 차고에 말을 전해 두었어요. 4분이면 출발 준비 완료예요."

주피터는 낭패스러운 얼굴을 했다. "알겠어, 그럼." 찰리가 앞서 달려 나가자 주피터가 모리건을 쳐다봤다. "이번에는 미안하다, 모그. 하필 왜 이런 때 부르는지. 아직 오리 연못이랑 잡동사니항아리 방은 보여 주지도 못했는데."

"잡동사니항아리 방은 뭐예요?"

"내 물건들을 모두 항아리에 담아 둔 방이란다."

"원드러스협회에 대해서도 말해 준다고 했잖아요……."

"알고 있어. 해 줄 거야. 하지만 그 얘기는 조금 기다려야 해.

마사—" 주피터가 젊은 객실관리 직원에게 손을 흔들었다. "모리건에게 호텔을 안내해 줄 수 있겠어? 중요한 곳 몇 군데만."

마사의 얼굴이 밝아졌다. "그럼요, 대장. 모리건을 챈더 칼리 여사에게 소개해 드릴게요. 지금 음악 살롱에서 연습 중이시거든요." 마사가 한 팔을 모리건의 어깨에 두르며 친한 사이처럼 꼭 끌어당겼다. "그런 다음 마구간에 가서 조랑말도 살짝 들여다보고요. 괜찮을까요?"

"완벽해!" 주피터가 매우 흡족해하며 문을 열어 둔 채 승강기를 잡고 있는 찰리에게 달려갔다. "마사, 자네는 우리 호텔의 보물이야. 모그, 나중에 보자."

승강기 문이 닫히고, 주피터는 사라졌다.

모리건은 챈더 칼리 여사를 한눈에 알아보았다. 그건 마사와 모리건이 음악 살롱에 도착했을 때 천장에 울려 퍼지고 있던 힘찬 소프라노 목소리 때문은 아니었다. 짙은 적갈색 피부나, 구불구불 윤기 있게 물결치며 등까지 늘어진 은발 섞인 검은 머리 때문도 아니었다. 모리건이 알아본 것은 챈더 여사가 걸친 드레스였다. 선명한 분홍색과 오렌지색으로 길게 펄럭이는 실크 드레스와 반짝거리며 드레스를 뒤덮은 작은 구슬 장식.

157

옥상 파티에서 자줏빛 실크 드레스를 입었던 여자와 거의 똑같은 차림새였다. 모닝타이드를 기념하는 옥상 파티에서 가장 먼저 뛰어내렸던 그 용감한 여자가 바로 챈더 여사였다.

챈더 여사는 음악 살롱의 한가운데 서서 상상도 못해 본 청중을 위해 아리아를 부르고 있었다. 날개를 파닥이는 파랑새 스무여 마리, 어미 여우와 두 마리의 아기 여우, 꼬리가 복슬복슬한 붉은 다람쥐 몇 마리 등이 활짝 열린 창문을 드나들면서 노래하는 음악가를 깊이 숭배하는 눈빛으로 바라보았다.

"챈더 여사는 그랜드 하이 소프라노야. 숲교감자회가 수여하는 데임Dame 작위를 받으신 분이야." 마사는 노랫소리와 새소리에 묻히지 않을 만한 크기의 목소리로 모리건에게 귓속말을 했다. 챈더 여사가 입고 있는 드레스의 구슬 장식들 사이로, 주피터의 것과 똑같은 금빛 W 배지가 모리건의 눈에 확 들어왔다. "챈더 여사는 원드러스협회 회원이지만, 여기 듀칼리온에서 지내. 자유주의 근사한 오페라하우스들을 돌아다니면서 공연을 하는데, 가끔은 얘네들이 나타나서 분위기를 망치기도 해. 이런 친구들이 몰려오면 난장판이 되어 버릴 때도 있으니까." 마사는 챈더 여사의 목소리에 속수무책으로 이끌려 온 게 분명한 숲속 동물들을 가리키며 말했다.

노래가 끝나고 마사와 모리건은 박수갈채를 보냈다. 챈더 여사는 고개를 숙여 인사를 하고 나서 포근한 미소를 지으며 동물들을 창밖으로 쫓아냈다. "마사, 나의 천사, 내 소개는 전부 네게 맡겨야겠어. 참 매력적으로 잘해."

마사가 얼굴을 붉혔다. "챈더 여사님, 이쪽은 모리건 크로우 예요. 이 아이는—"

"주피터의 지원자로구나. 그래, 들었어." 챈더 여사는 눈부신 시선을 모리건에게 돌렸다. 등대의 불빛이 모리건을 직시하는 느낌이었다. 왕족과 이야기하는 듯한 기분도 들었다. "듀칼리온은 소식이 빨리 퍼진단다. 다들 네 이야기를 하더구나, 크로우 양. 그런데, 정말이니, 얘야? 네가 평가전에 참가한다고?"

모리건은 치맛단을 조몰락거리며 고개를 끄덕였다. 이렇게 놀라운 사람 앞에 서 있으니 갈 곳 없이 떠도는 어린애가 된 것 같았다.

원드러스협회 회원은 이런 사람들이구나, 모리건은 생각했다. 챈더 여사처럼 아름답고 위풍당당한 사람들. 주피터처럼 시선을 끌고 존경받는 사람들. 모리건은 궁금했다. *마사와 챈더 여사와 피네스트라와 프랭크는 나를 어떻게 봤을까? 주피터가 어처구니없는 선택을 했다고 이미 자기들끼리 수군거리고 있지는 않을까?*

"정말 놀라워." 오페라 가수가 나직이 말했다. "우리의 주피터가, 드디어 후원자라니! 너를 알게 돼서 기쁘구나, 모리건. 네가 놀라운 인물인 건 분명할 테지. 첫 평가전을 치를 생각에 들뜨진 않니, 귀여운 아가?"

"아, 조금요?" 모리건은 자신감 없이, 속마음과 다른 대답을 했다.

"그렇겠지, 먼저 원드러스 환영회에 가게 될 거야. 주피터가 의상은 주문해 줬니?"

모리건은 여자를 멀뚱멀뚱 바라봤다. 원드러스 환영회란 건 도대체 뭐야? "의상…요?"

"주피터의 재봉사한테? 옷을 새로 장만해야겠구나, 얘야. 첫인상은 중요하단다." 여자는 잠시 뜸을 들였다가 말을 이었다. "어쩌면 내 의상 제작자가 도와줄 수도 있을 것 같은데."

마사가 모리건을 향해 눈을 크게 뜨고 활짝 웃었다. 이건 챈더 여사가 베푸는 최고의 영광이니 미심쩍어 하거나 두려워하지 않아도 된다고 말하는 듯했다.

"물론 주피터는 의상 취향이 좀… *재미*있어도 별 문제가 되지 않아. 그만큼 잘생겼으니까." 챈더 여사는 계속해서 말했다. "하지만 너까지 그 고약한 취향에 맡길 수는 없어. 그렇게 중요한 행사에서 안 될 말이지."

"원드러스 환영회는 그냥 정원에서 열리는 파티가 아니란다, 모리건. 더없이 안타깝지만, 너에 대해 모든 것을 평가하려는 사람들로 가득한 정원에서 열리는 파티지. 너를 경쟁자로 여기는 다른 지원자와 후원자들이 요모조모를 판단할 거야. *아주*

치열한 곳이야.”

　모리건은 속으로 움츠러들었다. 경쟁이라니? 평가를 한다고? 주피터가 보낸 편지에는 협회 가입이 결정된 게 아니라 몇 가지 입회 시험을 통과해야 한다고 적혀 있었다.

　하지만… 모리건은 그 모든 일을 겪고 네버무어에 도착한 뒤로, 연기와 그림자 사냥단을 따돌리고 출입통제소를 통과한 뒤로, 그리고, 그리고 정말이길 바라건대 죽음을 속여 넘긴 뒤로, 내심 고비는 모두 지나갔을 거라고 생각했다. 아무도 *아주 치열한 정원 파티*에 대해 말해 주지 않았다. (모리건은 호박벌에 쏘이거나 건초열이 도는 것 말고도 저주 때문에 정원 파티에 불어닥칠 재앙이 열두 가지는 더 떠올랐다.)

　챈더 여사는 자신이 불안을 부추겼다는 걸 눈치챈 듯했다. 짐짓 유쾌한 내색을 하며 파리를 쫓듯 손을 휘휘 저으며 화제를 전환했다. “이런, 걱정할 필요는 없단다, 얘야. 그냥 평소대로 하면 돼. 그런데 이런 걸 물어도 되는지 모르겠지만, 다들 궁금해 죽으려고 해서 말이야.” 여자가 몸을 앞으로 숙이고는 눈을 반짝거리며 모리건의 귀에 대고 작은 목소리로 물었다. “넌 비기knack가 뭐니? 너는 어떤 *신기한* 재능을 가졌지?”

　모리건이 눈을 껌벅거렸다. “뭐를 가져요?”

　“네 비기 말이다, 얘야. 네가 가진 영특한 재주. 너의 *재능* 있잖니.”

모리건은 뭐라고 대답해야 좋을지 알 수 없었다.

"아하, 우리의 주피터께서 극적인 공개 계획을 세운 거로구나?" 챈더 여사가 한 손가락으로 자신의 코를 어루만지며 말했다. "말하지 않아도 된다, 얘야. 말하지 않아도 알겠어."

———◆———

"챈더 여사가 한 말이 무슨 뜻이에요?" 모리건은 음악 살롱을 나와 로비로 내려가는 나선형 계단으로 걸어가면서 마사에게 물었다. "나는 어… 비기나 재능 같은 게 없어요."

마사가 웃었지만, 기분이 나쁘지는 않았다. "당연히 네겐 비기가 있어. 너는 원드러스협회 지원자잖아. 넌 *주피터 노스의* 지원자라고. 네게 비기가 있다는 확신이 없으면 입찰 신청을 하지 못해."

"입찰을 못한다고요?" 모리건은 처음 듣는 말이었다. "하지만 나는 비기가—"

"너에겐 비기가 있어. 다만 그게 어떤 재능인지 네가 아직 모를 뿐이야."

모리건은 대답하지 않았다.

지난밤의 일이 떠올랐다. 주피터가 크로우 저택에 나타났던 놀라운 순간과, 호텔 듀칼리온의 앞마당에 무사히 착륙했던 새

벽녘에 느낀 기쁨이 생생했다. 그때는 완전히 새로운 세계가 눈앞에 펼쳐졌다고 믿었다. 그런데 지금은 깨지지 않는 유리벽을 통해 그 새로운 삶을 바라보고 있는 기분이었다.

*재능*이 있어야 한다면, 어떻게 원드러스협회에 들어가란 말일까?

"있잖아, 대장은 지금까지 한 번도 지원자를 후원한 적이 없었어." 마사가 다정하게 말했다. "지금쯤이면 이미 지원자가 있어야 하거든. 협회 사람들은 일정한 나이가 되면 모두 지원자를 내보내야 해. 어린 자식들을 선택해 달라고 대장을 찾아와서 문을 두드리고 돈이며 선물 같은 온갖 금품을 건네는 부모들도 많았어. 비드데이 때면 주변을 맴돌면서 어떻게든 줄을 대려고 하는 안타까운 사연들을 네가 봐야 하는데! 하지만 대장은 언제나 거절했어. 어느 누구도 충분히 특별하지 않았던 거야." 마사가 밝게 웃으며, 앞으로 흘러내린 모리건의 검은 머리카락 몇 올을 귀 뒤로 단정히 넘겨 주었다. "지금까지는."

"나는 하나도 특별하지 않아요." 모리건은 그렇게 말했지만, 거짓말이었다. 모리건은 자신이 왜 특별한지 잘 알았다. 그 특별함은 자칼팩스의 사람들이 모리건을 피해 길을 건너게 했다. 주피터가 기계 거미를 타고 나타나 네버무어로 납치하지 않았다면, 이븐타이드의 밤에 모리건을 죽음으로 몰아갔을 특별함이었다.

저주는 모리건을 특별하게 만들었다.

저주받은 것도 재능일까? *그것* 때문에 아저씨가 내게 입찰을 한 걸까? 나에게 모든 것을 망가뜨리는 *비기*가 있어서? 모리건은 얼굴을 찡그렸다. 끔찍한 생각이었다.

"노스 대장은 조금 특이하지만 바보는 아니야. 그분은 사람을 있는 그대로 봐. 그분이 너를 선택했다면, 그건—"

하지만 모리건은 뒷말을 듣지 못했다. 귀청이 터질 것 같은 굉음과 유리가 산산이 조각나는 소리에 마사의 목소리가 묻혔기 때문이었다. 소름 끼치는 비명이 계단을 타고 올라왔다.

마사와 모리건이 로비로 뛰어 내려가자 끔찍한 광경이 펼쳐졌다. 분홍색 범선 모양의 샹들리에가 검은색과 흰색이 교차하는 체커판 무늬 바닥에 떨어져 박살이 났다. 산산이 부서진 유리와 크리스털 조각들이 대리석 바닥에서 빛을 발하며 반짝거렸다. 천장에 매달린 전선은 죽은 짐승의 내장처럼 덜렁거렸다.

투숙객과 직원들은 충격으로 입을 다물지 못한 채 난장판이 된 바닥만 뚫어지게 쳐다봤다.

마사는 두 손으로 얼굴을 감쌌다. "이런… 노스 대장이 굉장히 속상해할 거야. 저 범선은 아주 오랫동안 저 자리를 지켰어. 대장이 참 아꼈는데. 어쩌다가 이렇게 됐지?"

"알 수가 없군." 케저리가 안내 데스크 쪽에서 나타났다. "관리팀이 이 노구를 점검한 게 바로 지난주였는데! 아주 튼실했다고."

"모닝타이드에 이런 일이 생기다니, 다른 날도 아니고!" 마사가 울음을 터뜨렸다. "웬 악운이람."

"나는 멋진 행운이라고 말하고 싶네." 케저리가 말했다. "로비에 사람이 이렇게나 많은데, 한 명도 다치지 않았어. 우리는 이 행운을 하늘에 감사해야 해."

하지만 모리건은 마음속으로 마사의 말에 동의했다. 모리건은 당연히 악운이란 걸 알았다. 그건 모리건이 전문이었다.

마사가 몇 명의 직원을 불러 모아 청소를 시키기 시작하자, 케저리는 엉망이 된 현장 상황을 설명하며 능숙하게 투숙객들을 내보냈다.

"신사 숙녀 여러분, 갑작스러운 소동으로 충격을 안겨 드린 점에 대해 듀칼리온을 대신하여 사과드립니다. 7층에 위치한 골든랜턴 칵테일 주점으로 올라가시면, 바로 특별히 행복한 시간을 즐기실 수 있습니다. 오늘 저녁은 음료를 무료로 제공해 드립니다! 즐거운 시간 되십시오."

샹들리에가 추락하는 현장을 목격했던 열 명 남짓의 투숙객들은 어떤 사고가 있었는지 기억도 나지 않는 것처럼 흥겨운 발걸음으로 공짜 술을 마시기 위해 계단을 올라갔다. 마사와 다른 직원들은 모리건만큼이나 심란해 보였다.

모리건은 재난 현장 언저리를 서성거렸다. "도와드릴까요?"

"이런! 걱정 보탤 생각은 하지 말거라, 모리건 양." 케저리가 모리건을 물러서게 하며 말했다. "너도 위층으로 이만 총총 하는 게 좋겠구나. 전선이 늘어지고 크리스털 조각들이 깨져 뒹구는 데서 떨어지려무나. 다칠까 봐 그런다."

"안 다쳐요." 모리건이 굽히지 않고 말했다. "조심할게요."

"스모킹팔러에 가 보지 그러니? 마음을 진정시켜 주는 카밀레 연기를 방출하라고 미리 연락해 두마. 충격이 심했을 게다. 옳지, 착하지. 어서 가 보렴."

모리건은 층계참에서 걸음을 멈추고 뒤를 돌아보았다. 케저리와 마사와 다른 직원들이 분주히 오가며 상들리에 잔해를 쓸어 모아 쓸쓸히 빛나는 장밋빛 가루의 무덤을 쌓아 올렸다.

모리건을 노려보거나, 저주받은 아이 때문이라고 소리 죽여 수군대는 사람은 없었다. 이 끔찍한 일이 일어난 이유를 아는 사람은 단 한 명도 없었다.

하지만 모리건은 알았다.

원더철 열차가 왜 충돌 사고를 일으켰는지도 알고 있었다.

저주가 따라온 것이다. 모리건은 저주를 이기고 살아남았지만… 그 저주를, 어쩌다 그렇게 된 건지는 몰라도 네버무어까지 달고 와서 출입통제소마저 몰래 넘고, 호텔 듀칼리온을 아늑한 보금자리로 내주었다.

그리고 저주가 모든 것을 망칠 것이다.

8장

색다르고, 쓸모 있고, 좋은 것

　밤중에 모리건은 어떤 소리를 듣고 그만 잠에서 깼다. 날개를 펄럭이는 소리 같기도 했고, 책장을 휙휙 넘기는 소리 같기도 했다. 모리건은 그대로 누워서 소리가 다시 들리기를 기다렸지만 방은 조용했다. 아마 새나 책이 나오는 꿈을 꾸었던 모양이었다.

　모리건은 눈을 감고 꿈조차 꾸지 않는 깊은 잠에 빠져 보려 했지만, 잠이 오지 않았다. 침실 창문으로 내다보이는 조그만

하늘이 새까만 밤빛에서 동트기 전의 푸른 먹빛으로 묽어졌고, 별들도 하나둘 모습을 감추었다.

모리건은 분홍색 범선을 생각했다. 체커판 무늬의 바닥에 떨어져 박살 난 샹들리에는 영원히 그 빛을 잃었다. 주피터가 아꼈던 물건이라고 마사는 말했다. 모리건이 잠자리에 들 때까지도 주피터는 교통국에서 돌아오지 않았다. *아끼는 물건이 달렸던 천장에 횡하니 구멍만 남은 걸 보면* 주피터가 뭐라고 할지 궁금했다.

논리적으로만 보자면, 거대한 조명 기구가 떨어져 불꽃을 튀기며 명을 다한 사건에 자신이 아무런 책임도 없다는 걸 모리건도 알았다. 게다가 모리건은 그 시간에 로비에 있지도 않았다. 그럼에도 불구하고 모리건은 끔찍한 범죄를 저지른 뒤 벌도 받지 않고 넘어간 듯한 기분을 떨칠 수가 없었다.

하지만 이 호텔도 지은 지 백 년은 넘었을 거야, 하고 모리건은 생각했다. 모리건은 엎드려서 베개를 주먹으로 때려 편하게 모양을 잡았다. 누가 뭐라고 하지도 않았는데 죄책감이 드는 게 분했다. *물건은 오래되면 다 망가진다고!* 샹들리에를 매달았던 전선이 닳아서 해졌거나 아니면, 아니면 천장의 석고가 바스러졌을 것이다!

모리건은 침대에서 일어나 앉아 갑자기 결심을 하고 이불을 걷어찼다. 사고 현장을 직접 살펴보는 게 좋을 것 같았다. 내 잘못이 아니라는 걸 확인할 거야. 그다음 돌아와서 다시 잠을 자고 영원히 행복하게 살 거랍니다. 끝.

———◆———

상들리에 불빛이 사라진 로비는 당연하게도 어두침침했다. 안내 데스크는 비어 있었다. 모리건의 발자국 소리가 울려 퍼지는 텅 빈 로비는 으스스했다.

어리석은 짓이라는 생각에 모리건은 불쑥 후회가 들었다. 바보 같은 생각이었다. 어쨌든 바닥은 말끔히 청소를 끝낸 뒤였고, 높이 있는 천장의 구멍은 검은 얼룩처럼 가물가물하게 보일 뿐이었다. 닳아서 해진 전선 따위는 보이지도 않았다. 전선들이 아직도 매달려 있는지조차 모를 일이었다.

모리건이 포기하고 방으로 돌아가려고 할 때, 어떤 소리가 들렸다.

음악소리였다. 콧노래?

정말 그랬다. 누군가 그곳, 어둠 속에서, *콧노래*를 불렀다.

작고 묘한 음이었다. 어렴풋이 귀에 익은… 자장가이거나 라디오에서 들어 본 적이 있는 노래였다. 모리건의 맥박이 빨라졌다.

"안녕하세요." 모리건이 나직이 말했다. 아니 나직이 말하려고 했지만 목소리가 벽에 부딪혀 울려 퍼졌다. 노랫소리가 멈췄다. "거기 누구예요?"

"겁내지 말아요."

모리건은 목소리가 나는 쪽으로 돌아섰다. 어떤 남자가 있었다. 남자는 그림자 속에 반쯤 파묻혀서, 반듯하게 접은 외투를 무릎에 올린 채 다리를 꼬고 앉아 있었다. 모리건은 남자에게 다가갔지만 얼굴이 잘 보이지 않았다. 그는 어둠에 감싸여 있었다.

"프런트가 열릴 때까지 기다리는 중이에요. 기차가 연착되는 바람에 수속 마감 시간을 놓쳤거든요. 나 때문에 놀랐다면 미안해요."

모리건이 아는 목소리였다. 부드럽고 똑 부러지는 말투에 딱딱한 T 발음과 또렷한 S 발음.

"우리 전에 만난 적 없나요?" 모리건이 물었다.

"없을 거예요. 나는 여기 사람이 아니거든요." 남자가 모리건을 보기 위해 눈을 가늘게 뜨고 몸을 앞으로 내밀었다. 환한 달빛이 남자의 얼굴을 스쳐 갔다.

"존스 아저씨?" 그 사람에 대한 기억은 많지 않았다. 잿빛이 도는 갈색 머리와 회색 정장 정도랄까. 하지만 모리건은 그의 목소리를 알아들었고, 유심히 보니 검은 눈동자와 한쪽 눈썹을 반으로 가르는 가는 흉터도 기억이 났다. "에즈라 스콜의 비서죠.".

"나는, 맞아요. 그걸 어떻게, *크로우 양*?" 똑바로 선 남자는 놀란 입을 다물지 못한 채 빠르게 두 걸음 다가왔다. "정말 모리건 크로우가 맞아? 듣기로는 크로우 양은, 분명히 그때 크로우 양은…" 존스 씨는 꺼림칙한 얼굴로 말꼬리를 흐렸다. "도대체 자유주에서 뭘 하고 있는 거니?"

이런. "나는… 나는 그냥… 어, 사실…" 모리건은 아차 싶었다. 그동안의 일을 어떻게 다 설명한단 말인가? 크로우 가족을 찾아가 말하지는 않을까? 모리건은 무슨 말부터 해야 할지 몰라 우물대다가 뭔가 이상한 생각이 들었다. "그런데… 존스 *아저씨*가 자유주를 어떻게 알아요?"

존스 씨는 약간 겸연쩍은 얼굴이었다. "알겠어. 네가 내 비밀을 지켜 주면 나도 너에 대한 일은 덮어 둘게. 어때?"

"좋아요." 모리건은 안도의 한숨을 쉬었다.

"모리건, 네가 어떻게 이곳까지 오게 되었는지, 아니 어제 네가 죽었다는 보도가 공화국의 모든 신문을 장식한 마당에 어떻게 아직 살아 있는지 그건 모르겠지만." 모리건은 시선을 피했다. 존스 씨는 불쾌한 기색을 감지한 듯 신중하게 단어를 골랐다. "어쨌든 지금 네가… 어떤 상황이든… 내 고용주의 제안은 아직 유효하다는 걸 알려 주고 싶어. 스콜 씨는 제자로 염두에 두었던 너를 잃게 돼서 상심이 크셨단다. 정말 크게 실망하셨지."

"어, 음, 감사해요. 하지만 이미 후원자가 있는 걸요. 사실 저는… 저는 존스 아저씨가 장난을 쳤다고 생각했어요. 비드데이 행사 때요. 존스 아저씨가 사라지고 나서—"

"장난이라니?" 깜짝 놀란 존스 씨는 약간 기분이 상한 것처럼 보이기도 했다. "절대 그럴 리 없어. 스콜 씨는 장난을 치지 않아. 그분의 제안은 진심이었어."

모리건은 혼란스러웠다. "하지만 다시 돌아갔을 때 안 계셨잖아요."

"아, 그랬지. 그 일은 내가 사과할게." 그는 진심으로 미안해 보였다. "미안해. 나는 스콜 씨를 생각했어. 스콜 씨가 제자를 둔다는 얘기가 밖으로 새어 나가면, 자식을 떠안기려는 부모들이 감당하기 힘들 정도로 몰려들었을 거야. 네게 익명으로 입찰을 넣었던 이유도 그 때문이었단다. 다시 돌아가서 너와 이야기를 마무리할 생각이었는데, 갑자기 이븐타이드가 들이닥쳐 놀라고 말았지."

"저도 놀라긴 했죠."

"내 일 처리가 다소 미흡했던 것 같다. 다른 계약을 맺었다니 다행이지만… 네가 마음을 바꾸는 것을 고려해 본다면 스콜 씨도 틀림없이 기뻐하실 거야."

"와." 모리건은 대답할 말이 생각나지 않았다. "참… 친절한 분이네요."

존스 씨가 두 손을 들며 보이며 웃었다. "부디 부담은 갖지 마. 네가 지금의 계약에 만족한다고 해도 스콜 씨는 이해하실 거야. 문은 앞으로도 죽 열려 있을 거라는 점만 잊지 마." 존스 씨는 외투를 한 팔에 반듯하게 포개어 걸치고는 다시 안락의자에 자리를 잡고 앉았다. "그런데 이런 질문이 실례가 되지 않는다면, 도대체 왜 이 시간에 호텔 듀칼리온의 로비를 배회하고 있는 거지?"

존스 씨에게는 신뢰가 가고 친근함이 느껴지는 무언가가 있었다. 그래서 모리건은 거짓말 대신 우스꽝스러운 진실을 털어놨다. "샹들리에를 보러 왔어요." 모리건은 천장을 가리켰다. "샹들리에의 흔적을요."

"하느님 맙소사." 존스 씨는 범선이 달려 있던 자리를 보며 눈을 휘둥그레 떴다. "뭔가 이상하다고 생각하긴 했는데. 언제 이렇게 됐지?"

"어제요. 떨어졌어요."

"*떨어졌다고?*" 존스 씨가 혀를 차며 말했다. "샹들리에가 그냥 떨어질 리 없는데. 확실히 이 호텔에서 그런 일은 없었어."

"그런데 떨어져 버렸어요." 모리건은 마른침을 삼키면서 곁눈질로 존스 씨의 반응을 살폈다. 그리고 간절한 마음이 티 나지 않도록 애쓰며 말했다. "그렇다면, 그러니까 누군가 고의로 이런 짓을 했을 수도 있다고 생각하시는 거예요? 이를테면…
누군가 전선을 자르거나 아니면—"

"아니. 그게 아니야. 다 자라서 그런 것 같아."

모리건이 눈을 껌벅거렸다. "다 자랐다고요?"

"그래. 치아처럼 말이야. 저거 보이니?" 모리건은 실눈을 뜨
고 존스 씨가 가리킨 어둠 속을 쳐다봤다. "저기, 불빛이 조그
맣게 반짝이는 거 보여? 다시 자라서 완전히 새로운 샹들리에
로 바뀌는 거야."

그러고 보니 불빛이 *보였다*. 어둠 속에 점같이 작은 불빛이
맺혀 있었다. 그때까지 보지 못했던 작은 크리스털 가닥과 빛
이 천장에 매달린 채 밑으로 휘어져 있었다. 모리건은 희망에
부풀었다. "똑같은 모양으로 자랄까요?"

"그렇지는 않을 거야." 존스 씨가 아쉽다는 듯이 말했다. "나
는 호텔 듀칼리온이 돌아가는 속사정은 잘 몰라. 하지만 여러
해 동안 이곳을 드나들면서도 같은 장식을 두 번 이상 본 적은
없었던 것 같아."

두 사람은 몇 분 동안 그 자리에 서서 갓 태어난 샹들리에가
천천히 자라나는 것을 말없이 쳐다봤다. 천장의 안전한 고치에
서 삐죽이 나온 모습이 마치 건강한 분홍빛 잇몸에 자라난 어
른의 치아 같았다. 이런 속도라면 몇 주, 아니 어쩌면 몇 달은
걸려야 거대한 범선 크기만큼 자라겠지만, 안도한 모리건은 시

간이 얼마나 걸리든 기다릴 수 있었다. 샹들리에가 다 자라면 어떤 모양이 될지 궁금했다. 범선보다 더 근사한 다른 무엇일까? 어쩌면 아라크니포드가 될지도 몰라!

존스 씨는 모리건의 기분이 상할까 걱정하는 것처럼 조심스럽게 머뭇거리며 말을 꺼냈다. "네 후원자라는 사람은… 누군지는 몰라도 네게 원드러스협회에 지원하라고 제안했겠지?"

"어떻게 아셨어요?"

"경험상 그런 것 같아서. 윈터시 공화국에서 네버무어까지 아이를 데려올 만한 이유는 별로 없거든. 실례가 될지 모르지만 뭐 하나 물어도 될까, 크로우 양?"

모리건의 어깨가 긴장으로 굳어졌다. 그가 무엇을 궁금해하는지 알고 있었다.

"나도 나한테 어떤 비기가 있는지 몰라요" 모리건은 조용히 대답했다. "비기란 게 있기나 한지도 모르겠어요."

존스 씨는 얼굴을 찡그리며 어리둥절한 표정을 지었다. "하지만… 원드러스협회에 들어가려면—"

"알고 있어요."

"네 후원자가 말해 주지—"

"아뇨."

존스 씨는 입을 꾹 다물었다. "이상한 것 같지 않니?"

모리건은 고개를 뒤로 젖혔다. 매우 더딘 속도로 자라나는 작은 빛의 줄기를 한참 동안 말없이 바라보다 이윽고 대답했다.

"네, 이상해요."

———◆———

그날 아침 늦게, 주피터의 손이 문 앞의 허공을 맴돌며 노크를 미처 다 끝내기도 전에, 모리건이 방문을 벌컥 열고 그를 맞이했다.

"내 비기가 뭐예요?" 모리건은 따지다시피 물었다.

"너도 잘 잤지?"

"안녕히 주무셨어요." 모리건은 옆으로 비켜서서 주피터에게 길을 터 주었다. 한참 동안 방 안을 서성이며 주피터를 기다리던 모리건은 존스 씨와 나누었던 대화를 계속 곱씹었다. 커튼을 활짝 젖혀 둔 창을 통해 아침 햇살이 한가득 쏟아져 들어왔다. 작은 네모 모양이던 창은 밤새 바닥에서부터 천장까지 닿는 아치 모양으로 변해 있었다. 그것도 기이한 일이었지만, 지금은 그보다 더 중요한 문제가 있었다. "내 비기가 뭐예요?"

"파이 하나 슬쩍 해도 될까? 지금 아사 직전이야."

마사가 아침 식사를 10분 일찍 준비해 주고 간 참이었다. 음식은 구석에 그대로 있었다. "마음껏 드세요. 내 비기가 뭔데요?"

모리건은 주피터가 파이를 먹는 모습을 조바심을 내며 지켜봤다. "난 비기가 없는 거죠? 아저씨가 사람을 잘못 골랐으니까요. 내가 다른 사람인 줄 알았던 거예요. 엄청나게 대단한 재능이 있는, 그런 거죠? 그래야 원드러스협회에 들어갈 수 있잖아요. 재능이 있어야 하는 거잖아요. 챈더 여사처럼요. 어떤 비기가 있어야 하잖아요. 그리고 아저씨는 내가 그런 아이라고 생각했다가, 지금은 아니라는 걸 알게 된 거고요. 내 말이 틀려요?"

주피터가 음식을 삼켰다. "잊기 전에 말하마. 오늘 아침에 내 재봉사가 와서 네가 입을 새 옷을 맞출 거야. 넌 무슨 색을 좋아하니?"

"검은색요. 내 말이 맞죠?"

"검은색을 색이라고 할 수 있나?"

모리건이 탄식했다. *"주피터 아저씨!"*

"어이쿠, 그래, 좋아." 주피터는 벽에 기대어 바닥으로 주르륵 미끄러지면서 긴 다리를 카펫 위로 쭉 뻗었다. "네가 따분한 이야기나 하고 싶다면, 따분한 이야기를 해야지."

햇볕을 받아 금실을 엮어 넣은 듯 보이는 주피터의 길고 붉은 머리가 살짝 부스스하게 헝클어져 있었다. 지금까지 모리건이 본 것 중 가장 흐트러진 모습이었다. 맨발에다가 구겨진 흰 셔츠는 파란 바지 위로 삐져나왔고 멜빵은 단정치 못하게 엉덩이까지 흘러내렸다. 전날 입고 있던 차림 그대로였다. 모리건은 주피터가 옷을 그대로 입고 잔 건지, 아니면 한숨도 못 잔건지 궁금했다. 빛 때문에 눈을 감고 있는 모습이, 마치 하루종일 기분 좋게 그 자리에 앉아 따뜻한 온기에 온몸을 푹 담그고 있는 사람 같았다.

"자, 지원자를 뽑는 과정은, 듣고 있니?"

드디어 듣는구나, 모리건은 생각했다. 안도감과 두려움이 뒤얽힌 마음으로 나무 의자 가장자리에 걸터앉아, 비록 듣고 싶은 이야기가 아닐지라도 마침내 기다렸던 대답을 들을 준비를 마쳤다. "듣고 있어요."

"좋아. 이제부터 말 끊지 마라." 주피터는 마지못해 똑바로 앉아 목을 가다듬었다. "원드러스협회는 매년 우리와 함께 할 새로운 아이들을 선발해. 자유주의 어린이들 중에 이전 해에 열한 번째 생일을 맞은 아이들은 누구나 대상이 될 수 있어. 너는 *간신히* 자격이 됐지. 다행이야. 물론 자격이 되더라도 후원자에게 선택을 받은 아이여야 하겠지. 문제는… 아무나 후원자가 될 수 없다는 거야. 여긴 다른 학교나 그런 곳의 연수 제도와 달라. 다른 학교에서는 재력만 있으면 제자를 두고 후원을 할 수 있잖니. 여기는 후원자가 *반드시* 원드러스협회 회원이어야 해. 원로들도 이 점을 매우 엄격히 지킨단다."

"왜요?"

"썩어 빠진 속물들이라서 그래. 말 끊지 말고. 자, 솔직하게 얘기할게, 모그—"

"모리건이에요."

"—너를 내 지원자로 선택했지만, 사실 이제부터가 시작이야. 이제 너는 몇 가지 입회 시험을 통과해야 돼. 우리는 그걸 평가전이라고 불러. 네 가지 평가전이 1년 동안 진행돼. 평가전은 제거 절차야. 협회가 원하는 이상적인 지원자와 이상에… 미치지 못하는 지원자들을 구분하기 위한 거지. 전부 엘리트주의적이고 지극히 경쟁적이지만, 전통이 그렇단다. 그게 지금 상황이야."

"평가전은 어떻게 치러져요?" 모리건이 손톱을 물어뜯으며 물었다.

"지금 말하려던 참이야. 말 끊지 마라." 주피터는 일어서서 방 안을 돌아다니기 시작했다. "처음 세 가지 시험은 매년 달라. 평가전에도 다양한 유형이 있는데, 원로들은 여러 가지를 뒤바꿔서 흥미를 유지하는 쪽을 선호하지. 어떤 평가전을 치를지는 말해 줄 때까지 알 수 없어. 그럭저럭할 만한 평가전도 있어. 예를 들자면 언어비기 평가전 같은 건 상당히 간단하지. 청중 앞에서 연설만 하면 되니까."

모리건은 침을 삼켰다. 모리건에게는 가장 힘든 게 연설이었다. 사람들 앞에서 연설을 하느니 연기와 그림자 사냥단을 다시 만나는 게 낫겠다는 생각이 들 정도였다.

"… 그리고 보물사냥 평가전도 재미있어. 하지만 솔직히 말하면 진저리가 날 정도로 끔찍한 평가전도 있어. 두 연대 전에 공포 평가전Fright Trial을 없앤 걸 고맙게 여겨야 해." 주피터가 몸서리를 쳤다. "차라리 혼비백산 평가전이라고 불렀어야 했어. 지원자 몇 명은 끝내 정신을 차리지 못했다니까."

"그런데 네 번째 평가전은 달라. 네가 말한 게 바로 네 번째 평가전이야. 조금 거창하게 증명 평가전Show Trial이라고도 불리는데, 솔직히 아주 간단해. 매년 똑같지. 세 가지 평가전을 통과한 지원자들이 원로위원회 앞에서 뭔가를 보여 주는 거야."

모리건이 미간을 찡그렸다. "뭘요……?"

"색다른 것. 그리고 쓸모 있고. 또 좋은 것."

"색다르고 쓸모 있고 좋은 거라면… 재능을 말하는 거죠?" 모리건은 마음을 단단히 먹고 물었다. "재능을 보려는 거군요."

주피터가 대수로운 게 아니라는 듯 어깨를 으쓱였다. "재능이든 기술이든, 아니면 자신만의 독특한 장점이라고 해도 좋고… 뭐라고 부르든 네 마음이야. 우리는 그걸 비기라고 한단다. 물론 원드러스협회 식으로 유치하게 말하면 그렇다는 거고, 그냥 네가 타고난 신기하고 고유한 재능을 말하는 거야. 원로들이 보기에 충분히 비범한 비기를 갖췄는지, 자유주에서 가장 우수한 인재들이 모여 있는 명망 높은 단체에 평생의 자리를 인정해 줘도 좋을지 보는 거야. 그게 다야." 주피터는 생강색 턱수염 사이로 이를 드러내며 싱긋 웃었다. 스스로도 그 웃음이 매력적이라고 생각하는 게 분명했다.

"네? 그게 다라고요?" 모리건은 어이없다는 듯 짧은 웃음을 터뜨렸다. "그럼 나는 비기가 없으니까—"

"그건 네가 몰라서 그래."

"그럼 *아저씨*는 뭘 아는데요?" 모리건이 뾰족한 목소리로 물었다. 주피터는 무엇을 숨기는 걸까?

"나야 아는 거 많지. 난 머리가 정말 좋거든." 모리건은 계속 빙빙 돌려 말하기만 하는 주피터 때문에 정말로 화가 치밀었다. "진짜야, 모그—"

"*모리건이라고요.*"

"—넌 걱정하지 않아도 돼. 처음 세 가지 평가전만 통과해. 증명 평가전은 *내* 문제야. 내가 알아서 할게."

전부… 불가능한 소리로 들렸다. 모리건은 의자에 털썩 앉아, 예상했던 것보다 더 암담한 상황에 불만스러운 한숨을 푹 내쉬었다. 모리건은 주피터를 흘겨봤다. "내가 더 이상 협회에 가입하고 싶지 않다면 어떻게 돼요? 마음이 바뀌었다고 하면요?"

모리건은 주피터가 충격을 받거나 버럭 화를 낼 거라고 생각했지만, 그는 고개만 끄덕였다. 모리건이 그렇게 말할 줄 알았다는 투였다. "그래, 겁도 날 거야, 모그." 주피터가 조용히 말했다. "협회는 많은 것을 요구해. 평가전은 힘든 데다, 시작에 불과하지."

끝내주네, 모리건은 생각했다. *점점 심각해지잖아.* "평가전을 치른 다음에는 어떻게 돼요?"

주피터가 숨을 깊이 들이마셨다가 내쉬었다. "협회는 보통의 학교와는 아주 달라. 원드러스협회는 학생들을 응석받이로 키우지 않아. 사람들은 협회에 들어가면 무임승차권을 얻는다고 생각하지. 이 작은 금빛 배지를 다는 순간부터 말이야." 주피터가 옷깃에 단 W 배지를 톡톡 두드렸다. "세상이 우리 앞에 탄탄대로로 펼쳐지고, 우리가 가는 길은 언제나 막힘없고 수월하다고들 말해. 어느 정도는 맞아. 이 오래된 배지는 확실히 기회를 열어 주지. 존경, 모험, 명성. 원더철 지정석까지. **배지 특권**이라고, 사람들은 그렇게 부르더구나." 그가 눈을 위로 굴리며 말을 이었다. "하지만 협회에 들어오면 누구나 스스로 그 특권을 *만들어야* 돼. 평가전을 통과하는 게 다가 아니고, 또 한 번 인정받는다고 끝나는 게 아니야. 평생에 걸쳐 계속 몇 번이고 거듭해서 네가 특권을 누릴 자격이 있는 사람이라는 걸, 네가 특별하다는 걸 증명해야 하는 거지."

주피터는 잠시 말을 멈추고 진지한 표정으로 모리건을 쳐다봤다. "그게 원드러스협회와 일반 학교의 차이점이야. 학업이 끝나도 너는 여전히 협회의 일원일 거고, 협회는 여전히 네게 관여할 거야. *영원히* 말이야, 모그. 원로들은 네가 학생 신분을 벗어난 뒤에도, 성인이 된 후에도 쭉 네 행동에 해명을 요구하고 책임을 물을 거야."

여기까지 들은 모리건이 얼마나 떨떠름한 얼굴을 하고 있는지 고스란히 읽어 낸 주피터는 서둘러 상황을 수습했다. "일단 나쁜 면을 먼저 말해 준 거야, 모그. 네가 큰 그림을 파악하기를 바라니까."

"봐, 원드러스협회는 단순한 학교가 아니야. 하나의 *가족*이라고 할 수 있지. 평생 동안 너를 돌보고 부양해 줄 가족 말이야. 그래, 훌륭한 교육도 받게 될 거고, 협회에 가입하지 못한 사람은 꿈도 꾸지 못할 기회와 인맥도 잡게 될 거야. 하지만 그보다 *훨씬* 더 중요한 게 있어. 네 동기를 갖게 된다는 거야."

"너와 함께 네 번의 평가전을 통과하고 승리한 이들은… 너의 형제자매가 될 거야. 그들은 죽는 날까지 너의 지원군이 될 사람들이야. 네게 결코 등을 돌리지 않고, 네가 그들을 위하는 만큼 너를 위해 줄 거야. 네 목숨을 구하는 일에 자신의 목숨을 걸 사람들이지." 주피터는 눈을 마구 깜박거리더니 고개를 돌리고 주먹으로 옆얼굴을 문질렀다. 모리건은 그가 눈물을 참느라 눈을 깜박거린다는 걸 알고 깜짝 놀랐다.

모리건은 친구에게 그렇게 강렬한 감정을 가질 수 있다는 걸 생각해 본 적이 없었다. 아마도 친구를 사귀어 본 적이 없기 때문일 것이다. 모리건은 진짜 친구라는 걸 한 번도 사귀어 보지 못했다. (토끼 인형 에밋은 차마 포함시킬 수 없었다.)

가공의 가족. 평생의 형제자매들.

모리건은 비로소 납득이 됐다. 주피터는 왕처럼 자세를 잡았다. 마치 세상의 온갖 나쁜 것들로부터 평생 자신을 지켜 주는 보이지 않는 막이 그를 둘러싸고 있다는 듯이. 이 세상, 그 어딘가에, 그를 사랑하는 사람들이 있었다. 무슨 일이 있어도 변함없이 그를 사랑하는 사람들이.

바로 그것이 주피터가 모리건에게 주려는 것이었다. 굶주린 가난뱅이 앞에 내민 뜨거운 고기 스튜 한 그릇처럼, 주피터는 모리건이 더없이 간절하게 바라는 것을 손에 쥐고 있었다.

모리건은 갑자기 치솟는 허기를 느꼈다. 협회에 들어가고 싶었다. 형제자매를 갖고 싶었다. 지금까지 바랐던 다른 무엇보다 간절하게 원했다.

"어떻게 하면 합격할 수 있어요?"

"나만 믿으면 돼. 나를 믿니?" 주피터의 얼굴은 진지하고 거짓이 없었다. 모리건은 조금도 망설이지 않고 고개를 끄덕였다. "그러면 증명 평가전에 대한 걱정은 내게 맡겨 둬. 네가 걱정해야 될 때가 되면 말해 줄 테니까. 약속할게."

이틀 전에 만난 낯선 사람을 믿어야 하다니 기분이 이상했다. 하지만 왜인지 주피터를 믿지 않기는 힘들었다. (어쨌든 그는 생명을 구해 준 사람이니까.)

모리건은 숨을 고르고 나서 묻기 두려운 질문을 꺼냈다.

"아저씨, 내 재능 말인데요… 내 비기란 게… 그거랑… 관련된 건가요?"

주피터가 미간을 찡그렸다. "응?"

"저주받은 게 내 재능이에요? 내가 가진 비기… 나쁜 일을 일으키는 거예요?"

주피터는 무슨 말을 하려다가 이내 입을 꾹 다물었다. 30초 사이에 머릿속에서 짧고 굵게 갈등을 겪은 듯했다.

"그 질문에 대답하기 전에, 그래, 말해 줄 거니까, 눈알 굴리지 말고. 내가 가진 재능에 대해 먼저 말해 줄게." 이윽고 그는 이렇게 말했다. "나는 어떤 걸 보는 비기가 있어."

"어떤 게 어떤 건데요?"

"어떤 진상 같은 것." 그가 어깨를 으쓱였다. "과거에 일어났던 일과 지금 일어나고 있는 일을 보지. 감정, 위험, 또 고사메르에 있는 것도."

"고사메르. 그게 뭐예요?"

"아, 그렇지." 자신이 속한 이 세계에 대해 모리건이 얼마나 아는 게 없는지 되새기면서 앞서 나갔던 마음을 추스르는 모습이 눈에 훤히 보일 만큼 티가 났다. 그는 빠르게 말했다. "고사메르는 눈에 보이지도 않고, 뭐라고 꼬집어 설명할 수 없는 그물망 같은 건데… 흠. *거미줄을 생각해 봐.* 엄청나게 크고 정교한 거미줄이 전체에 걸쳐서, 마치… 아니다. 그래, 고사메르는 몰라도 되고, 내가 다른 사람들은 보지 못하는 것을 본다는 사실만 알고 있으면 돼."

"비밀도 보여요?"

주피터가 빙긋 웃었다. "가끔은."

"미래는요?"

"아니. 나는 점쟁이가 아니야. 위트니스Witness지. 나 같은 사람을 그렇게 불러. 어떤 일이 *벌어질지* 보는 게 아니라, 지금 있는 *그대로*의 모습을 보는 거야."

모리건이 미심쩍은 눈초리로 물었다. "그건 누구나 하는 거 아니에요?"

"깜짝 놀랄걸." 주피터는 길고 마른 다리로 흐느적거리며 성큼성큼 네 걸음 만에 방을 가로지르더니 아침 식사가 남은 쟁반에서 아직 따뜻한 찻주전자를 집어 들었다. "이게 좋겠다. 나에게 이것에 대해 설명해 봐."

"그건 찻주전자잖아요."

"아니, 찻주전자에 대해 네가 아는 걸 *전부* 말해 보라고. 눈으로 보고 알 수 있는 것들 말이야."

모리건은 미간을 모았다. "녹색 찻주전자예요." 주피터가 계속하라는 듯 고개를 끄덕였다. "민트색 찻주전자고 하얀색 작은 잎이 여기저기에 있어요. 손잡이가 크고 주둥이가 둥글게 휘었어요." 주피터가 눈썹 하나를 치켜세웠다. "그리고… 찻잔하고 받침도 주전자랑 잘 어울리고……."

"좋아." 주피터가 컵 두 개에 차와 우유를 각각 따라 하나를 모리건에게 건넸다. "아주 잘했어. 네가 볼 수 있는 건 다 말한 것 같은데, 그건 사실 전혀 새로울 게 없는 것들이야. 내가 한번 해 볼까?"

"해 보세요." 모리건이 찻잔에 각설탕 한 개를 넣고 저으면서 말했다.

주피터는 찻주전자를 쟁반에 내려놨다. "이 찻주전자는 더스티정션Dusty Junction에 있는 공장에서 만들었어. 그건 쉽게 알 수 있지. 왜냐하면 자유주의 도자기는 대부분 더스티정션에서 만들거든. 그래서 이 정도는 봤다고 할 수도 없지만, 어쨌든 내겐 그게 보여. 찻주전자에서 그 공장이 *떠올라.* 주전자의 첫 번째 주인은 이걸 76년, 아니 77년 전에 네버무어 시장 지구의 한 찻집에서 구입했어. 초창기 시절은 대부분 희미해졌지만, 공장과 시장 지구에 있던 한 부인에 대한 기억은 남아 있어."

모리건은 얼굴을 찡그렸다. "찻주전자가 어떻게 *기억*을 해요?"

"너나 내가 하는 그런 기억이 아니야. 그런 기억이라기보다는… 이걸 뭐라고 설명해야 하지? 과거에 있었던… 사건과 순간이 사람이나 사물에 들러붙어서 세월이 흘러도 그대로 있는 거야. 달리 갈 곳이 없으니까. 나중에는 서서히 빛이 바래거나 억지로 뜯겨 나가거나 그냥 사라지기도 하겠지. 하지만 어떤 기억은 절대 사라지지 않아. 특별히 좋은 기억이거나 유독 나쁜 기억은 영원히 남기도 해.

이 찻주전자는 몇 가지 좋은 기억에 흠뻑 젖어 있어. 주전자를 가졌던 노부인은 매일 오후 여동생이 들를 때마다 차를 끓였어. 노부인과 여동생은 서로를 극진히 사랑했어. 그런 기억은 웬만해서는 깨끗이 지워지지 않아."

모리건은 의심스러운 듯이 주피터를 쳐다봤다. "그냥 보는 걸로 그걸 다 알 리가 없잖아요. 그 할머니와 아는 사이였겠죠."

주피터가 짐짓 분하다는 표정으로 모리건을 보았다. "네 눈에는 내가 몇 살로 보이니? 어쨌든, 쉿, 아직 안 끝났어. 오늘 아침 이 주전자를 만진 사람은 네 명이군. 차를 만든 사람, 쟁반을 나른 사람, 이걸 네 방까지 가져온 사람, 그리고… 아, 나머지 한 명은 물론 나지. 차를 만든 사람은 어떤 일로 화가 났지만, 찻주전자를 들고 올라온 사람은 노래를 부르고 있었어. 꾀꼬리 같은 목소리야. 그 진동이 느껴져."

그 말은 사실이었다. 마사는 모닝타이드 송가를 부르며 왔다. 하지만 마사가 올라오다가 주피터를 만났을지도 몰랐다. 모리건은 차를 마시며 어깨를 으쓱했다. "아저씨가 아무 말이나 꾸며 내는 걸 수도 있잖아요. 그 말이 진짜인지 내가 어떻게 알겠어요?"

"좋은 지적이야. 그럼 내가 직접 보여 주는 수밖에." 주피터가 모리건 앞에 무릎을 꿇고 눈높이를 맞춰 앉았다. "모리건 크로우, *네* 이야기를 해 보자."

주피터는 두서없는 시선으로 모리건의 얼굴을 훑어보며 잽싸게 이리저리 눈길을 던졌다. 마치 황무지에서 길을 잃은 사람이 지도를 보듯이 모리건의 얼굴을 살폈다.

"뭐예요?" 모리건이 몸을 뒤로 뺐다. "뭘 그렇게 뚫어지게 보는 거예요?"

"그때 잘랐던 머리." 그가 능청스럽게 웃었다. "지난해에 네 새어머니 때문에 했던 머리 모양 말이야."

"그걸 어떻게 알아요—?"

"너는 싫어했지? 너무 짧고 너무 현대적이라 최대한 빨리 길렀는데… 네가 얼마나 질색을 하며 싫어했는지 아직도 여길 맴돌고 있어. 나는 그게 보여."

모리건은 머리를 가지런히 쓸어내렸다. 앞머리가 들쭉날쭉하고 좌우 대칭이 맞지 않던 짧은 단발머리를 주피터가 본다는 건 불가능했다. 지난해에 아이비가 축 늘어지고 고리타분하며

189

유행에도 뒤떨어진 모리건의 머리가 "당황스럽다"면서 고집을 부려 바꾼 머리였다. 모리건은 그 짧은 머리가 싫었는데, 지금은 *다 자란* 상태였다. 머리는 다시 축 늘어져서 고리타분하게 어깨를 덮고 내려왔다.

"그것 말고 또 뭐가 보이는지 말해 볼까?" 주피터가 활짝 웃으면서 모리건의 두 손을 잡고 가볍게 흔들었다. "네 손가락에 있는 바늘에 찔린 작은 흔적도 보여. 복수한다고 새어머니가 제일 좋아하는 옷을 잘라서 조각조각 꿰맨 다음 거실에 커튼처럼 매달아 놨지." 주피터는 눈을 감고, 가슴이 들썩거리도록 시원하게 웃었다. "그나저나 정말 번뜩이는 재치야."

모리건은 자신도 모르게 미소를 지었다. 모리건도 그 커튼을 만든 일이 *뿌듯했다.* "알았어요. 아저씨를 믿어요. 정말 뭔가를 보네요."

"나는 네가 보여, 모리건 크로우." 주피터가 조금 더 가까이 다가왔다. "그리고 이건 확실히 말할 수 있어. 네 새어머니가 틀렸어."

"틀리다니 뭐가요?" 모리건은 물었지만 이미 답을 알고 있었다. 속이 살짝 울렁거렸다.

"그 여자는 네가 저주라고 말했지." 주피터가 침을 삼키며 고개를 흔들었다. "화가 나서 그렇게 말한 거야. 진심이 아니었어."

"진심이었어요."

주피터는 머뭇거리며 곰곰이 생각했다. "그럴지도 모르지. 그래도 그 말은 사실이 아니야. 진심이라고 해서 옳은 말이 되는 건 아니니까."

모리건은 얼굴이 화끈거리는 느낌에 눈길을 돌려 아침 식사가 담긴 쟁반에서 파이를 집었다. 하지만 한 덩어리를 뜯어내기만 하고 먹지는 않았다. "신경 쓰지 마세요."

"네가 신경 쓰지 말아야지." 주피터가 말했다. "지금 이 순간부터 잊어버려. 알아들었니? 너는 저주가 아니야."

"네, 알았어요." 모리건은 눈을 위로 굴리면서 얼굴을 돌리려고 했지만, 주피터가 재빠르게 얼굴을 붙잡았다.

"안 돼. *내 말 잘 들어.*" 주피터의 크고 푸른 눈이 모리건의 까만 눈 속에 들어와 박혔다. 주피터는 한여름의 아스팔트 도로가 열기를 발산하듯 정당한 분노를 뿜어냈다. "네가 가진 재능이 저주받은 거냐고 물었지? 네 비기가 나쁜 일을 일으키는 거냐고. 내가 말할 테니 잘 들어. *너는 누구에게도 저주가 아니야, 모리건 크로우.* 과거에도 아니었어. 그건 너도 줄곧 알고 있었을 거야."

모리건의 눈가가 찡 울리며 눈물이 떨어지려고 했다. 하지만 마음을 단단히 먹고 마지막으로 묻고 싶은 질문을 던졌다. "협회에 들어가지 못하면 어떻게 돼요?"

"들어갈 거야."

"그래도 만약에 못 들어가면요." 모리건은 포기하지 않고 물었다. "그럼 어떻게 돼요? 공화국으로 돌아가야 하나요? 그들이… 그들이 나를 기다리고 있을까요?" 가족이 아닌 연기와 그림자 사냥단을 말하고 있다는 것을 주피터도 알아들으리라고 생각했다. 눈을 감으면 아직도 그들이 보였다. 어둠 속에서 불타는 붉은 눈과 소용돌이치는 그림자.

"원드러스협회에 들어가게 될 거야, 모그." 주피터가 나직이 말했다. "결국 해내게 될 거라고 내가 약속할게. 그리고 다시는 이 말도 안 되는 저주 운운하는 말은 듣고 싶지 않아. 너도 약속해."

모리건은 약속했다.

모리건은 그를 믿었다.

그가 확실한 자신의 편이라는 생각에 용기가 솟았다.

하지만 여전히, 주피터가 대답하지 않고 피해 간 질문을 모두 셈해 보았다면 모리건은 열 손가락을 다 쓰고도 모자랐을 것이다.

9장

원드러스 환영회

"온다. 뛸 준비해."

주피터가 브롤리 레일Brolly Rail을 타고 정원 파티에 가기로 결정한 덕분에 모리건은 생일 선물을 시험해 볼 수 있었다. 하지만 브롤리 레일은 중간에 멈추거나 속도를 줄여 승객이 타고 내릴 시간을 주지 않는다는 게 문제였다. 둥근 강철 고리가 달린 케이블은 도시 전체를 순환했다. 열차가 바람을 가르며 승강장을 지나갈 때 힘껏 뛰어올라 케이블 골조에 매달린 강철 고리에 우산을 건 뒤, 죽을힘을 다해 우산을 붙잡고 허공에 대롱대롱 떠서 목적지까지 가야 했다.

"명심해, 모그." 주피터가 승강장을 향해 속도를 내며 달려오는 둥근 고리를 보면서 말했다. "내릴 때는 저 레버만 당기면 고리가 풀릴 거야. 참, 그리고 착륙할 때는 되도록 바닥이 무른 곳을 고르도록 해." 모리건의 불안감을 느꼈는지, 주피터는 이렇게 덧붙였다. "아무 일 없을 거야. 나도 이걸 타면서 다리 한 번 부러진 게 다야. 많아 봐야 두 번 정도일 걸. 준비… 출발!"

두 사람은 열차를 향해 뛰어올랐다. 모리건은 우산이 으스러지면 어쩌나 하는 생각이 들 정도로 꽉 붙잡았다. 빠르게 달려드는 열차를 보면서 느낀 뼈를 뒤흔들던 공포는 이내 분출하는 아드레날린에 쓸려 날아가고, 열차 고리에 우산을 거는 순간 승리의 환호가 터져 나왔다. 주피터는 고개를 뒤로 젖히고 활짝 웃으며 승차의 즐거움을 만끽했다. 둘은 듀칼리온 근처를 쌩하니 지나 자갈이 깔린 올드타운Old Town 거리로 들어섰다. 얼굴을 깨물고 눈을 찌르는 상쾌한 봄의 공기를 맞은 두 사람은 마침내 목적지에 도착해 뛰어내렸다. 기적적으로 둘 다 자신들의 발로 사뿐히 착지했다. 다리가 부러진 사람은 없었다.

원드러스협회 교정은 높은 벽돌담에 둘러싸여 있었다. 명단과 이름을 철저히 대조하여 확인하던 보안요원이 주피터를 한눈에 알아보고 두 사람에게 미소를 지으며 안으로 들어가라고 손짓했다.

문을 지나 안으로 들어가자 무언가 달라졌다. 모든 게 조금씩 달랐고, 공기마저 바뀐 듯했다. 모리건은 깊이 숨을 들이마셨다. 인동덩굴과 장미의 향이 났다. 햇살도 더 따뜻하게 내리쬤다. 이상하다는 생각이 들었다. 문밖의 하늘은 그다지 파랗지 않았고, 꽃들은 아직 작은 봉우리 안에 갇혀 봄이 오는 것을 암시하고 있을 뿐이었다.

주피터는 "양말 한 짝 날씨"라는 말을 했다.

"양말 한 짝… 잠깐만요. 뭐라고 하셨어요?" 모리건이 어리둥절해서 물었다.(* 원드러스협회Wundrous Society의 약칭인 Wun-Soc의 발음이 one sock과 비슷해서 모리건이 잘못 들은 것 – 옮긴이)

"W-U-N-S-O-C, 원협 말이야. 원드러스협회를 줄여서, 우리는 이 교정을 그렇게 불러. 원협의 담 안쪽 날씨는 조금… 더 그래."

"조금 더 뭐요?"

"그냥 조금 *더 그런* 거야. 교정 밖의 네버무어가 어떤 모습이든 여기서는 조금 더 부풀려져. 원협은 바깥세상과 기후가 다른 공기 방울 안에 존재하는 셈이지. 오늘은 조금 더 따뜻하고, 조금 더 화창하고, 조금 더 봄 날씨 같구나. 운이 좋았어." 주피터는 벚나무 옆을 지나면서 잔가지 하나를 꺾어 단추 구멍에 끼웠다. "양날의 검과 같지. 겨울이 되면 바람도 더 많이 불고,

195

얼음도 더 많이 얼고, 더 황량해지거든."

본관으로 이어지는 진입로에는 가스등이 줄지어 서 있었다. 그리고 화려한 화단과 분홍 벚나무 사이에 어울리지 않는, 원협의 날씨 현상도 어찌하지 못한 새까만 죽은 나무가 두 줄로 늘어서 있었다.

"저건 뭐예요?" 모리건이 새까만 나무들을 가리키며 물었다.

"아, 그 나무들은 몇 연대 동안 꽃을 피우지 않았어. 불꽃나무라고, 예뻤지. 한때는 그랬는데, 지금은 멸종됐고 베어 낼 수도 없어. 정원사들에게 아픈 상처니까, 아무 말도 하지 마. 여기서는 다들 저 나무가 못생긴 조각상이려니 하고 지나가."

불안과 긴장으로 모리건의 속이 뒤틀리는 동안 다른 후원자들과 그들이 선택한 지원자들은 마치 생일 파티에라도 가는 것처럼 발걸음을 재촉하면서 웃고 떠들었다.

만약 모리건이 달 위를 걷고 있다고 해도 이렇게까지 거리감이 느껴지지는 않을 것 같았다.

프라우드풋 하우스라는 간판이 붙은 본관은 산뜻한 붉은 벽돌 위로 담쟁이덩굴이 뒤덮인 5층짜리 건물이었다. 지원자들은 오늘 프라우드풋 하우스 안으로 들어갈 수 없었지만, 정원은 눈부시게 아름다웠다. 밝은 리넨 정장과 은은한 파스텔색 드레스를 입은 사람들이 한 폭의 그림 같은 봄날 오후를 가득 메우고 있었다. 주피터는 모리건이 직접 의상을 선택하도록 허락했다.

모리건이 고른 의상은 은색 단추가 달린 검은색 원피스였는데, 챈더 여사는 그 옷을 보고 "깔끔하지만, 눈에 띄지 않아"라고 잘라 말했다. 모리건은 주피터가 입은 레몬색 정장과 연보라색 구두 정도면 두 사람이 눈에 띄기에 충분하다고 생각했다.

잔디밭에 활모양으로 굽은 관람석 계단에서 현악 사중주단이 음악을 연주했다. 하얀 대형 천막 안에는 크림 케이크와 파이가 산더미처럼 쌓여 있고 젤리로 된 조각상이 우뚝 서서 흔들거렸지만, 모리건은 먹고 싶은 마음이 들지 않았다. 생쥐들이 배 속을 갉아먹는 기분이었다.

사람들 사이를 비집고 걸어가면서 모리건은 두 사람에게 시선이 쏠린다는 걸 알아차렸다. 점잖게 놀라는 얼굴부터 충격에 입을 다물지 못하는 얼굴까지 다양했다.

"왜 사람들이 전부 우리를 쳐다봐요?"

"너를 쳐다보는 이유는 네가 나와 함께 있기 때문이야." 주피터가 이쪽을 노려보는 여자 두 명에게 쾌활하게 손을 흔들었다. "그리고 나를 쳐다보는 이유는 내가 몹시 잘생겼기 때문이지."

지원자들은 대부분 무리를 지어 모여 있었다. 모리건은 살금살금 주피터에게 바싹 다가갔다.

"사람들은 물어뜯지 않아." 주피터가 모리건의 마음을 읽기라도 한 듯 말했다. "아마, 대부분은 물지 않을 거야. 저쪽 나무옆에 개의 얼굴을 한 남자아이 곁에는 가지 마라. 필요한 접종을 아직 다 안 했을지도 몰라."

커다란 양치식물들이 듬성듬성 솟아오른 잔디밭 근처에, 정말 개의 얼굴을 한 남자아이가 어슬렁거렸다. 팔 길이가 평범한 사람의 두 배는 되어 보이는 남자아이도 있었고, 한 여자아이는 몇 미터나 되는 윤기 흐르는 검은 머리카락을 몇 가닥으로 땋아서 작은 수레에 담아 끌고 다녔다.

"올해는 신기한 신체 특성을 겨루는 해가 아니지 않나. 저 학생들에게는 안타까운 일이지만." 주피터가 혼잣말처럼 중얼댔다. "몇 년 전에 참가했던 큰 망치 손 여학생은 아직 누구도 잊지 않았을 거야. 그 학생이 졸업한 뒤에 수리비가 어마어마하게 들었어. 지금은 레슬링 선수로 뛰고 있을걸."

주피터가 정원에 난 길로 모리건을 데리고 다니면서 다른 사람들에게는 들리지 않는 작은 목소리로 말했다.

"바즈 찰턴이야." 주피터는 긴 머리에 가죽 바지를 입고 주름 잡힌 정장 재킷을 걸친 남자를 향해 아주 조심스럽게 고갯짓하며 중얼거렸다. "역겨운 자야. 수두려니 생각하고 멀리해."

바즈 찰턴 옆에는 한 무리의 여학생들이 서 있었다. 그중 숱이 많은 밤색 머리에 반짝거리는 푸른색 원피스를 입은 여자아이가 모리건을 흘끗 보더니 친구들에게 뭔가를 속삭였다. 다른 학생들이 고개를 돌려 모리건을 빤히 쳐다봤다. 모리건은 첫인상이 중요하다던 챈더 여사의 말을 떠올리며 억지로 웃어 보였다. 여자아이들이 큰 소리로 웃었다. 모리건은 그 웃음이 긍정적인 신호인지 아닌지 궁금했다.

주피터는 지나가던 종업원이 들고 있던 쟁반에서 자줏빛 펀치 두 잔을 집어서 한 잔을 모리건에게 건넸다. 잔 안을 슬쩍 들여다보니, 분홍색 건더기가 떠다녔다. 아니 *꿈틀거리고* 있었다. 자줏빛 펀치 잔 안에서 분홍색의 흐물흐물한 것들이 꿈틀거렸다.

"원래 꿈틀거리는 거야." 모리건의 메스꺼운 표정을 알아챈 주피터가 말했다. "꿈틀거리는 게 더 맛있어."

모리건은 머뭇거리며 한 모금을 마셨다. 맛있었다. 입속에서 달콤한 장밋빛이 폭발하는 것 같았다. 모리건이 맛있다는 말을 하려는데, 가죽 바지를 입은 남자가 나타났다. 남자는 주피터에게 다가와 등을 철썩 때리더니 그의 어깨에 한 팔을 턱 하니 얹었다.

"노스! 내 오랜 친구 노스." 바즈 찰턴이 혀 꼬부라진 소리로 말했다. "뭐가 어떻게 돌아가고 있는 건지. 말 좀 해 봐, 노스. 저기서 해미시에게 들었는데, 자네가 어디론가 가서 아이를 입찰해 왔다고 그러더라고. 탐험가연맹 사람들이 주는 돈은 액수가 좀 섭섭했나 봐? 아니면 이제 나침반에서 손 떼고 다른 사람에게 대모험가의 자리를 넘겨주기로 한 거야? 이제 조용히 살겠다 이건가?"

　남자가 브랜디를 입에 대고 깔깔거리며 요란하게 웃었다. 얼굴을 찡그린 주피터는 코에 잔주름을 잡으며 불쾌한 기색을 드러냈다.

　"잘 지냈나, 바즈." 주피터가 마지못해 최소한의 예의만 간신히 차려 인사했다.

　"이 여자애로군?" 바즈가 실눈을 뜨고 모리건을 내려다봤다. "유명하신 주피터 노스의 생애 첫 지원자. 가십 기자들이 들썩들썩하겠어."

　남자는 주피터가 그를 소개시켜 주기를 기다렸지만 주피터는 그럴 생각이 없었다. 결국 남자는 직접 자신을 소개했다. "찰턴이야. 바즈 찰턴." 그는 호기롭게 자신을 가리키며, 모리건이 아는 내색을 할 때까지 기다렸다. 아무런 낌새가 없자 바즈의 얼굴이 시큰둥해졌다. "학생은 이름이 뭐지?"

　모리건이 주피터를 쳐다봤다. 그가 고개를 끄덕였다. "모리건 크로우예요."

　"살짝 우울하게 생겼군, 노스. 개인적인 생각으로는." 찰턴은 모리건을 완전히 무시한 채 주피터의 귀에 대고 다 들으라는 듯이 떠들었다. 모리건은 화가 났다. 바보처럼 계속 웃으면서 돌아다녀야 하는 건가? "외부인이야? 이 아이를 어디서 찾은 거야?"

　"남이사."

"남이사? 처음 들어 보는 곳인데." 바즈가 몸을 앞으로 기울이며 눈을 반짝였다. 그리고 음모에 가담하는 사람처럼 귀에 대고 소곤댔다. "공화국 안에 있는 곳이로군? 이 여자애를 몰래 데리고 들어온 거야? 계속해 봐. 이 오랜 벗 바즈에게 다 말하라고."

"맞아." 주피터가 말했다. "신경 꺼 공화국의 남이사 뭘 하든 이라는 도시에서 찾았지."

바즈 찰턴이 웃기지 않다는 듯 씩 웃으며 실망스러운 표정을 지었다. "아하, 역시 재치 있어. 그럼 얘는 비기가 뭐지?"

"그것도 신경 꺼." 주피터는 바즈 찰턴의 손에서 노련하게 빠져나왔다.

"해보자 이거지? 좋아, 좋다고. 그래 봤자지. 나 알잖아. 말하기 싫으면 하지 마." 바즈가 모리건을 아래위로 훑었다. "무용수인가? 아니야, 춤추는 사람치고는 다리가 짧아. 과학에 재능이 있어 보이지도 않고. 눈빛이 멍한 걸 보면 그쪽은 아니야." 바즈가 모리건의 얼굴 앞에서 손을 흔들었다. 모리건은 그 손을 탁 쳐서 치워 버리고 싶었다. "비술 쪽인 것 같군. 마법사인가? 아니면 무녀?"

"그래 봤자, 라고 자네 입으로 말하지 않았나?" 주피터가 말했다. 그는 따분한 듯 말을 이었다. "자네의 지원자 부대는 어디 있나? 올해도 풍년이겠지?"

"여덟 명밖에 안 돼, 노스. 고작 여덟이라니까. 세 명은 여학생이고." 찰턴이 모리건을 보며 웃었던 학생들에게 어정쩡하게 손을 흔들었다. 그러고는 코를 훌쩍거리더니 브랜디를 벌컥벌컥 마셨다. "남자애들은 근처 어딘가에 있어. 몇 명 안 되지만 그중에 실패작은 없으니까. 올해는 수확이 끝내준다고. 그런데 저 녀석이 진짜 물건이야. 노엘 데버루라는 아이인데. 너무 많은 정보를 알려 주고 싶진 않지만 *천사의 목소리*라고. 저렇게 강력한 지원자는 지금껏 본 적이 없다니까."

모리건은 그 여학생과 친구들을 쳐다봤다. 예쁜 데다, 좋은 옷을 입은 노엘은 쉬지 않고 말을 했고 다른 여학생들은 열심히 귀를 기울였다. 노엘 데버루는 침착하며 자신감이 넘쳤고 편안한 미소를 짓고 있었다. 모리건은 약간의 질투심을 느꼈다. 노엘 데버루 같은 아이라면 원드러스협회에서도 당연히 들어와 주길 *바라지 않을까*?

"축하할 일이군," 주피터가 담백하게 말했다.

"하지만 이쪽은, 노스." 찰턴이 모리건에게 손을 흔들어 대며 말을 이었다. "이해가 안 돼. 뭐에 끌린 거야? 무슨 소리냐면 저 눈 말이야, 노스. 소름 끼치게 까만 눈 좀 보라고. 원로들은 사나워 보이는 애들을 별로 좋아하지 않아. 얘는 자넬 죽이려 들 거야. 만약 그걸―"

주피터가 매섭게 노려보는 바람에 바즈 찰턴은 하던 말을 멈추고 입만 벙긋거렸다.

"다음 말은 신중히 뱉는 게 좋을 거야, 찰턴." 주피터가 낮고 차가운 목소리로 말했다. 모리건은 전에 한 번, 이븐타이드 밤에 크로우 저택에서 같은 목소리를 들은 적이 있었다. 몸서리가 쳐졌다.

바즈 찰턴이 입을 다물었다. 주피터가 옆으로 비켜서며 시선을 떼자, 긴 머리의 바즈 찰턴은 다리가 풀린 사람처럼 비틀거리며 돌아갔다. 주피터는 한숨을 쉬며 노란 정장을 단정히 매만지고는 모리건의 어깨를 꽉 쥐었다가 놔주었다. "말했지, 역겨운 자라고. 신경 쓸 것 없어."

모리건은 펀치를 한 모금 마셨다. 찰턴이 했던 말들이 귓가에 맴돌았다. *원로들은 사나워 보이는 애들을 별로 좋아하지 않아.*

"바즈 같은 사람들을 우리는 스파게티 후원자라고 불러." 주피터가 설명했다. 그는 계속해서 정원 이리저리로 모리건을 안내하면서 사람들을 만날 때마다 손을 흔들었다. "해마다 자유주를 샅샅이 뒤져서 지원자를 찾아 대략 열 명 정도의 아이들을 평가전에 내보내거든. 학생들이 정말로 준비가 되어 있는지는 상관없이, 단지 자신의 합격률을 높이려는 거야. 벽에 스파게티 면을 몇 가닥씩 던져서 하나라도 붙으라는 거지. 알지?"

"그런 방법이 먹혀요?" 모리건이 물었다.

"환장할 만큼 잘 먹히지." 주피터는 그의 관심을 끌기 위해 떠들썩하게 모여 있는 10대들을 피해 모리건의 발길을 왼쪽으로 돌렸다. "여어, 낸시."

키가 훌쩍 크고 어깨가 넓은 여자가 다가와 주피터와 악수를 나누었다. "노스 대장, 살아 있었군요! 대장이 지원자를 데려왔다는 소문은 들었지만, 난 말도 안 된다고 생각했어요. 주피터 노스는 절대 그런 일은 하지 않는다고 내가 그랬죠. 그런데 여기 이렇게 지원자와 같이 있는 대장을 만났네요. 안녕." 말을 마친 낸시는 모리건을 보며 미소를 지었다.

"낸시 도슨, 인사해요. 모리건 크로우예요." 주피터가 모리건에게 고갯짓을 했다. 모리건은 낸시가 내민 손을 잡고 악수에 응했다. 낸시는 주피터보다 어렸고, 진실해 보이는 보조개 띤 웃음 때문인지 건장한 체격에도 크게 위협적으로 보이지 않았다.

"만나서 기뻐, 크로우. 내 지원자 호손도 소개시켜 주고 싶지만, 여기에 오자마자 어디로 갔는지 보이질 않네. 아마 어딘가에서 기상천외한 일을 벌이고 있을 거야." 낸시는 난처한 듯 눈을 굴렸지만 즐거워 보였다. "그게 그 아이의 공인된 비기는 아니지만, 사고 치는 재주도 공인 비기와 맞먹는다니까."

"그 아이의 공인된 비기는 뭐예요?" 모리건이 물었다. 주피터가 모리건을 홱 보더니 살짝 실눈을 떴다. 모리건이 소리를 낮춰 물었다. "왜요? 이게 무례한 질문인가요?"

낸시가 싱긋 웃었다. "상관없어. 무슨 스파이 다람쥐(* secret squirrel, 1965년부터 영국에서 방영된 만화영화 〈Atom Ant and Secret Squirrel〉의 주인공 다람쥐로, 이 만화는 첩보영화 장르와 특히 제임스 본드 시리즈의 에피소드들을 패러디함. – 옮긴이)도 아니고 그런 소모적인 일에 신경 쓸 거 없어." 낸시가 모리건에게 가까이 다가왔다. "내 짧은 소견으로는, 아주 자랑스럽게도 호손 스위프트는 네버무어 주니어리그에서 가장 뛰어난 용의 기수란다."

"이런, 당연하지요." 주피터가 빙그레 웃었다. "무슨 말이 필요할까요? 자유주 용타기 리그에서 다섯 차례나 우승한 챔피언에게 제격인 지원자군요."

낸시의 미소가 잠시 흐려졌지만, 금세 다시 웃으며 말했다. "전 챔피언이죠." 낸시가 주피터의 말을 정정하며 오른쪽 다리를 두드렸다. 놀랍게도 다리에서 속이 텅 빈 나무를 두드리는 소리가 났다. "이 낡은 물건을 달고는, 가까운 시일 내에 시합에 나가기 어려울 거예요."

"의족이에요?" 모리건은 직접 나무다리를 두드려 보고 싶은 마음을 꾹 억누르기 위해 모든 자제력을 끌어모았다. 주피터는 헛기침을 했지만 낸시는 개의치 않는 듯했다.

"그래. 말하자면 경이로운 현대 의학과 공학 기술의 산물이야. 백향목과 원더, 강철로 만들었지." 낸시가 바지를 들어 올려 나무와 금속으로 만든 다리를 보여 주었다. 기적과도 같이 진짜 다리의 근육과 힘줄처럼 유연하게 움직였다. 마치 나무 자체가 살아 있는 것 같았다. "고전적이면서도 원드러스만의 독창성이 담긴 작품이란다. 원드러스협회병원에서 하는 일은 들어도 믿기 힘들 거야. 진정한 기적을 낳는 사람들이야, 그들은."

"어쩌다가 다리가 그렇게 된 거예요?"

"두 해 전 여름의 정기 대회 때 경쟁 상대가 탔던 용이 우적우적 먹어 버렸어. 상대는 추잡하고 포악한 자였지." 낸시가 꿈틀거리는 펀치를 한 모금 마셨다. "그 자가 탔던 용도 별로 착하진 않았고."

모리건과 주피터가 웃었다.

"그래도 푸념할 수는 없지." 낸시의 얼굴에 환한 미소가 번졌다. "지금은 주니어 리그에서 전임 코치로 일하고 있거든. 이 일은 꾸준히 할 수 있고, 스위프트보다 더 뛰어난 학생은 찾기 힘들 테니까. 그 애는 걸음마를 배우면서부터 용을 타기 시작했어. 토너먼트에 출전할 나이가 되면 1급 기수도 될 수 있을 거야. 한시도 멈추지 않고 멍청한 짓에 골몰하는 버릇만 고치면 말이야."

그때 갑자기 주변의 후원자들이 들고 있던 유리잔의 가장자리를 가볍게 부딪치며 쨍그랑거렸다. 현악 사중주단이 연주를 멈췄다. 세 사람, 아니 모리건이 눈을 의심하며 살펴본 바로는 남자 한 명과 여자 한 명, 그리고 털이 북슬북슬한 몸에 조끼를 입은 황소 한 마리가 발코니 위로 모습을 드러냈다.

"신임 최고원로위원회야." 주피터가 모리건에게 작은 소리로 말했다. "매 연대가 끝날 때마다 협회는 다음 연대까지 우리를 지도하고 다스릴 회원 세 명을 선출하거든. 그 세 명은 회원들 가운데 가장 뛰어나고 훌륭한 이들이야."

"다 좋은데요, 왜 저기 황—"

"쉿, 잘 들어."

원로 한 명이 마이크 스탠드 앞으로 나오자 경건한 침묵이 내려앉았다. 마른 몸으로 구부정하게 선 여자는 숱이 없는 회색 머리에 꽃이 주렁주렁 달린 모자를 쓰고 있어 뭔가 불안정한 느낌이었다. 모리건은 발코니에 선 여자가 바닥에 얼굴을 박고 고꾸라지기라도 할까 봐 걱정됐다. 다른 두 원로가 앞으로 나와 부축했지만, 나이 지긋한 여자는 부축한 손을 찰싹 때려 놓게 한 뒤 도도하게 목청을 가다듬고 연설을 시작했다.

"많은 분들이 아시다시피 나는 원로 그레고리아 퀸입니다. 내 옆에 계신 분들은 헬릭스 윙 원로와 앨리어스 사가 원로입니다." 여자는 먼저 사람을, 다음으로 황소를 손짓으로 가리켰다. "우리 최고원로위원회는 이렇게 중요한 날 프라우드풋 하우스를 방문하신 여러분을 환영합니다. 학생들 모두에게 이번 방문은 실제로 원드러스협회를 경험하는 생애 첫 기회일 겁니다. 그리고 대다수 학생들에게는 처음이자 마지막이 될 것입니다."

모리건은 냉혹한 말에 움찔했다. 모리건만 놀란 게 아니었다. 사방에서 지원자들이 안심시켜 주길 바라는 얼굴로 함께 온 후원자의 표정을 슬그머니 살폈다. 저 아이들이 나만큼 불안할까? 모리건은 아닐 거라고 생각했다. 지금이 이곳에 들어올 수 있는 마지막 *기회였다면* 어떻게 하지? 주피터는 평가전을 통과하지 못할 경우 모리건이 어떻게 되는지 아직 말해 주지 않았다.

"존경하는 동료 원로들과 나는" 퀸 원로가 말을 이었다. "용기와 낙관적 자세, 그리고 믿음을 표현해 준 어린 지원자들에게 감사드립니다. 여러분이 곧 치르게 될 도전들은, 그 끝에 반드시 협회에 가입할 수 있다는 보장이 없으며… 대단한 담력이 있어야 합니다. 도전하는 여러분에게 박수를 보냅니다."

퀸 원로는 잠시 말을 멈추고 관중을 향해 활짝 웃으며, 팔과 목에 화려한 색깔로 빈틈없이 문신을 새겨 넣고 회색 턱수염을 기른 웡 원로와 함께 열성적으로 박수를 쳤다. 사가 원로라고 하는 황소는 발굽을 쿵쿵 굴렀다. 모리건은 초조한 듯 펀치를 한 모금 홀짝였다. 입이 바짝바짝 말랐다.

"올해는 지원자가 오백 명이 넘는다고 들었습니다! 이렇게 많은 젊은 인재들이 협회 한복판에 모여 있으니, 깊은 인상을 남길 신입 회원 아홉 명을 발굴할 수 있으리라 확신이 섭니다. 아홉 명의 인재는 우리를 자랑스럽게 만들 것이고 그들을 알게 된 것은 평생의 기쁨이 되겠지요."

모리건은 주피터를 쳐다봤지만, 주피터는 노원로에게 완전히 집중해 있었다.

아홉 명? 새로운 회원을 고작 *아홉* 명밖에 안 뽑는다고? 지원자가 *오백 명도 넘는데*? 주피터는 그렇게 세부적인 규정은 말하지 않았다.

모리건은 실망으로 가슴이 내려앉았다. 조금도 희망이 없었다. 천사의 목소리를 가졌다는 노엘이나 걸음마를 떼면서부터 용을 탔다는 호손과 경쟁이 되기는 할까? 모리건은 개의 얼굴을 한 남자아이보다도 가망이 없었다. 그 애는 그런 얼굴이라도 있지! 모리건은 자신이 가진 비기가 무엇인지 몰랐지만, 그것이 하등의 쓸모도 없는 것이라는 의심이 강하게 들었다.

"앞으로 몇 달 동안 여러분은 몸과 마음을 시험해 보게 될 겁니다. 그 첫 번째는 늦은 봄에 예정된 책 평가전Book Trial입니다." 퀸 원로가 다시 말을 이었다가 잠깐 끊고 안경 너머로 근엄하게 살폈다. "여러분은 지원자 동료들과 함께 새로운 친구를 사귀고 유익한 동맹을 만들 뿐 아니라, 다가올 평가전을 대비하여 정신력을 키우는 데도 시간을 잘 활용해야 합니다."

"원드러스협회에 가입하는 것은 특별한 소수에게 주어지는 특권입니다. 우리 회원들 중에는 자유주 최고의 사상가와 지도자, 연주자, 탐험가, 발명가, 과학자, 마법사, 예술가, 그리고 운동선수들이 많이 있습니다. 우리는 특별한 사람들입니다. 우리는 뛰어난 사람들입니다. 어떤 회원들은 대업을 위해, 이 일곱 개의 포켓을 지키는 임무를 위해 부름을 받기도 합니다. 우리를 해하려는 자들, 우리에게서 자유와 생명을 앗아 가려는 자들에게 맞서는 것입니다."

좌중이 웅성거렸다. 가까이에 서 있던 남학생이 소곤거렸다. "*원더스미스* 말이지." 주변에서 그 말을 들은 아이 몇은 불시의 공격이라도 받은 얼굴들이었다.

또 원더스미스 얘기야, 모리건은 생각했다. 누구인지 아니 무엇인지는 몰라도, 원더스미스가 주는 공포가 네버무어를 뒤덮고 있어서 굳이 이름을 말하지 않아도 사람들을 두려움에 떨게 할 정도인 것 같았다. 아마도 자유주에 속하지 않은 외부인이라 그런 거겠지만, 모리건은 그가 백 년도 전에 사라졌다는 주피터의 말을 생각하면 이런 공포가 약간 어리석게 느껴졌다.

"하지만" 퀸 원로가 한결 밝은 목소리로 말을 이어 나갔다. "우리 협회의 일원이 될 때의 이점이 우리에게 주어진 과제보다 훨씬 크다는 말씀을 꼭 드려야 하겠군요." 다 안다는 듯한 웃음소리가 정원 전체에 퍼졌다. 퀸 원로는 미소를 띤 얼굴로 조용해지기를 기다렸다가 연설을 계속했다. "학생 여러분, 여러분의 후원자를 보십시오. 우리 원드러스 가족 일원들과, 여러분의 동료가 될 지원자들을 둘러보십시오."

"여러분 모두에게는 한 가지 공통점이 있습니다. 여러분 자신을 특별하게 만드는 무언가가 있다는 점입니다. 그 특별한 선물은 여러분을 또래, 친구, 심지어 가족과도 다른 존재로 만들어 줄 것입니다."

모리건은 마른침을 삼켰다. 수백 명의 사람들이 퀸 원로의 한마디 한마디를 놓칠세라 귀담아듣고 있었다. 그러나 왠지 모리건은 나이 지긋한 원로가 자신에게만 들으라는 듯이 말하는 것 같았다.

"나도 겪어 봐서 압니다. 여러분은 외로운 길을 걷게 될 수도 있습니다. 아! 여러분 모두를 우리 품 안에 거두고 보살필 수 있다면 얼마나 좋겠습니까! 하지만 올해 말 우리와 함께하게 될 아홉 명에게만큼은, 이렇게 약속합니다. 소속과 가족과 영원한 우정이 여러분의 것입니다.

오늘부로 여러분은 원드러스협회 919기 평가전의 공식 참가자가 됩니다. 길고 험난한 길이 되겠지만, 어쩌면, 어쩌면 말입니다. 그 길 끝에 아주 멋진 일이 여러분을 기다리고 있을 것입니다. 행운을 빕니다."

모리건은 다른 사람들처럼 열심히 박수를 보냈다. *가족. 소속. 영원한 우정.* 퀸 원로와 주피터는 똑같은 협회 홍보물을 읽은 걸까? 아니면 모두들 모리건의 마음을 들여다보고 정작 본인은 모르고 있던 소원 목록이라도 엿본 걸까?

처음으로 원드러스협회가 모리건에게 *실재*로 다가왔다.

한 차례 박수가 터져 나왔다가 사그라진 뒤, 후원자와 지원자들 대부분이 후식 뷔페가 차려진 자리로 돌아갔다. 주피터는 뒤에 남아서 몸을 숙여 모리건에게 귓속말을 했다.

"나는 오랜 친구들을 만나고 올 테니, 너는 새 친구들을 만들어 봐."

주피터는 모리건을 빙글 돌려서 프라우드풋 하우스 반대편을 서성대는 아이들 무리를 향해 살짝 떠밀었다.

넌 할 수 있어, 모리건은 퀸 원로의 화려한 약속에 한껏 고무되어 생각했다. *가족. 소속. 우정.*

모리건은 턱을 높이 쳐들고 다른 아이들을 쫓아가며, 머릿속으로는 무슨 말을 할지 연습했다. 농담으로 말을 건네는 게 좋을까? 아니면 좀 더 직접적으로 다가가는 게 나을까? "내 이름은 모리건이야. 나랑 친구할래?"라고만 하면 될까? 다른 사람들도 다 그렇게 하나?

프라우드풋 하우스 앞의 계단 위에도 서성이는 학생들이 있었는데, 바즈 찰턴의 지원자인 노엘도 그곳에서 통통하고 귀여운 얼굴에 뺨이 붉은 여학생에게 말을 걸고 있었다.

"그럼 너는 수녀구나, 애너?" 노엘이 말했다.

"아니, *내가* 수녀라는 게 아니야. 나는 수녀님들과 함께 생활해. 평화수녀회라는 곳이야." 여학생의 볼이 더 빨갛게 물들었다. "그리고 내 이름은 아나야, 애너가 아니고."

노엘이 웃음을 터트릴락 말락 한 얼굴로 친구들을 쳐다봤다. "진짜 수녀들과 산다고? 펭귄 같은 옷을 입는 수녀들이랑?"

"아니, 아니야." 아나가 고개를 저었다. 금빛 곱슬머리가 얼굴 위에서 춤을 추다가 어깨 위로 예쁘게 내려앉았다. 노엘이 얼굴을 씰룩거렸다. 그리고 손을 확 올리더니 조급한 사람처럼 윤기가 흐르는 긴 머리채를 한 손가락으로 비비 꼬기 시작했다. "수녀님들은 대부분 평상복을 입으셔. 검은색에 흰색이 배색된 수녀복은 주일 예배당에 가실 때만 입는 거야."

"아하, *일요일*에만 펭귄처럼 입는대." 노엘은 큰 소리로 웃으면서, 자기가 이렇게 웃기다는 걸 본 사람이 있는지 두리번거렸다. 친구들 몇 명도 같이 두리번거렸다. 그런데 노엘 옆에서 있던 키가 크고 강단 있어 보이는 여자아이는 그보다 더 재미있는 농담은 들어 본 적이 없는 사람 같았다. 짙은 갈색 피부의 그 여자아이는 몸까지 웅크린 채 두 손으로 입을 막고 킥킥거렸다. 길게 땋아 내린 검은 머리가 한쪽 어깨 위에서 들썩거렸다. "그리고 다른 날엔 싸구려에 후줄근한 치마를 입고, 너처럼? 네가 수녀가 되니까 펭귄이 그 옷을 줬니?"

아나는 볼이 빨갛다 못해 얼굴 전체가 붉게 물들었다. 모리건은 아나가 안타까웠다. 아나도 친구를 만들려고 하던 참이었을까? 모리건이 그러려고 했던 것처럼 노엘에게 다가갔다가

213

처음 보는 많은 사람들 앞에서 조롱만 당하게 된 것일까? 친구를 만든다는 건 위험천만한 일이었다.

"나는 수녀가 *아니야*." 아나는 턱을 떨면서도 굽히지 않고 말했다. "수녀가 되는 게 *잘못*이라서가 아니야." 아나가 조용히 덧붙였다.

노엘이 고개를 한쪽으로 삐딱하게 기울이며, 동정하는 척 말했다. "수녀라서 그렇게 말하는 건 아니고?"

"세상에, 입 좀 닥쳐." 모리건이 톡 쏘듯 말했다.

모두가 약간 놀라서 모리건을 돌아봤다. 모리건도 놀라기는 마찬가지였다.

노엘이 윗입술을 비죽거렸다. "방금 뭐라고 했니?"

"들었잖아." 모리건이 조금 더 큰 목소리로 말했다. "그 애를 내버려 둬."

"너도 수녀원에서 왔니?" 모리건이 입은 검은색 옷을 보고 노엘이 눈썹을 들어 올리며 말했다. "너희 펭귄들은 통행금지가 없니? 왜들 이렇게 뒤뚱뒤뚱 돌아다니는 거야?" 노엘의 친구가 숙녀답지 않은 태도로 코웃음을 쳤다.

모리건은 자칼팩스에 살던 시절이 아쉬워지기 시작했다. 그곳에서는 모리건의 존재만으로도 모두가 겁을 집어먹었으니까. 모리건은 주피터를 떠올리면서 어깨를 활짝 펴고, 최대한 낮고 차가운 목소리로 말했다. "다음 말은 신중히 뱉는 게 좋을 거야."

침묵이 흘렀다. 그리고 이내—

"*하!*" 노엘이 웃음을 터뜨리자, 노엘의 친구와 다른 지원자들도 모두 따라 웃었다. 아이들이 쓰러질 듯 웃는 모습을 보면서 모리건은 자신이 얼마나 무섭지 않은 존재가 되었는지 뼈저리게 깨달았다. 그 사실이 기쁜 건지 실망스러운 건지 아리송했다.

웃음이 잦아들었다. 노엘이 모리건을 쏘아보았다. 그러는 사이 아나는 하늘이 내린 기회를 놓치지 않고 감쪽같이 사라졌다. *고맙긴 뭘*, 모리건은 마음속으로 사라진 아나를 향해 아주 조금 원망스러움을 담아 대답했다.

"엿듣다니 예의가 없네." 노엘이 두 손을 엉덩이 위로 올리며 말했다. "하긴 불법체류자에게 예의를 기대하는 건 무리지."

"뭐라고?"

"내 후원자가 그러는데, 네 후원자가 너를 자유주로 몰래 데리고 들어왔다며. 그전까지 누구 하나 너를 아는 사람이 없었던 걸 보면 네가 공화국에서 온 게 틀림없다고 했어. 그게 불법인 건 아니? 네가 갈 곳은 감옥이야."

모리건은 미간을 찡그렸다. 내가 자유주에 들어온 게 불법이라고? 모리건은 바보가 아니었고… 주피터가 출입통제소에서 수상쩍은 행동을 했다는 것도 알고, 초콜릿 껍데기와 쓰고 버린 휴지를 "서류"라고 집어 든 게 절대 정상적인 절차가 아니라는 것도 알았다.

하지만 그렇다고 그게 모리건을 몰래 데리고 들어온 거라고 할 수 있을까? 두 사람은 *범죄자*가 된 걸까?

"헛소리하지 마." 모리건이 그럴듯하게 경멸 어린 표정을 지었다. "그리고 네 후원자는 역겨운 사람이야."

노엘은 말문이 막힌 듯 잠깐 머뭇거리며 눈을 깜박였다. "네 비기가 그거니? 허풍 떠는 거? 난 옷 같지도 않은 옷을 입는 거나 시궁쥐만큼 못생겨지는 건 줄 알았네. 이 두 가지에도 *제법 소질이 있는 건 확실하다. 으악!*"

하늘에서 어마어마하게 큰 초록색 젤리 조각이 떨어져 노엘의 머리 위로 철퍽 쏟아졌다. 끈적끈적하고 걸쭉한 초록색 액체가 노엘의 얼굴과 머리카락과 반짝거리는 옷 위로 흘러내렸다. 마치 방사성 오물에 빠졌다 나온 몰골 같았다.

"후식 좀 먹을래, 노엘?" 위에서 목소리가 들렸다. 어떤 남학생이 창문에 한 손으로 매달려 있었다. 남학생은 다른 한 손에 들린 빈 접시를 밑에 있는 학생들에게 흔들며 만족스러운 듯 활짝 웃었다.

노엘은 화가 나서 부들부들 떨었다. 새근거리는 호흡 때문에 가슴이 크게 들썩였다.

"너, 내가, 너 절대, *두고 봐. 악! 찰턴 아저씨!*" 노엘이 후원자를 찾아 쿵쾅대며 계단을 내려가고 다른 아이들도 졸졸 따라가는데, 머리를 땋은 친구는 아직까지도 킥킥거리며 웃고 있었다.

남학생이 모리건의 옆으로 쿵 뛰어내렸다. 아이는 고개를 뒤로 휙 젖혀 눈앞을 가린 부스스한 갈색 곱슬머리를 걷어 내고, 무척 커 보이는 스웨터의 매무새를 바로잡았다. 커다란 파란색 스웨터 정면에는 고양이 그림이 반짝거렸다. 고양이 머리에는 분홍색 리본이 장식되어 있고, 목줄에는 딸랑거리는 은종이 달려 있었다. 모리건은 대체 뭐에 홀려 저런 옷을 입었을까 생각했다.

"나 그 부분이 좋았어. 있잖아, '다음 말은 신중히 뱉는 게 좋을 거야' 그런 말들." 남학생이 모리건처럼 목소리를 깔고 화가 난 말투를 흉내 내며 말했다. "하지만 어떤 인간들은 알아듣는 언어가 딱 하나밖에 없는 것 같아. 그게 바로 젤리 기습공격이라는 언어지."

모리건은 이 특이한 충고에 어떻게 대꾸해야 할지 갈피를 잡지 못했다. 남학생은 현명한 결론이라는 듯이 고개를 끄덕였고, 두 사람은 몇 분 동안 대화를 잇지 못한 채 서 있었다. 모리건은 자꾸만 스웨터로 눈이 갔다.

"이게 마음에 들어?" 남학생이 자신의 가슴을 내려다보며 말했다. "오늘 내가 이걸 입지 않을 거라고 엄마가 내기를 걸었거든. 엄마는 상품 안내서만 보고 이걸 샀어. 엄마는 내 옷을 고른다고 거기의 상품 안내서를 엄청나게 쌓아 두셔. 못난이스웨터컴퍼니라고. 엄마도 참 웃겨."

"넌 뭘 얻는데?"

"뭘 얻냐니?"

"내기에서 이기면 말이야."

"스웨터를 입을 수 있잖아." 남학생은 미간에 주름을 잡으며 무슨 말인지 잘 모르겠다는 얼굴을 했다가 곧 다른 생각이 떠오른 듯 얼굴을 활짝 폈다. "저기, 나 좀 도와줄래?"

20분 뒤, 대화에 여념이 없는 두 사람은 함께 묵직한 나무 통을 들고 정원 파티가 진행되는 곳으로 돌아왔다. 모리건과 남학생은 아무도 없는 운동장 한구석에서부터 나무 통을 끌고 프라우드풋 하우스를 빙 돌아 뒷마당의 잔디밭에 당도했다.

남학생은 키만 멀쑥이 큰 것치고는 꽤 힘이 셌다. 살집이라곤 없는 다리와 깡마른 팔을 가지고도 나무 통의 무게를 거의 다 짊어졌다.

"정말 멋져." 남학생이 숨을 헐떡거렸다. "사방에 꽃과 조각상밖에 없는 것 같지. 하지만 사실, 유해 동물 문제로 골머리를 썩고 있대. 내 후원자가 교정 관리인을 알아. 온갖 종류가 다 있는 것 같더라. 생쥐며 시궁쥐며 심지어 뱀도 있어. 두꺼비 떼까지 나타났대. 교정 관리인이 그러는데 마법부에서 가져가면 일주일 정도 쓸 수 있대."

"무슨 상관이야." 모리건은 숨을 헐떡거리며 나무 통을 끌고 어리둥절한 현악 사중주 연주자들을 지나쳐 계단을 올라갔다. "그래도 프라우드풋 하우스는 지금까지 내가 본 곳 중에서 가장 멋진 곳이야. 듀칼리온만 빼고."

"나 꼭 구경시켜 줘." 남학생이 흥분해서 말했다. 그는 모리건이 호텔에서 *산다*는 말을 듣고 한껏 들떴다. "매일 룸서비스를 불러? 나라면 매일매일 룸서비스를 이용할 거야. 아침에는 바닷가재 요리를 먹고, 저녁에는 푸딩을 달라고 해야지. 머리맡에 초콜릿을 가져다줘? 아빠가 그러는데 고급 호텔은 전부 베개 옆에 초콜릿을 놔둔대. 정말 호텔 안에 스모킹팔러가 있어? 난쟁이흡혈귀도 있고?"

"흡혈난쟁이야." 모리건이 정정했다.

"우와. 이번 주말에 가도 될까?"

"아저씨에게 물어볼게. 근데 이 안에 든 건 뭐야? 정말 무거워."

계단 꼭대기에 도착한 두 사람은 최종 목적지인 발코니 난간 위에 나무 통을 내려놓았다.

남학생이 눈을 가린 머리카락을 홱 젖히고 씩 웃었다. 그런 뒤 통의 뚜껑을 열고, 한마디 말도 없이 발코니 아래로 넘어뜨렸다. 미끈미끈한 갈색의 두꺼비 수십 마리가 징그러운 폭포처럼 쏟아져 나와 커다란 포물선을 그리며 흩어졌다. 두꺼비들은 꾸륵꾸륵 소리를 내면서 사람들의 발치를 미친 듯이 뛰어다녔고 파티를 즐기던 이들은 비명을 질러 댔다.

"말했지. 유해 동물 문제로 골머리를 썩는다고."

모리건의 눈이 휘둥그레졌다. 방금까지 도왔던 일이 파티장에 두꺼비를 몰래 들여오는 짓이었다. 어이없는 웃음이 터졌다. 챈더 여사가 의도했던 첫인상이 이런 건 아니었을 것이다.

발코니 아래쪽 정원은 아수라장이었다. 사람들은 기를 쓰고 두꺼비를 피하려다가 서로에게 걸려 넘어졌다. 누군가는 직원을 찾으며 소리쳤다. 탁자가 부서지면서 펀치를 담았던 그릇이 산산이 조각나는 바람에 자줏빛 액체가 쏟아지며 웡 원로에게 튀었다.

모리건과 남학생은 살금살금 범죄 현장을 빠져나가 뛰기 시작했다. 두 사람은 발코니 계단을 내려와 프라우드풋 하우스 측면으로 돌아 들어가서 몸을 웅크리고, 숨도 쉬지 못할 정도로 웃었다.

"저거ー" 모리건이 숨을 헐떡거리며 결리는 옆구리를 손으로 꾹 눌렀다. "저거 정말ー"

"걸작이지. 나도 알아. 그런데, 넌 이름이 뭐야?"

"모리건이야." 모리건이 손을 내밀었다. "넌ー"

"재미들 있니?" 주피터가 차분한 미소를 지으며, 그물과 빗자루를 들고 쌩하니 지나쳐 가는 직원들의 행렬을 무시한 채 천천히 다가왔다.

모리건은 죄를 지은 사람처럼 아랫입술을 잘근잘근 깨물었다. "조금요."

낸시 도슨이 주피터를 급히 뒤따라왔다. "노스 대장, 혹시 내 지원자 호손 못—" 낸시가 속수무책으로 낄낄대고 있는 모리건의 새 친구를 보고는 말을 뚝 멈췄다. "호손 스위프트!"

남학생이 자신의 후원자를 보며 멋쩍게 웃었다.

"죄송해요, 코치님." 남학생은 걱정하는 기색이라고는 눈곱만큼도 없이 말했다. "딱 적당한 두꺼비 통을 써 보지도 못하고 버릴 순 없잖아요."

—•—

주피터와 모리건은 마차를 타고 집으로 돌아왔다. 오는 내내 마차 안에는 침묵이 흘렀다. 마침내 험딩어가로수길로 들어설 즈음 주피터가 말했다.

"친구를 사귀었구나."

"그런 것 같아요."

"다른 재미있는 일은 없었고?"

모리건은 잠시 생각했다. "적도 만든 것 같아요."

"내가 처음으로 제대로 된 적을 만든 게 열두 살 때였는데." 주피터는 감동한 목소리로 말했다.

"혹시 그게 내 비기인가?"

주피터가 빙긋이 웃었다.

두 사람을 태운 마차는 호텔 듀칼리온의 너른 앞마당이 아니라 캐디스플라이앨리 입구에 멈춰 섰다. 주피터가 기사에게 차비를 지불한 뒤, 두 사람은 좁고 구불구불한 뒷골목으로 들어가 소박한 나무 문이 달린 직원용 출입구로 향했다. 주피터가 문을 열려는 찰나 모리건이 한 손으로 그의 팔을 잡았다.

"내가 여기 있는 게 불법이죠?"

주피터는 아랫입술을 깨물었다. "어느 정도는."

"그럼… 영주 허가증도 없는 거네요."

"없다고 할 수도 있지."

"없다고 할 수도 있는 거예요, 아니면 그냥 없는 거예요?"

"없어."

"아아." 모리건은 잠시 그 상황을 곱씹으며, 다음 질문을 어떻게 꺼내야 좋을지 궁리했다. "만일 내가… 만일 협회에, 협회에 못 들어가도…….

"못 들어가도?" 주피터가 다음 말을 재촉했다.

모리건은 숨을 깊게 들이마셨다. "그래도 계속 여기 있어도 돼요? 여기 듀칼리온에, 아저씨랑 같이?" 주피터에게서 아무런 대답이 없자, 모리건은 쏜살같이 덧붙였다. "투숙객처럼 묵겠다는 말이 아니에요! 일을 시켜 달라는 뜻이에요. 급여 같은 건 안 주셔도 돼요. 케저리 아저씨의 심부름을 할 수도 있고요, 피네스트라 대신 은그릇의 먼지를 닦아도 되고—"

모리건의 말을 들은 주피터는 큰 소리로 웃으면서, 둥근 나무 문을 밀고 가스등 아래 눅눅한 냄새가 희미하게 올라오는 복도로 들어갔다. "저런, 까탈스러운 늙은 핀 밑에서 일하는 건 분명 *환상적*이긴 할 거야. 하지만 네버무어호텔경영자연합에서는 아동 노동을 탐탁지 않아 할걸."

"생각은 해 보겠다고 약속해 줄 수 있어요?"

"네가 협회에 들어가지 않는 상상을 그만하겠다고 약속만 한다면야."

"하지만 들어가지 못할 수도—"

"때가 되면 그런 걱정은 날려 버리게 될 거야."

모리건은 한숨이 나왔다. *바른대로 대답 좀 해 달라고요,* 속으로 이런 생각을 했지만 더 이상 아무 말도 하지 않았다.

주피터는 모리건을 복도로 앞세웠다. "이제, 재치 넘치는 새 친구 이야기나 더 해 보렴. 일곱 포켓 어디에서 두꺼비를 가득 채운 통을 찾은 거니?"

10장

불법체류자

5층 85호실은 서서히 모리건의 침실이 되어 갔다. 며칠에 한 번씩 모리건은 새롭고 멋진 변화를 발견했고, 그런 변화를 발견할 때마다 홀딱 반하곤 했다. 어느 날 책장 선반 위에 나타난 인어 모양의 책 지지대가 그랬고, 앉아서 책을 읽을 때면 촉수로 몸을 감싸는 문어 모양의 검은 가죽 의자가 그랬다.

몇 주 전의 어느 밤에는 무늬 없이 하얀색이던 침대 머리판이 잠자는 사이에 화려한 철제 테두리로 바뀌었다. 하지만 듀칼리온은 그걸 실수로 여겼는지, 이틀 뒤 모리건은 흔들리는 해먹에 누워 아침을 맞아야 했다.

특히 마음에 드는 건 밝은 초록색 젤리 조각 작품을 그려 넣은 액자로, 변기 위에 걸려 있었다.

처음에는 주피터나 피네스트라가 몰래 이것저것 바꿔치기해서 자신이 얼마나 어수룩한지 시험한다고 생각했다. 그러던 어느 날 밤, 물을 마시러 욕실로 들어갔다가 욕조에서 발톱처럼 생긴 은빛 발 네 개가 자라나는 광경을 직접 목격했다.

그중에서도 가장 신기한 건 방의 크기와 모양이 변하는 것이었다. 정사각형 모양으로 하나뿐이던 창문이, 지금은 아치 모양으로 세 개가 되었다. 어떤 날은 욕실이 무도회장처럼 넓어지고 욕조가 수영장만큼 커졌다. 다음 날에는 벽장만큼 작아졌다.

바깥 창틀에 매달린 화분에 빨간 꽃이 한가득 피고, 딱 맞는 중절모를 쓴 해골 모양 모자걸이도 생기고, 무성하게 자란 담쟁이덩굴에 반쯤 휘감긴 벽난로도 나타났다. 그리고 생전 처음으로, 모리건 크로우는 비로소 제자리를 찾았다는 기분이 들었다.

봄이 한창인 어느 날, 옅은 갈색 제복을 입은 남자가 호텔 듀 칼리온으로 들어섰다. 콧수염이 광대뼈까지 휘어 올라간 남자는 가슴에 반짝거리는 은색 배지를 달고 있었다. 남자는 안내 데스크 앞에 서서 뻣뻣하게 뒷짐을 진 채 노골적으로 경멸하는 듯한 태도로 호텔 로비를 뜯어보았다.

케저리가 찾아왔을 때 주피터와 모리건은 스모킹팔러에 앉아 자욱하게 피어오르는 짙은 황록색 증기(로즈마리 향 연기로 사고 비기를 향상시켜 준다고 했다)를 쐬며 카드 게임을 즐기고 있었다. 둘 다 게임 규칙을 잘 몰랐지만, 프랭크가 모리건에게 귓속말로 훈수를 두고 챈더 여사가 주피터에게 똑같이 훈수를 둔 덕분에 가끔씩 누군가 "야호!" 하고 환호를 지르면 나머지가 눈을 흘기거나 뭔가를 던지곤 했다. 모리건은 카드 게임이 오후 시간을 재미있게 보낼 수 있는 놀이라고 생각했다.

케저리가 어서 로비로 가 보라고 재촉했을 때 두 사람은 약간 성가셨다. 그리고 콧수염 끝이 둥글게 말린 남자가 작고 보기 흉한 샹들리에를 한심하다는 눈길로 비웃듯 쳐다보는 모습에 모리건은 무척 짜증이 났다. 샹들리에는 아직 자라나는 중이었다.

무례해, 모리건은 생각했다. *아직 준비가 덜 된 건데!*

샹들리에는 나날이 상태를 회복했지만, 아직 갈 길이 까마득했다. 지금으로써는 어떤 모습으로 완성될지도 알 수 없었다. 피네스트라는 내기를 벌였다. 프랭크는 눈부시게 아름다운 공작새가 될 거라고 호언장담했지만, 모리건은 주피터가 아끼던 분홍색 범선으로 되돌아오기를 바라고 있었다.

"저 스팅크(* Stink, '구린내'라는 뜻 – 옮긴이)가 여기서 뭘 하는 거야?" 주피터가 케저리에게만 들리게 묻자, 케저리는 어깨만 으쓱하고는 서둘러 안내 테스크로 들어갔다.

"스팅크가 누구예요?" 모리건이 작은 소리로 물었다.

"으응? 아, 네버무어경찰국 말이야." 주피터가 목소리를 낮춰 대답했다. "아마도, 음, 스팅크라고 부르면 안 될걸. 코앞에서는 하지 마. 일단, 상대 좀 하고 올게."

주피터가 남자에게 다가가 유쾌하게 악수를 했다. "안녕하십니까, 경관님. 호텔 듀칼리온에 와 주셔서 감사합니다. 체크인 중이신가요?"

경찰이 어처구니없다는 듯 조소했다. "그럴 리가. 호텔 소유주시군. 맞소?"

"주피터 노스입니다. 처음 뵙겠습니다."

"주피터 아만티우스 노스 대장이라." 경찰이 노트를 들여다보며 말했다. "존경받는 원드러스협회 회원이고, 탐험가연맹과 네버무어호텔경영자연합에도 가입되어 있고. 워니멀권리위원회 서기, 고블도서관에서 선정한 탐독가, 퇴역 로봇집사를 위한 자선신탁 회장. 또 17개 미기록 영토 발견자, 『폼 나는 남자』 잡지가 선정한 폼 나는 남자로 4년 연속 발탁. 화려하시구만, 노스 대장. 뭐 빠진 거 있소?"

"소외당한 불한당들에게 탭댄스 교습도 해 주고, 형법상 심신미약인 범죄자들을 위해 네버무어 최고보안갱생센터에서 매년 열리는 블랙베리 파이굽기대회의 심사위원도 맡고 있습니다만."

모리건은 그 말에 큰 소리로 웃음이 터져 나왔지만 정작 주피터가 농담을 한 것인지는 알쏭달쏭했다.

"이거 참, 성자라도 되시나?"

"심사위원을 맡는 건 오로지 거기 파이가 있기 때문이죠." 주피터가 모리건에게 눈을 찡긋했다.

경찰이 비웃으며 말했다. "본인이 재미있다고 생각하쇼?"

"그렇다고 생각할 때가 많긴 해요, 그럼요. 뭐 도와드릴 일은 없나요, 경위님?" 모리건이 주피터의 시선을 따라 경찰이 달고 있는 이름표를 보니, 경위 해럴드 플린트록이라고 적혀 있었다.

플린트록 경위는 불뚝한 배로 숨을 훅 들이마시고 주피터를 얕보는 시선의 각도를 잡으려고 했지만, 주피터가 경관보다 몇 센티미터는 더 컸기 때문에 의도대로 잘되지 않았다. "내가 여기에 온 이유는 익명의 제보를 받았기 때문이오. 당신네 윈드러스협회의 친구 하나가 노스 당신을 고발했소. 당신이 불법체류 난민 한 명을 숨겨 주고 있다고 하던데. 보통 문제가 아니라서 내가 온 거요."

주피터가 태평하게 웃었다. "확실히 보통 문제가 아니겠군요. 그게 사실이라면."

"올해 윈드러스협회 평가전에 지원자를 내보낸다던데, 맞소?"

"맞습니다."

"그리고 이 아이가 지원자고?"

"모리건 크로우라고 하죠."

플린트록 경위는 눈을 가늘게 뜨고 몸을 숙여 모리건에게 얼굴을 들이댔다. "그래, 너는 정확히 어디서 왔지, 모리건 크로우?"

"남이사." 모리건이 대답했다.

주피터는 터져 나오는 웃음소리를 기침으로 감추느라 애를 먹었다. "그러니까 그 아이 말은 자유주 7포켓에서 왔다는 뜻입니다, 경관님. 그저… 발음이 괴상해서 그래요."

모리건은 곁눈으로 주피터를 힐끔 보았다. 주피터는 모리건이 네버무어에 처음 들어오던 날 출입통제소에서 수비대를 대할 때와 똑같이 차분하고 자신감 넘치는 태도였다.

플린트록 경위가 노트를 손바닥으로 철썩 내려쳤다. "잘 들으시오, 노스 씨. 자유주에는 엄격한 경계지역 관련법이 존재하고, 만일 불법 난민을 숨기고 있는 게 사실이라면 당신은 스물여덟 개 정도의 법을 어긴 거요. 넌 여기 있으면 곤란한 일을 많이 당할 거다, 얘야. 불법체류자는 역병이나 다를 바 없어. 나의 엄중한 임무는 네버무어의 경계를 지키고 우리의 진정한 시민을 보호하는 거라고. 틈만 나면 요리조리 숨어들려는 공화국의 인간쓰레기들이 자유주에 발을 들이지 못하도록 말이야."

주피터가 심각해졌다. "고결하고 비장한 대의인 건 틀림없지." 목소리는 조용했다. "자유주가 가장 먼저 도와야 할 사람들을 자유주로부터 막는 대의."

플린트록이 비웃으며 반지르르한 콧수염을 매만졌다. "당신 같은 부류를 잘 알아. 동정심이 넘쳐 나서 조금이라도 틈을 주면 이곳에 아무나 들이겠지. 하지만 당신이 데려온 이 쓰레기 같은 불법체류자 때문에 큰 곤욕을 치를 거요."

주피터는 미동도 없이 경위를 뚫어지게 응시했다. "그 애를 그렇게 부르지 마."

모리건은 등골이 오싹했다. 주피터의 목소리는 분노로 차갑게 식었고, 매서운 푸른 눈은 얼음처럼 냉랭했다. 하지만 플린트록은 사태 파악이 빠른 사람이 아니었다.

"그야 생긴 대로 부르는 거지. 더럽고 냄새나고 썩어 빠진 불법체류자니까. 나는 못 속여, 노스. 저 애의 서류를 내놓든지. 합법적인 시민권 서류 말이야. 아니면 당신 손으로 경찰에 넘겨. 이 가증스런 불법체류자를 체포해서 당장 추방할 수 있도록 말이야!"

경위가 내뱉는 말들이 로비에 울려 퍼지다가 높은 천장에 부딪쳐 튕겨 내려왔다. 플린트록이 언성을 높이자 돌아다니던 직원 몇 명이 소리에 이끌려 모여들었다.

"여기 별일 없는 건가요, 노스 대장?" 케저리가 안내 데스크에서 나와 마사와 함께 두 사람 옆으로 왔다.

"웬 소란이에요." 챈더 여사가 말했다. 챈더 여사는 모리건을 감싸 안으며 플린트록에게 눈을 흘겼다.

"경비 불렀어?" 피네스트라는 마침 계단에 앉아 끼닛거리를 마련할 때가 된 듯 발톱을 깨끗이 다듬고 있었다.

"저 자의 무릎을 깨물어 버릴까, 주브?" 흡혈난쟁이 프랭크가 주피터의 다리 사이로 목을 쑥 내밀면서 물었다.

"그러지 않아도 돼. 아무 문제없어. 다들 고마워. 여긴 내가 알아서 할게." 주피터의 말에 하는 수 없이 모두들 제자리로 돌아가고, 원래 그 자리에 있던 피네스트라만이 남았다. 주피터가 한참 동안 아무 말도 하지 않자 플린트록은 안절부절못하며 성묘의 눈치를 살폈다.

231

이윽고 주피터가 조용하고 침착한 목소리로 입을 열었다. "당신은 원드러스협회 관할권 안에 들어온 사람과 관련된 서류를 요구할 권한이 없어, 플린트록. 우리 법을 어긴 사람은 우리가 처리해."

"저 애는 협회 소속이 아니라—"

"가서 원 법Wun Law 편람을 다시 공부해야겠어, 플린티. 97조 F항, '원드러스협회 입회 시험에 참가하는 아동은 모든 법 적용에 있어 원드러스협회 회원으로 간주하며, 참가 아동의 회원 자격은 이 시험이 지속되는 기간 동안, 또는 해당 아동이 시험 기간 중 탈락하는 시점까지로 정한다.' 모든 법 적용이라는군. 즉 저 아이는 이미 우리 사람이라는 뜻이야."

모리건은 법을 어긴 게 아니라는 말에 안도감을 느꼈다. *이미 우리 사람이야.* 원드러스협회 법이 자신의 편이라는 것을 알게 된 모리건은 대담하게 플린트록을 노려봤다.

플린트록의 얼굴은 점점 붉게 물들어 자줏빛으로 변하더니 이내 하얗게 질려서는 화를 이기지 못하고 일그러졌다. 콧수염도 바르르 떨렸다. "잠깐이야. 당분간만 데리고 있어, 노스. 하지만 시험에서 떨어지는 순간 난 저 애한테 있어야 할 그 *서류*들이 보고 싶어질 거야." 플린트록은 콧수염을 쓰다듬고 연한 갈색 제복을 매만지며, 역겨운 오물이 묻은 구두 밑바닥이라도 보는 듯한 시선으로 모리건을 내려다봤다. "저 애는 더러운 공화국으로 돌아갈 거고, 그때 가서 동정심을 구걸해 볼 틈 따위는 없을 거야. 그리고 어이 당신, 골치 좀 썩을 텐데 그 귀하신 협회가 무슨 도움이 될 거란 기대는 하지 말라고."

플린트록은 듀칼리온의 로비를 걸어 나가, 앞마당의 계단을 내려가더니 시야에서 사라졌다. 모리건이 주피터를 돌아보자 평소 같지 않게 긴장한 모습이 역력했다.

"나를 정말 쫓아낼 수도 있어요?" 질문을 하는데 목 안에서 무언가 울컥했다. 어둠 속에서 어렴풋이 드러났던 검은색의 형체 없는, 연기와 그림자 사냥단이 떠올랐다. 뒷목이 따끔따끔하고 서늘했다. "제가 네버무어를 나가면 어떻게 돼요?"

"바보 같은 소리 하지 마, 모그." 주피터가 가뿐한 목소리로 말했다. "그런 일은 절대 일어나지 않아."

주피터는 로비를 벗어날 때까지 모리건과 눈을 마주치지 않았다.

그날 밤 잠자리에 들 무렵, 해먹은 다시 바뀌었다. 이번에는 나무틀에 다리에는 별과 달이 조각된 침대였다. 모리건은 깊이 잠들지 못하고 증명 평가전에 나간 꿈을 꾸었다. 꿈에서 모리건은 원로들 앞에서 입을 꾹 다물고 서 있었는데, 그렇게 아무 말도 못하고 있다가 결국 스팅크에게 질질 끌려 나가 사냥단에게 넘겨졌다. 관중은 처음부터 끝까지 조롱과 야유를 보냈다.

아침이 되자 침대는 바닥에 까는 요가 되어 있었다. 아마 듀칼리온은 모리건에 대해 어떤 결정도 내리지 않은 모양이었다.

11장

책 평가전

"그엄네비기능머야?" 호손이 치즈 토스트 샌드위치를 한입 가득 우물거리며 물었다.

주피터는 원드러스 환영회 때 새로 사귄 친구를 호텔 듀칼리온으로 초대해도 좋다고 허락했는데, 단 모리건이 책 평가전을 잘 치르도록 공부를 도와줘야 한다는 조건이 붙었다. 지금까지 두 사람이 공부한 내용은 호텔 듀칼리온에 대한 게 전부였다. 호손은 스모킹팔러(이날 오후 연기는 초콜릿 향이었는데,

행복한 정서를 북돋는다고 했다)와 레인룸(호손은 장화를 가져오지 않아서 무릎까지 바지를 흠뻑 적셨다)과 극장을 특히 좋아했다. 사실 극장보다는 무대 뒤에 있는 분장실을 마음에 들어 했다. 분장실 벽에는 의상이 줄지어 걸려 있었는데, 옷마다 개성을 부각한 장식과 재미있는 요소들이 오랜 세월의 영향으로 빛바래고 시들해진 상태로 남아 있었다. 호손은 골디락스Goldilocks 의상을 벗어 놓고 나서도 30분은 더 복도를 껑충껑충 뛰어다녔다.

이제 두 사람은 분주한 호텔 듀칼리온 주방의 구석 식탁에 앉아 있었다. 사방에서 김이 무럭무럭 피어오르고 잡다한 소리들이 끊이질 않는 가운데 요리사들은 다급하게 움직이며 주문받은 요리를 만들어 냈다. 모리건이 보기에는 시험공부를 하기에 그리 좋은 장소가 아니었지만, 피네스트라는 도서관에서 점심 먹는 것을 허락하지 않았고, 식당에서는 따로 통지가 있을 때까지 당분간 중요한 일을 하지 말라고 케저리가 공표를 해둔 상태였다.

"그… 내 비기가 뭐냐고?" 모리건은 이 질문이 두려웠다. "음, 나는 몰라."

호손이 고개를 끄덕이고는 요란하게 쩝쩝거리며 샌드위치를 씹어 삼켰다. "나한테 말하지 않아도 돼. 비밀로 하는 지원자도 많아. 그게 증명 평가전 때 유리하거든."

"그런 거 아냐." 모리건이 황급히 말했다. "난 비기가 없는 것 같아."

"있을걸." 호손은 이마를 찡그리고서 우유 반 잔을 단숨에 들이켰다. "비기가 없으면 후원자가 너를 평가전에 내보내지 못해. 규정이 그래."

모리건의 마음 한구석에는 아직도 그 생각이 남아 있었다. 내 비기와 저주는 어떤 관계가 있을까? 호손은 어떻게 생각하는지 묻고 싶은 마음이 굴뚝같았지만, 저주는 더 이상 언급조차 하지 말아야 했다. 그건 주피터와의 약속이었다.

"비기가 있다면 내가 알겠지." 모리건은 샌드위치를 집어 들었다. 입맛이 뚝 떨어졌다. 5분이라도 친구가 생겨서 참 좋았어, 모리건은 참담한 마음으로 생각했다. 개 얼굴을 한 남학생에게 가서 친구가 되어 주는 게 호손에게도 더 나을 것이다.

"그렇겠지." 호손이 어깨를 으쓱였다. 샌드위치를 모조리 해치운 호손은 모리건이 주피터의 서재에서 빌려 온 교재 가운데 한 권을 펼쳤다. "대전쟁부터 시작해야 하나?"

모리건이 눈을 들었다. "뭐라고?"

"아니면 그 부분은 나중에 하고 따분한 내용들 먼저 끝내 둘래?"

모리건은 애써 놀란 기색을 감추고 신경 쓰지 않은 척 가벼운 목소리로 말했다. "그럼 너… 넌 그래도 나랑 친구가 되고 싶은 거야?"

"뭐? 그럼. 나 참." 호손이 인상을 구겼다. 모리건의 입이 제 맘대로 비죽비죽 올라가며 미소를 만들었다. 호손은 별거 아니라는 듯 우정을 건네줬다. 그게 전부를 의미한다는 걸 호손은 알지 못했다.

"하지만 우리는… 유익한 동맹을 만들어야 하고… 또 원드러스 환영회 연설에서 말했던 그런 걸 생각해야 하잖아." 모리건이 빈 접시들을 개수대로 가져가는데, 홍합찜을 급하게 내가던 부주방장이 아슬아슬하게 스쳐 지나갔다. 모리건은 호손을 이해시켜야 한다는 의무감이 들었다. "나는 유익한 동맹은 아닐 거야."

"무슨 상관?" 호손이 웃으면서 다시 책을 보기 시작했다. 모리건은 밀려드는 안도감을 느끼며 자리에 돌아가 앉았다. "내 생각에는 대전쟁부터 시작해야 해. 이 부분이 진짜 유혈 낭자하고 폭력도 많이 나오거든. 첫 번째 질문이야. 하일랜드 Highland에서 벌어진 **통곡의 요새 전투**에서 잘린 머리는 몇 개나 될까?"

"모르겠어."

호손이 손가락 하나를 폈다. "질문에 함정이 있어. 하일랜드 부족은 전투에서 목을 베지 않았어. 적을 잡으면 사지를 절단해서 몸통을 거꾸로 매단 다음 내장이 다 쏟아져 나올 때까지 흔들어 댔지."

"멋지다." 모리건이 말했다. 과연 자유주는 공화국과 *매우* 다른 세계였다. 호손은 손을 맞비비며 눈을 반짝였다. 지금부터 시작이었다.

"다음 문제. **검은 절벽의 전투**에서 적군의 용이 바싹 구워 버린 유명한 천공군Sky Force 조종사는? 아, 이건 덤으로 내는 문제야. 이 조종사가 하늘에서 떨어졌을 때 그 따끈따끈한 유해를 먹어 치운 암굴 거주 야만족은 누굴까?"

일주일 뒤 모리건은 프라우드풋 하우스로 이어진 긴 진입로를 두 번째로 걸어 올라가며, 뒤돌아서 뛰쳐나가고 싶은 충동과 한 번 더 싸워야 했다. 진입로에 줄지어 선 헐벗은 검은 나무들은 처음보다 더 위협적으로 보였다. 옅은 하늘빛을 배경으로 가늘게 뻗은 가지가 금방이라도 덮칠 듯이 다리를 쳐든 거미 같았다.

"긴장되니?" 주피터가 물었다.

모리건은 대답 대신 눈썹만 들어 올렸다.

"그렇지. 물론 그렇겠지. 긴장될 거야. 좀 긴장되는 날이니까."

"고마워요. 그 말을 들으니 긴장이 확 풀리네요."

"정말이야?"

"아니요."

주피터가 웃으며 나뭇가지 사이로 조각난 잿빛 하늘을 올려다보았다. "좋은 의미로 한 말이었어. 네 삶은 이제 달라질 거야, 모그."

"모리건이에요."

"두어 시간만 있으면 너는 황금 배지가 기다리는 곳으로 한 걸음 가까이 가 있을 거야. 그곳에 다다르기만 하면 세상이 너를 향해 열리는 거야."

모리건은 확신에 찬 주피터를 보며 힘을 얻고 싶었다. 정말로 그러고 싶었다. 모리건은 이 일을 해낼 수 있다는 믿음이 생기길 간절히 바랐다. 만일 주피터가 자신을 믿는 마음을 조금이라도 납득시켜 줄 수 있다면, 모리건은 여름이 지나기 전에 달을 정복하고 이 땅에 있는 모든 질병도 다 치료했을 것이다.

하지만 다 부질없었다. 모리건은 주피터가 미치광이인지 아닌지도 아직 분간이 가지 않았다.

"필기 평가가 가장 어려워." 주피터가 말했다. "즉석에서 세 문제가 나와. 쥐 죽은 듯이 조용하고, 연필, 종이, 책상만 달랑 있을 거야. 서두르지 말고, 모그. 답을 솔직하게 적어."

"정확히 적으라는 거죠?" 모리건은 어리둥절했다. 주피터는 그 질문이 들리지 않는 것 같았다.

"필기 평가가 끝나면 구술 평가가 있는데, 그건 걱정하지 않아도 돼. 그냥 간단히 질문 몇 가지 할 거야. 사실 대화를 나누는 자리나 마찬가지지. 이때도 *서두르지 마*. 원로들을 기다리게 할까 봐 걱정하지 마. 원로들은 네가 어떤 사람인지 보고 싶어 하는 거야. 넌 사람을 끌어당기는 흡인력이 있으니까 평소대로만 하면 다 잘될 거야."

모리건은 그가 말하는 사람을 끌어당기는 흡인력이라는 게 뭔지, 혹시 어디 다른 곳에서 만났던 다른 모리건 크로우와 자신을 헷갈리는 건 아닌지 묻고 싶었지만, 이제 그런 질문을 한다고 돌이킬 수 있는 상황이 아니었다. 두 사람은 함께 프라우드풋 하우스에 도착했지만 후원자는 시험장에 들어가지 못했다. 모리건 혼자 가야 했다.

"행운을 빈다, 모그." 주피터가 주먹으로 모리건의 팔을 가볍게 쳤다. 모리건은 대리석 계단을 오르는 지원자 대열 속으로 들어갔다. 걸음이 무거웠다. "가서 이기고 와."

———◆◆———

시험장은 모리건이 들어가 본 방 중 가장 넓었으며, 직사각형의 책상과 직각의 등받이가 달린 나무 의자가 빼곡하게 줄지어 있었다. 수백 명의 지원자가 줄을 서서 차례차례 입장하여 조용히 자리에 앉으면 원드러스협회의 임원들이 작은 책자와 연필을 나눠 주었다. 모리건은 목을 길게 빼고 호손을 찾았지만 보이지 않았다. 자리를 이름의 철자 순으로 배치했으니, 호손은 저 뒤 S 구역의 어디쯤에 있을 듯했다. 모리건은 호손을 찾는 일은 포기하고 앞에 놓인 책자의 표지로 눈을 돌렸다.

원드러스협회 입회 시험
책 평가전

귀족 연대 3기, 첫해 봄

지원자 : 모리건 오델 크로우

후원자 : 주피터 아만티우스 노스 대장

지원자 모두에게 시험지가 돌아가자, 시험장 앞에 나와 있던 협회 임원이 유리 종을 울렸다. 학생들은 일제히 바스락거리며 책을 펼쳤다. 모리건도 숨을 깊이 들이쉬고 첫 장을 펼쳤다.

첫 장은 비어 있었다. 두 번째 장도, 세 번째 장도 마찬가지였다. 모리건은 책장을 전부 넘겨 보았지만 질문은 어디에도 없었다.

모리건은 협회 임원을 부르려고 손을 들었다. 착오가 있어서 빈 시험지를 받았다고 말할 생각이었다. 하지만 시험장 앞에 있던 여자는 모리건을 보지 못하는 것 같았다.

모리건은 첫 장을 다시 펼쳤다. 글씨가 나타났다.

너는 이곳 출신이 아니야.

하물며 원드러스협회라니, 거기 들어가려는 이유가 뭐지?

모리건은 혹시나 다른 지원자들의 책도 뇌를 달고 나와 건방진 질문을 퍼붓고 있는지 곁눈을 뜨고 시험장의 분위기를 살폈다. 설령 그렇다고 해도 놀라는 학생은 없어 보였다. 아마 후원자들이 귀띔을 해 주었으리라.

주피터의 충고가 떠올랐다. *서두르지 말고, 모그. 답을 솔직하게 적어.* 모리건은 한숨을 쉬면서 연필을 집어 들고 답을 쓰기 시작했다.

협회에 꼭 필요하고 쓸모 있는 사람이 되고 싶—

문장을 끝맺기도 전에 보이지 않는 펜이 대답 위로 줄을 그었다. 모리건은 숨이 멈출 정도로 놀랐다.

하나 마나 한 소리, 책이 말했다. *원드러스협회에 들어가고 싶은 진짜 이유가 뭐야?*

모리건은 입술을 잘근잘근 씹었다.

작은 금색 W 배지를 갖고 싶어.

글자 위로 또다시 줄이 그어졌다. 책장 귀퉁이가 검게 변하면서 안쪽으로 말렸다.

아니, 책이 말했다.

실오라기 같은 연기가 검게 타들어 간 책장 귀퉁이에서 똬리를 틀며 피어올랐다. 모리건은 그을음이 번지는 걸 막기 위해 손으로 눌러 봤지만 소용없었다. 물을 한 컵 구할 수 있을지, 아니면 어른이 와서 도와주지는 않을지 다급한 마음으로 사방을 두리번거렸지만, 협회 임원들은 누구 하나 놀라거나 걱정하는 기색이 없었다. 사실 정도의 차이는 있었지만 모리건 말고도 다른 몇 명의 책이 타들어 가고 있었는데, 임원들은 그걸 알고도 못 본 척하는 눈치였다.

한 남학생의 시험지에서 불길이 확 솟구쳤다가 꺼지면서 책상 위에 재만 덩그러니 남았다. 협회 임원이 그 학생에게 다가가 어깨를 두드리더니 몸짓으로 나가라는 신호를 했다. 남학생은 시험장 밖으로 나가 털썩 주저앉았다.

솔직한 대답이라고 했지, 재빨리 생각한 모리건은 다시 연필을 움켜쥐었다.

사람들이 나를 좋아해 주기를 바라니까.

자폭이라도 하듯 까맣게 말려들던 책장이 그대로 멈췄다. 금방이라도 다시 불길이 휙 솟을 듯한 상태로 연기만 스멀스멀 배어 나왔다.

더 얘기해 봐, 책이 말했다.

모리건의 손이 살짝 떨렸다.

나는 어딘가에 속하고 싶어.

계속해, 책이 재촉했다.

모리건은 심호흡을 하고, 모닝타이드 다음 날 주피터와 나누었던 대화를 떠올리며 다시 답을 적었다.

나는 무슨 일이 있어도 영원히 내 곁에 있어 줄 형제자매를 원해.

타들어 갔던 흔적이 서서히 복구되면서 깨끗한 흰 종이가 까맣던 귀퉁이까지 다시 자라났다. 마음이 놓였다. 연필이 부러져라 꽉 잡고 있던 손도 힘이 조금 빠졌다. 잠시 뒤, 두 번째 질문이 나타났다.

네가 가장 두려워하는 건 뭐지?

이 질문은 생각할 필요도 없었다. 거저먹기였다.

돌고래가 뭍에서 걷는 법을 배워서 분수공으로 산성 물질을 쏘는 것.

글자 위로 줄이 좍좍 그어지더니 종이가 다시 까맣게 타들어가기 시작했다. 시험지에 불이 붙은 근처의 여학생이 새된 비명을 터뜨렸다. 그 학생은 눈썹이 그슬린 채 시험장 밖으로 나가야 했다.

모리건이 머리를 쥐어짜는 동안 시험 책자의 귀퉁이는 재로 바스러지고 있었다. 사실대로 썼는데! 땅 위에서 산성 물질을 쏘는 돌고래는 모리건에게 가장 두려운 존재가 틀림없었다. 어렸을 때부터 그토록 두려워했던 건 걸어 다니며 산성 물질을 쏘는 돌고래 말고는, 어라, 아니었다. 모리건은 돌고래가 가장 무섭다고 항상 말했다. 아마도 *가장 큰 공포, 진짜로 가장 큰 두려움*은 너무 엄청나서 입에 올리지도 못했던 모양이었다. 모리건은 입술을 꽉 깨물고 시험지에 새로운 답을 적었다.

죽음.

시험지는 계속 타들어 갔다.

죽음. 모리건은 다시 썼다. *죽음! 정말로 죽음이야!*

그때, 무언가 떠올랐다.

연기와 그림자 사냥단.

하지만 책은 계속 타고 있었다. 모리건은 책을 붙잡았다가 손가락이 누렇게 그슬리는 바람에 깜짝 놀라 손을 움츠렸다. 그리고 이제 얼마 남지 않은 흰 공간에 적었다.

잊히는 거.

책이 타들어 가던 속도가 조금 느려졌다.

계속해. 시험지가 말했다.

아무도 나를 기억하지 않는 것. 내 가족이 나를 기억하지 않는 것. 왜냐하면.

모리건은 답을 적다 말고, 연기가 자욱한 책장 위에서 펜을 들고 머뭇거렸다.

왜냐하면 내 가족은 내가 존재했다는 사실 자체를 잊고 싶어

하니까.

책은 다시 하얗고 매끈하게 펴져 새것처럼 깨끗했다.

모리건은 차분히 앉아 세 번째이자 마지막 질문을 기다렸다. 시험장을 둘러보니 대략 4분의 1 정도가 비어 있고 그 자리에는 재만 한 줌씩 남았다.

그렇다면, 책이 물었다. *어떻게 해야 잊히지 않을까?*

모리건은 한참 동안 생각했다. 의자에 등을 기대고 앉아 사방에서 작은 화염이 솟아오르고 몇 십 명의 지원자가 시험장 밖으로 쫓겨나는 광경을 가만히 지켜보았다. 마침내 모리건은 생각할 수 있는 가장 솔직한 대답을 적었다.

모르겠어.

그리고 잠시 망설인 끝에 한 단어를 덧붙였다.

아직은.

세 질문과 답변들이 순식간에 사라지더니 커다란 초록색 글자 하나가 나타났다.

합격.

❖

모리건은 프라우드풋 하우스 대기실을 왔다 갔다 했다. 필기시험에서 지원자의 3분의 1 정도가 떨어졌다. 나머지는 서너

집단으로 나뉘어 각각 방으로 안내되었다. 그곳에서 책 평가전의 두 번째 시험을 기다렸다.

모리건이 들어간 방에는 무릎을 가슴으로 부둥켜안고 앞뒤로 구르는 남학생과, 서로서로 질문을 주고받으며 힘껏 하이파이브를 하는 열정 넘치는 쌍둥이 한 쌍, 그리고 팔짱을 낀 채의자에 늘어지듯 앉은 여학생 한 명이 있었다.

여학생은 아는 얼굴이었다. 원드러스 환영회 때 만났던 노엘의 친구로, 노엘이 재미없는 소릴 해도 웃음을 멈추지 못했던아이였다. 까만 머리를 땋아서 틀어 올린 여학생은, 갈색 눈을반쯤 감고 쌍둥이를 쳐다봤다.

"북부 질랜드의 주요 수출품 세 가지는 무엇일까?" 쌍둥이중 한 명이 외쳤다.

"옥, 용 비늘, 양털!" 쌍둥이 중 나머지 한 명이 외쳤다. 둘은 팔을 들고 손바닥을 마주쳤다. 노엘의 친구가 인상을 찡그렸다.

클립보드를 손에 든 여자가 또각또각 구두 굽으로 나무 바닥을 울리며 부산스럽게 방으로 들어왔다. "피츠윌리엄? 프랜시스 존 피츠윌리엄?" 여자가 들고 온 명단을 읽었다. 구석에 있던 남학생이 여자를 쳐다보며 긴장한 듯 침을 삼켰다. 이마에는 땀이 맺혀 있었다. 그 아이는 비치적거리며 일어나 여자를따라 방을 나섰는데, 손가락으로 연신 허벅지를 두드리며 바닥만 뚫어지게 쳐다봤다.

"달 위를 걸은 최초의 네버무어인은 누굴까?" 쌍둥이 한 명이 외쳤다.

"엘리자베스 본 킬링 중장!" 다른 한 명이 소리쳐 대답했다. 두 사람이 하이파이브를 했다. 까만 머리를 땋은 여학생은 코까지 벌름대며 씩씩거렸다.

모리건은 눈을 감고 네버무어에 속한 스물일곱 개의 자치구 이름을 외는 데 집중했다. "올드타운." 모리건은 혼자 중얼거렸다. "위크, 블록삼, 베텔게우스, 맥쿼리……."

이쯤은 할 수 있었다. 모리건은 준비가 됐다. 구할 수 있는 역사책과 지리책은 전부 읽었고, 전날 밤에는 케저리에게 부탁해서 문제 풀이도 여러 번 반복했다. 북부 질랜드(그게 어디든)의 주요 수출품이 뭔지는 잘 모르지만, 네버무어와 자유주에 대해 다음 평가전을 통과할 만큼은 안다고 확신했다.

"델피아." 모리건은 천장을 쳐다보며 계속 외웠다. "그로브와앨든, 디어링, 하이월……."

"자치구를 묻진 않을 거야." 노엘의 친구가 말했다. 모리건은 그 목소리를 듣고 깜짝 놀랐다. 생각보다 낮고 거친 음성이었다. 원드러스 환영회 때 그 아이가 들려준 소리는 경박한 하이에나 같았다. "자치구 이름은 바보도 알아. 그런 건 유치원에서 다 배운다고. 어휴, 좀."

모리건은 그 말을 무시했다. "포콕, 퍼넘앤반즈, 로즈빌리지, 텐터필드……."

"너 귀 먹었니? 아님 멍청한 거니?" 여자아이가 물었다.

"이름 없는 영토의 시간대가 교차하는 곳은 어디일까?" 쌍둥이 한 명이 외쳤다.

"자유주 5포켓, 지브포레스트Zeev Forest 한가운데!" 다른 한 명이 소리쳤다. 두 사람은 하이파이브를 했다.

모리건은 눈을 질끈 감고 다시 속도를 올려 암기했다. "블랙스톡… 음… 벨라미……."

암기를 멈춘 건 누군가가 부드럽게 닿은 느낌 때문이었다. 깜짝 놀라서 눈을 뜨자 클립보드를 든 여자가 내려다보고 있었다. "크로우?"

심각한 얼굴로 고개를 끄덕인 모리건은 옷을 바로 정돈하고 어깨를 똑바로 편 뒤 여자를 따라 면접실로 향했다. 중간쯤 가다가 힐끗 돌아보니, 노엘의 친구가 목쉰 소리로 쌍둥이에게 말을 건네고 있었다.

"너희는 떨어질 거야. 너희는 준비가 하나도 안 됐어. 단 한 개도 기억나지 않을 거야. 절대 협회에 못 들어갈걸. 지금 집에 가는 게 나아."

모리건은 클립보드를 든 여자가 돌아가서 무슨 말을 하지 않을까 생각하며 쳐다봤지만, 여자는 무표정한 얼굴로 아무런 관심도 보이지 않았다. 마치 아무 말도 들리지 않는 사람 같았다.

"어서 들어가, 원로님들이 기다려. 가위표 위에 서." 여자가 모리건을 가볍게 밀며 말했다.

최고원로위원회는 면접실 중앙에 놓인 탁자 앞에 앉아 있었다. 모리건이 들어갔을 때 원로들은 서로 소곤거리며 물을 홀짝이고 서류를 훑어봤다.

"크로우 양." 몸이 홀쭉하고 머리숱이 적은 퀸 원로가 안경의 매무새를 바로잡으며 말했다. "자유주의 지도자는 누구인가요?"

"기드온 스티드 수상입니다."

"틀렸어요. 자유주의 지도자는 혁신과 근면, 그리고 지식에 대한 갈망입니다."

모리건은 계단에서 발을 헛디딘 것처럼 심장이 쑥 내려앉는 기분이었다. 그 순간 원로들의 질문에 자신이 아무런 준비도 되어 있지 않다는 사실을 깨달았다. 조금 전까지 애써 긁어모았던 자신감이 급격히 사라지고, 갑작스레 두려움이 몰려왔다.

"기드온 스티드는 누군가요?" 황소가, 아니 앨리어스 사가 원로가 물었다.

모리건은 더듬더듬 대답했다. "그분은… 그분은 수상 아닌가요?"

"틀렸어요." 사가 원로가 굵게 울리는 목소리로 말했다. "기드온 스티드 수상은 민주적으로 선출된 자유주의 일꾼이자, 우리 시민들이 소중히 여기는 가치와 규범과 자유를 수호하도록 임명한 파수꾼입니다."

"하지만 수상인 것도 맞잖아요." 모리건이 굽히지 않고 말했다. 이건 부당했다. 모리건은 질문에 정확하게 대답했다. "원로님도 방금 그렇게 말씀하셨잖아요."

원로들은 모리건의 항의를 무시했다.

"불이 붙은 나무들 가운데서 불을 일으키는 나무를 어떻게 구분해 내지요?" 헬릭스 웡 원로가 물었다.

이번 질문은 답을 알았다. "불을 일으키는 나무는 연기가 나지 않습니다."

"틀렸어요." 웡 원로가 말했다. "불을 일으키는 나무는 멸종했어요. *아무리* 불을 일으키는 나무처럼 보여도 *지금은* 그저 불이 붙은 나무일 뿐이라서 불은 금세 꺼져 버릴 거예요."

모리건은 속으로 신음을 삼켰다. 예상했어야 했다. 불꽃나무는 멸종한 게 맞았다. 주피터가 그렇게 말했으니까! 게다가 『네버무어 식물사』에서 불꽃나무에 불이 붙은 걸 백 년 넘도록 아무도 보지 못했다는 내용을 직접 읽었다. 모리건은 교묘한 질문에 약이 올랐다.

"위대한 도시 네버무어의 역사는 얼마나 됐을까요?"

"네버무어는 1891년 전, 새의 연대 2기에 건설되었습니다."

"틀렸어요. 네버무어는 별처럼 오래됐고, 눈송이처럼 새로우며, 천둥처럼 강건합니다."

"저, 이건 무리예요! 제가 어떻게—"

"**용기광장**Courage Square **대학살**은 언제 일어났나요?" 퀸 원로가 물었다.

대답을 막 시작했을 때(동쪽바람 연대, 9년 겨울) 무언가 떠올랐다. 모리건은 입을 다물었다. 말이 먼저 나가기 전에 시간을 갖고 머릿속으로 대답할 말을 생각했다. 원로들이 기대하는 얼굴로 모리건을 지켜봤다.

원로들을 기다리게 할까 봐 걱정하지 마.

"**용기광장 대학살**은" 모리건은 머뭇거리며 입을 열었다. "어둠의 날… 에 일어났습니다."

원로들은 아무 말이 없었다. 모리건은 답을 이어 갔다.

"네버무어 역사상 가장 어두웠던 날들 가운데 하루였던, 그날은…" 모리건이 주춤거리는 동안 머릿속에서 단어들이 뒤죽박죽되어 날아다녔다. "그날은 사악함이 선함을 이긴 날이었습니다. 악이 네버무어를 손에 쥐고… 그리고… 영혼이 쏟아지도록 흔들어 댔던 날입니다."

원로들이 모리건을 빤히 쳐다봤다. 모리건은 심장 소리가 귀에서 쿵쿵 울리는 느낌이었다. 무엇을 더 원하는 걸까?

"다시는 되풀이되지 않을 날입니다." 모리건은 마지막으로 그렇게 말했다. 그게 전부였다. 더 이상 지껄일 말도 없었다.

퀸 원로가 미소를 지었다. 작은 미소였지만 모리건은 분명히 볼 수 있었다. 그것은 마치 잡초가 무성한 절망의 화단에 피어난 아주 작은 꽃 한 송이 같았다.

등이 굽은 자그마한 원로가 다시 질문을 할 것 같아서 모리건은 덜컥 겁이 났다. 모리건은 **용기광장 대학살**에 대해 아는 게 별로 없었다. 호손과 『네버무어 야만 행위 대백과』를 공부할 때 중간쯤에서 차를 마시며 쉬다가 나머지 내용을 마저 읽는다는 걸 깜박 잊었다.

모리건은 숨을 죽이고, 이 정도면 할 만큼 한 것이기를 바랐다. 퀸 원로가 다른 원로들을 쳐다보자, 동료 원로들은 무뚝뚝한 태도로 고개를 끄덕이고는 다시 서류를 뒤적였다.

"고마워요, 크로우 양. 이제 가도 됩니다."

———◆———

모리건이 눈을 깜박이며 햇빛 아래로 모습을 드러냈다. 모리건은 주피터가 기다리고 있는 프라우드풋 하우스 계단 아래로 멍하니 내려갔다.

"어땠어?"

"괴상했어요."

"그랬겠지." 주피터는 괴상함이야말로 원드러스협회에 들어가기 위해 거쳐야 할 정식 절차라는 듯이 어깨를 으쓱였다. "그건 그렇고 네 두꺼비 친구는 일찌감치 나왔더라. 자기는 다음 평가전에 나갈 수 있게 됐다고, 너도 같이 가면 좋겠다고 전해 달라던데. 같이 안 가기만 해 보라면서. 그러고 나서 용의 기수 연수 때문에 낸시와 같이 급하게 떠났어. 나는 열한 살짜리가 용을 탄다는 것에 그렇게 샘이 나지는 않는 것처럼 굴어야 했지. 너는, 그… 합격했니?" 주피터가 말끝에 지나가듯이 물었다.

모리건은 받은 편지를 들어 보였다. 자신도 아직 완전히 믿기지 않았다.

"'지원자님, 축하합니다.'" 주피터가 큰 소리로 읽었다. "'당신은 정직성과 추론 능력, 그리고 민첩한 사고력을 증명해 보였으므로, 919기의 다음 평가전에 진출하게 되었습니다. 추격 평가전Chase Trial은 첫해 여름 마지막 토요일 정오에 열립니다. 상세한 내용은 추후 통지함.' 내가 말했잖아. 네가 해낼 거라고 내가 그러지 않았니? 잘했어, 모그. 아주 기쁘다."

모리건은 그 말이 들리지 않았다. 하이파이브 쌍둥이 자매가 프라우드풋 하우스를 나오는 모습이 보였다. 쌍둥이는 울며불며 후원자에게 달려갔다. "우린 모, 못하겠어요!" 첫 번째 쌍둥이가 서럽게 울며 말했다. "우린 주, 준비가 하나도 안 되어 있어요!"

"다, 단 한 개도 기억이 안 나요!"

모리건은 첫 시험을 통과했다는 안도감을 느끼는 한편 쌍둥이가 안됐다는 마음이 들었다. 보나 마나 노엘의 친구인 그 불쾌한 여학생이 쌍둥이 자매의 머릿속에 들어가 자신감을 짓밟아 놓았을 것이다. 모리건은 쌍둥이에게 무슨 말이라도 해 주고 싶었다. 원로들이 원하는 게 어떤 건지 작은 암시라도 넌지시 전해 주고 싶었다. 그러나 주피터가 이미 모리건을 데리고 걷기 시작해 프라우드풋 하우스에서 멀어지고 있었다.

해가 나자, 진입로에 줄지어 선 헐벗은 검은 나뭇가지도 이전처럼 불길한 기운을 풍기지 않았다. 주피터와 함께 진입로를 내려가며 얼굴을 들어 따뜻한 햇볕을 쬐던 모리건은 무심결에 손을 뻗어 죽은 나무 하나를 건드렸다. 타들어 갈 듯 뜨거운 섬광과 작은 자줏빛 불꽃이 손끝에 닿았다. 모리건은 손을 홱 잡아 뺐다.

"아야!"

"왜 그래?" 주피터가 걸음을 뚝 멈춰 섰다. "무슨 일이야?"

"방금 저 나무에 데었어요!"

주피터가 잠시 모리건을 빤히 바라보더니 싱긋 웃었다. "그거 참 이상하구나, 모그. 말했잖아. 불꽃나무는 멸종했어."

주피터는 모리건을 앞서 다시 걸었다. 모리건은 상처 하나 없이 깨끗한 손가락을 유심히 들여다보았다. 조심스럽게 손을 뻗어 다시 나무를 건드렸다. 아무 일도 일어나지 않았다.

모리건은 고개를 저으며 실소했다. 생각을 하다 보면 말도 안 되는 몽상에 빠질 때도 있는 모양이었다.

12장

그림자

1년, 여름

첫 평가전도 끝나고 다음 평가전은 몇 달 뒤에 열릴 예정이었기 때문에, 모리건은 호텔 듀칼리온에서 마음껏 여름을 즐겼다. 낮에는 햇볕이 내리쬐는 재스민 뜰의 수영장에서 물장구를 치다가 훈훈한 저녁이 되면 무도회장에서 춤을 배우고, 바비큐로 저녁 식사를 마친 뒤에는 스모킹팔러에서 자욱한 바닐라 향 연기("오감을 이완시켜 행복한 꿈을 꾸게 한다")에 느긋하게 몸을 맡기고 긴 휴식을 취했다. 이따금 모리건의 생각은 시간

을 거슬러 크로우 저택으로 흘러들 때가 있었는데, 여름만 되
면 할머니가 살짝 친절해졌던 기억이 떠오르거나 새어머니가
아이를 낳았을지 궁금해지기도 했다. 하지만 찰리의 말 손질을
돕고 프랭크의 부탁으로 다음 파티를 위한 메뉴의 맛을 보느라
바빠 그런 생각에 오래 빠져 있지는 않았다.

　때때로 챈더 여사가 그 유명한 여섯 명의 구혼자(챈더 여사는
"일요일을 제외하고 매일 밤 한 명씩"이라고 태연하게 설명했다)를
만나기 위해 저녁에 입을 의상을 고르는 일로 모리건에게 도움
을 요청했다. 모리건은 챈더 여사와 함께 수천 벌은 족히 되는
아름다운 드레스와 구두와 장신구가 가득한 옷장(넓이가 호텔
로비와 맞먹었다) 속으로 뛰어들어 그날 만날 상대에게 더없이
완벽하게 어울리는 복장을 찾아냈다. 선택된 옷을 입은 챈더
여사는 주피터가 '월요일 선생'이라고 별명 붙인 남자와 저녁
식사를 하고 춤을 추거나, '주중의 수요일 씨'와 공원을 산책하
거나, '목요일 경'과 극장에서 밤을 보내곤 했다.

　듀칼리온에서 지내는 하루하루는 신기한 일의 연속이었다.
케저리가 6층 벽을 넘나드는 성가신 유령을 내보내려고 초자
연현상서비스 사람들을 부른 일도 그중 하나였다. 케저리는 귀
찮게 하지만 않으면 유령이 옆에 나타나든 말든 개의치 않는
편이라고 했다. 하지만 이번 유령은 계속해서 찾아왔다. 초자
연현상서비스를 부른 것만 해도 벌써 세 번째였다. 케저리가

직접 그 유령을 본 적은 없지만, 유령이 출몰했다는 소문과 뒷이야기 때문에 몹시 겁에 질린 투숙객 몇 명을 다른 층으로 이동시켜 주어야 했다. 모리건은 허락을 받고 유령 쫓는 의식을 구경했지만, 상상만큼 인상 깊지는 않았다. 유령이 호텔에서 쑥 빠져 날아가 버리는 모습을 볼 수 있을까 기대했지만, 초자연현상서비스 사람들은 샐비어만 잔뜩 태우고 요상한 춤만 실컷 추고는 케저리에게 450크레드짜리 청구서를 남기고 가 버렸다.

하지만 여름이 되면서 가장 실망스러웠던 일은 따로 있었다. 유령 퇴치 의식보다 *훨씬* 실망스러웠던 것은 주피터와 만나는 시간이 점점 줄어들었다는 점이었다. 주피터는 탐험가연맹의 일 때문에 불려 가거나, 끝없이 생기는 회의와 저녁 식사 약속과 파티에 참석해야 한다며 황급히 달려 나갔다.

"안 좋은 소식이 있어, 모그." 어느 목요일 오후 주피터가 둥근 대리석 난간을 타고 로비로 미끄러져 내려왔다. 모리건은 로비에서 마사와 함께 냅킨을 백조 모양으로 접고 있었다.

마사가 접은 냅킨은 흠잡을 데 없는 백조처럼 보여서, 언제라도 날아올라 편대비행을 할 것 같았다. 모리건이 접은 백조는 백조라기보다 술 취하고 성난 비둘기에 더 가까웠다. "내일 밤에 너와 호손을 데리고 바자에 갈 수 없게 됐어. 일이 생겨서."

"또요?"

주피터는 밝은 구릿빛 머리를 쓸어 넘기고 나서, 서둘러 셔츠를 바지의 허리춤에 쑤셔 넣고 멜빵을 제자리에 채웠다. "그럴 것 같다, 얘야. 네버무어교통국에서 연락이 왔는데—"

"또요?" 모리건이 도돌이표처럼 말했다. 교통국은 여름 내내 사람을 보내 주피터를 듀칼리온에서 데려갔다. 보통은 그게 뭔지는 몰라도 "고사메르 노선의 울림 현상" 때문에 주피터에게 도움을 청하는 정도였는데, 3주 전에 또 열차가 탈선해서 사망자가 두 명이나 발생했다. 이 뉴스가 일주일 내내 주요 기사로 보도되면서 듀칼리온은 사건을 일으킨 사람이 누구인지, 사건에 어떤 의미가 담겨 있는지 등에 관한 뜬소문으로 야단법석이었다. 직원 몇 명이 공황 증세까지 보이는 바람에 주피터는 *원더스미스*라는 말을 입 밖에 내지 않도록 함구령을 내렸다.

"제가 모리건을 데리고 가면 돼요." 마사가 나서서 말했다. "내일은 밤 근무가 없는 날이고, 찰리가 저를 데리고, 아니, 그러니까 맥앨리스터 씨하고 저하고요. 음, 찰리가 바자에 갈 거라면서 물어봤거든요. 함께 가도 좋을 것 같아서요." 마사의 얼굴이 새빨갛게 물들었다. 마사와 호텔 운전기사인 찰리 맥앨리스터가 서로 좋아한다는 건 듀칼리온에서 누구나 아는 사실이었다. 아직도 그게 비밀인 줄 아는 사람은 오로지 둘뿐이었다.

"괜찮네, 마사. 자네와 찰리는 두 사람만 신경 쓰기도 벅차지 않겠나." 주피터가 능청스럽게 웃었다. "우리도 곧 가자, 모그. 약속할게."

모리건은 실망을 감추기가 힘들었다. 네버무어 바자는 유명한 장터 축제로 여름 내내 금요일 밤마다 열렸다. 바자를 보려는 사람들이 일곱 개의 포켓 전역에서 모여들었고, 그중 많은 이들이 호텔 듀칼리온에 투숙했다. 금요일마다 해질 무렵이 되면 투숙객들은 모험이라도 떠나듯 마차와 열차를 탔고, 토요일 아침이면 신나는 목격담과 사진과 사들인 물건들을 견주어 보며 브런치를 즐겼다. 하지만 모리건은 여름의 반이 지나도록 바자에 가지 못했다. "다음 주에요?" 모리건이 기대를 갖고 물었다.

"그래, 다음 주에. 꼭 가자." 주피터는 녹색 외투를 움켜쥐고 정문을 열어젖히다가 걸음을 멈추고 뒤를 돌아봤다. "잠깐, 다음 주는 안 되겠다. 플록스Phlox II로 가는 게이트웨이에서 일정이 있어. 끔찍한 곳이야. 플록스 I의 그 흡혈곤충 떼라니, 그중에 마음에 드는 건 하나도 없어." 주피터는 생강색 턱수염을 긁으며 힘없이 빙그레 웃었다. "어떤 일을 좀 처리할 거야. 참, 잭이 다음 주말에 관현악단 캠프를 마치고 집에 올 거야. 남은 여름은 이곳에서 지낼 거고. 그럼 다 같이 가면 되겠다. 셋이 같이. 아니, 넷이 같이. 호손까지."

모리건은 주피터의 조카가 기숙학교에서 생활하다 학기가

끝나면 듀칼리온에서 지낸다는 사실을 깜박 잊고 있었다. 마사는 잭이 주말에도 가끔 호텔에 온다고 했지만, 지금까지 잭 비슷한 그림자도 본 적이 없었다.

주피터는 뒷걸음질로 다시 들어와 우산을 집다가 그대로 멈추고는 모리건을 이상하게 쳐다봤다. "계속 악몽을 꿨니?"

"네? 아니에요." 모리건이 얼른 대답하고는 곁눈질로 마사를 살폈다. 마사는 갑자기 부산스럽게 백조 냅킨의 개수를 세며 아무 말도 못 들은 체했다.

주피터가 눈에 보이지 않는 파리를 쫓는 것처럼 모리건의 머리 주위를 손으로 휘저었다. "아니야. 꿨어. 나쁜 꿈이 네 주변을 얼쩡거리고 있어. 무슨 꿈을 꾸는 거니?"

"꿈 안 꿔요." 거짓말이었다.

"증명 평가전 꿈이구나. 그렇지? 그 걱정은 하지 말라니까."

"걱정 안 해요." *거짓말이다.*

"그래야지." 주피터가 천천히 고개를 끄덕이고는, 모리건이 앉아 있는 의자 위로 몸을 숙여 귀에 대고 말했다. "바자 일은 정말 미안하다, 모거스."

"모리건이에요." 모리건이 이름을 정정하며 손을 뻗어 뒤집힌 주피터의 옷깃을 바로잡아 주었다. "신경 쓰지 마세요. 호손이랑 같이 다른 걸 하면 돼요."

주피터는 고개를 한 번 까딱이고 주먹으로 모리건의 팔을 장난스럽게 툭 친 뒤 호텔을 나갔다.

◆

다음 날 아침, 모리건이 아침 식사를 하는 식당의 자리에 웬 남자아이가 있었다. 그 애는 모리건이 늘 앉던 자리에 앉아서 모리건이 먹어야 할 토스트를 먹고 있었다.

남자아이는 키가 컸고 나이는 열두 살이나 열세 살 정도로 보였다. 얼굴은 「센티넬」지에 가려 거의 보이지 않았지만 신문 위로 검고 숱이 많은 정수리가 눈에 들어왔다. 신문을 넘기고 블러드오렌지 주스를 홀짝이면서 그곳이 자기 자리인 양 의자 에 등을 기댔다.

모리건은 조용히 목청을 가다듬었다. 남자아이는 꼼짝도 않 고 신문만 쳐다봤다. 모리건은 잠시 기다리다가 큰 소리로 기 침을 했다.

"아프면 나가." 남자아이가 명령조로 말했다. 신문이 또 한 장 휙 넘어갔다. 가느다란 갈색 손가락이 나타나 토스트 한 조 각을 집어 들더니 다시 신문 뒤로 사라졌다.

"아픈 거 아니야." 모리건이 무례한 태도에 어이없어하며 말 했다. "투숙객은 여기 내려오면 안 돼. 길을 잃었니?"

남자아이는 모리건이 묻는 말이 들리지 않는다는 듯이 행동했다. "전염되는 것만 아니면 있어도 돼. 하지만 신문을 읽는 동안은 말 걸지 마."

"내가 여기 있어도 된다는 건 나도 알아." 모리건은 키가 더 커 보이도록 똑바로 섰다. "나는 여기 살아. 네가 앉아 있는 자리가 *내* 의자고."

이 말에 남자아이가 비로소 천천히 신문을 내렸고, 언짢은 얼굴에는 극도로 불쾌한 표정이 드러났다. 아이는 한쪽 눈썹을 둥글게 휘고 입을 비죽이 일그러뜨린 얼굴로 모리건을 아래위로 훑었다.

처음 만난 사람이 이런 반응을 보이는 일에는 익숙했다. 모리건이 놀란 건, 남자아이의 불쾌한 태도가 아니라 왼쪽 눈을 가린 검은 가죽 안대 때문이었다. 모리건은 안대를 보자마자 주피터의 서재에서 보았던 사진 속 인물과 동일인이라는 걸 깨달았다. 이 아이가 바로 존 아르주나 코라파티였다.

그럼 *얘가* 잭이구나.

잭은 신문을 접어 무릎 위에 얹었다. "*네* 의자라고? 고작 5분 정도 살았다고 이 의자가 네 거라는 거야? 나는 여기서 5년을 살았어. 여기가 *바*로 내가 아침을 먹는 자리야."

"네가 아저씨의 조카구나."

"너는 삼촌의 지원자고."

"아저씨한테 내 얘기 들었어?"

"당연하지." 잭은 신문을 탁 펼쳐 들고 다시 그 위로 얼굴을 파묻었다.

"나는 네가 다음 주말에나 올 줄 알았어."

"잘못 알고 있었네."

"아저씨는 플록스 II에 가셨어."

"그건 알고 있어."

"어떻게 빨리 오게 된 거야?"

잭이 한숨을 푹 쉬더니 신문을 내렸다. "주브 삼촌이 네 비기가 뭔지 말해 주지 않더라니. 뭔가를 읽으려고 할 때 귀찮게 구는 게 네 비기인가 보지."

모리건은 잭의 맞은편에 앉았다. "그레이팬츠 재수소년학교에 다니는 거 맞지?"

"그레이스마크 청년수재학교야." 잭이 쏘아붙였다.

모리건은 천연덕스럽게 웃었다. 사실 학교 이름은 알고 있었다. "거기는 어때?"

"아주 좋아."

"왜 너는 아저씨처럼 원드러스협회에 들어가지 않았어? 시험은 봤어?"

"아니." 잭은 신문을 다시 접고, 토스트 한 조각을 입에 쑤셔 넣고, 반쯤 남은 찻잔을 낚아채듯 들고서 자리를 박차고 일어나 식당을 나가 계단으로 올라갔다.

모리건은 잭이 어느 침실을 쓰는지, 그 침실은 어떻게 생겼는지, 잭의 부모님은 어디에 사는지, 눈은 왜 그렇게 되었는지, 왜 협회에 들어가려고 하지 않았는지, 그리고 잭과 그다지 유쾌하지 않은 자리를 함께해야 하는 나머지 여름날을 어떻게 헤쳐 가야 할지, 궁금하고 막막했다.

아끼는 의자와 토스트를 되찾으면서, 모리건은 내일부터 잭보다 더 일찍 일어나서 식당에 내려와야겠다고 다짐했다.

───◆◆───

"누군가 뜨거운 부지깽이로 도려냈겠지." 그날 밤 모리건과 함께 스모킹팔러(연분홍빛 장미 향 연기가 "다정다감한 성격을 북돋아 주었다")에 보드게임을 가져와 놀면서 호손이 말했다. "종이 자르는 칼에 찔렀거나. 아니면 살을 파먹는 벌레를 눈꺼풀 밑으로 집어넣어서 벌레가 다 먹어 치운 건지도 몰라. 뭐 그런 식이었을 거야."

"윽." 모리건이 몸서리를 쳤다. "누가 그런 짓을 해?"

"그 애를 좋아하지 않는 이유가 있는 사람이지." 호손이 말했다.

"그럼 그 애를 만난 적이 있는 사람이면 누구든 될 수 있겠네."

호손이 씩 웃더니, 상자 안에 든 것을 살펴보고는 실망한 표정으로 물었다. "우리 *정말로* 이걸 할 건 아니지?"

"할 거야." 모리건이 알록달록한 상자를 열었다. 모리건은 저녁을 즐겁게 보낼 작정이었다. 그래야 주피터가 나중에 물었을 때, 네버무어 바자에 가자던 약속을 5주 연속 취소했어도 전혀 상관없다고, 정말 괜찮다고 진심으로 말할 수 있기 때문이었다.

"행복한 가정주부? 허, 말도 안 돼… 열 살이 된 뒤로 이런 건 안 했어."

모리건은 호손의 말을 무시하고 보드판을 펼치기 시작했다. "나는 친절한 할머니인 퍼들덤프 부인을 할게. 너는 피어스페이스 씨를 맡으면 돼. 직장에 다니는 불만 많은 여자야. 좀 구닥다리지? 나 먼저 한다."

모리건은 주사위를 던지고 말을 움직인 뒤 보드판 가운데 놓인 카드를 한 장 집어 들고 읽었다. "당신은 꽃꽂이경연대회에서 우승했습니다. 상을 받으세요. 자수 앞치마, 힘들게 일하는 남편을 위해 저녁 요리를 할 때 입으면 안성맞춤이에요. 남편이 퇴근하기 전에 입술 화장을 고치고 머리를 매만지는 거 잊지 마세요." 모리건은 카드를 그대로 내려놓더니 보드판을 정리하기 시작했다. "좋아. 그럼, *네가* 하고 싶은 건 뭐야?"

"뭘 것 같아? 당연히 네버무어 바자에 가는 거지. 우리 호머

형이 친구들이랑 같이 가는데, 자기를 모른 척하겠다고 약속만
하면 틀림없이 와도 된다고 할 거야."

"나는 못 가. 난 아저씨 없이 혼자서 호텔을 나가면 안 돼."

"그게 규정이야?" 호손이 물었다. "아저씨가 정말로 그렇게
말했어? 만일 그게 규정이라고 말한 게 아니라면, 그건… 권유
에 가까운 거잖아."

모리건은 한숨을 쉬었다. "세 가지 규정이 있어. 이건 외워
두라고 하셨거든. 첫째, 문이 잠겨 있고 내게 열쇠가 없을 때는
들어가면 안 돼. 둘째, 아저씨 없이 듀칼리온을 나가면 안 돼.
셋째… 셋째는 잊어버렸어. 남관에 관한 거였는데. 어쨌든, 그
건 중요한 게 아니고. 나는 못 가."

호손은 생각에 잠겼다. "그 첫 번째 규정은 어떤 문이든 잠기
지 않았으면 들어가도 된다는 뜻이야?"

"그런 것 같아."

호손이 놀란 듯 눈을 동그랗게 떴다. "멋진데."

그때부터 모리건과 호손은 여섯 개 층의 복도를 오르내리면
서, 그 일이 지루해질 때까지 문손잡이를 달가닥거리며 잡아
당겼다. 하지만 듀칼리온에서 문이 잠기지 않은 방은 두 사람
이 이미 수백 번은 들락거렸던 방들뿐인 듯했다. 결국 행복한
가정주부 게임이나 해야겠다고 생각하며 포기하려던 그때, 마
침내 서관 8층에서 느낌이 왔다.

"이거 어디서 보던 건데." 모리건이 역시나 잠겨 있는 문의 손잡이를 잡고 달그락거리며 말했다. 이 문은 같은 층의 다른 문들과 달랐다. 손잡이가 튼튼한 황동이 아니라 가는 줄을 꼬아 놓은 문양이 정밀하게 세공된 은이었고, 끝에는 두 날개를 활짝 편 자그마한 오팔 새가 달려 있었다. "이건 꼭 내… 아, 맞아! *여기서 기다려 봐.*"

모리건은 5층까지 한달음에 뛰어 내려갔다가 돌아왔다. 숨을 헐떡이면서도 한 손에는 의기양양하게 우산을 꽉 움켜잡고 있었다.

호손이 고개를 갸우뚱거렸다. "날이 흐려진대?"

은색 끝부분이 자물쇠에 딱 맞았다. 모리건은 우산을 비틀어서 손잡이를 돌렸다. 문이 기분 좋게 달칵 소리를 내며 열리자 모리건이 미소를 지었다. "그럴 줄 알았어."

"어떻게―"

"아저씨가 이걸 생일 선물로 줬거든." 설명을 하자니 마음도 한층 들떴다. "아저씨는 이렇게 될 줄 알고 계셨을까? 나한테 이걸 알아내게 할 *작정*이었나 봐!"

"그래." 호손이 갈피를 잡지 못하는 얼굴로 말했다. "아저씨라면 이런 괴짜 같은 일을 벌일 만도 하지."

방은 컸고 소리가 울렸다. 아무것도 없이 텅 빈 방에 보이는 것이라고는 바닥 한가운데 놓인 유리등이 전부였다. 유리등 안에 불이 켜진 초 하나가 들어 있어, 따스한 금빛이 캄캄한 방 안을 은은하게 밝혔다.

"묘하다." 호손이 중얼거렸다.

묘한 정도가 아니었다. 문이 잠긴 8층의 빈방에 불이 켜진 채 방치된 초라니, 모리건은 뭔가 이상하다는 느낌이 강하게 들었다. 일단 불이 날 위험이 있었다. 또 으스스했다.

등에 가까이 다가갈수록, 촛불 때문에 두 사람의 그림자는 점점 더 커다란 괴물처럼 변했다. 호손은 등을 구부정하게 꺾 고 좀비처럼 신음 소리를 내고 걸으며 마구 웃어 댔다. 호손이 발을 질질 끌며 촛불 앞으로 다가가자, 그의 등 뒤로 좀비 그림 자가 엄청나게 크게 자라났다.

그때 이상한 일이 일어났다. 호손은 움직임을 멈추었다. 하 지만 그림자는 멈추지 않았다. 그림자는 호손과 상관없이 살아 있는 생명처럼 좀비 걸음을 걸었고, 벽을 따라 느릿느릿 움직 이다 어두운 구석으로 녹아들듯 사라졌다.

"소름 끼쳐." 모리건이 숨소리처럼 작게 말했다.

"진짜 오싹하다." 호손도 동의했다.

"내가 해 볼게." 모리건은 팔로 뱀 그림자를 만들었다. 뱀 그 림자는 모리건의 팔에서 구불구불 몸을 휘며 떨어져 나와 벽을 타고 스르르 기어가다, 호손이 만든 가엾은 그림자 토끼가 깡 충깡충 뛰어오자 화가 난 것처럼 공격했다.

모리건이 다소 어설픈 솜씨로 만든 고양이는 포효하는 사자가 되어 토끼들을 쫓아다니며 남김 없이 잡아먹었다. 호손이 새를 만들자, 새 그림자는 박쥐가 되어 호손의 눈을 할퀴려는 듯 그의 그림자를 급습했다.

모리건과 호손이 앞다투어 더 무서운 그림자를 만들려고 하면 할수록 피조물들은 점점 더 섬세해졌다. 애써 정교한 모양을 꾸밀 필요도 없었다. 그림자들은 마치 최대한 무시무시해지려고 노력하는 것 같았다. 물고기를 만들면 상어가 되었다가, 빙글빙글 무리 지어 도는 상어 떼가 되고, 호손과 모리건의 그림자를 중심에 두고 소용돌이를 만드는 거대한 상어 허리케인이 되었다. 위협적이면서도 긴장감이 넘치고 정말, *정말* 멋있었다.

"내가… 만드는 게… 뭐냐면…" 호손은 혀를 입 한쪽으로 쑥 내밀고 손가락을 뭔지 모를 복잡한 모양으로 구부렸다. "…용이야."

그러자 아롱거리던 그림자가 순식간에 엄청나게 큰 파충류로 변했다. 벽 위로 커다랗게 솟아오른 짐승은 검은 날개를 사납게 퍼덕이면서 날아올랐다. 높이 솟구치며 머리를 스칠 듯이 두 사람 위로 곤두박질치다가 섬뜩한 입으로 검은 그림자 불꽃을 쏘았다. 호손이 그림자 말을 만들자 소름 끼치게도 용은 바삭바삭하게 태워 세 입 만에 먹어 치웠다.

모리건과 호손은 용이 달려드는 것을 보고 비명을 질렀다.

용이 발톱으로 호손의 그림자를 낚아채서 멀리 날아오르자 그림자 호손이 팔다리를 허우적거렸다. 비명은 이내 웃음으로 바뀌었다.

"내 완승 같은데." 호손이 의기양양하게 웃었다.

"첫째, 이건 경쟁이 아니야." 모리건이 말했다. "그리고 둘째, *내가* 이길 거야."

두 사람은 유리등을 사이에 두고 바닥에 앉았다. 모리건은 손가락을 구부려 근육을 풀었다. 호손이 자칼팩스를 두려움에 떨게 하던 존재를 겁먹게 했다고 생각했다면, 그건 오산이었다. "이야기 하나 해 줄게."

모리건은 두 손을 구부려 대충 사람처럼 보이는 모양을 만들었다. "옛날에, 어린 남자아이가 혼자 숲속을 걷고 있었어."

바람에 흔들리는 키 큰 나무들과, 나무 사이로 얌전히 걷는 그림자 소년을 만들었다.

"아이의 어머니는 늘 숲속을 혼자 돌아다니지 말라고 말했지. 숲에는 마녀가 한 명 살았는데, 마녀가 가장 좋아하는 게 바로 어린 소년을 잘게 썰어서 토스트에 얹어 먹는 거였어. 하지만 소년은 어머니의 말을 귀담아듣지 않았어. 산딸기를 따러 가는 걸 좋아했거든."

모리건은 적당히 마녀처럼 보이도록 몸을 둥글게 말고 손가락을 갈고리 모양으로 구부렸다. 그림자가 저절로 음산한 노파로 변신하면서 무사마귀가 잔뜩 난 매부리코와 뾰족한 모자도 생겨났다. 그림자 마녀는 나무 사이로 소년을 몰래 뒤쫓았다.

"소년은 숲을 잘 안다고 생각했지만, 집으로 돌아가는 길을 찾을 수 없었어. 여러 시간을 헤맸지. 밤이 되자 숲은 캄캄해졌어."

모리건이 올빼미를 파드닥 날아오르게 하자 나뭇가지가 흔들렸다. 그림자 소년은 어깨 너머로 뒤를 돌아보며 몸을 떨었고, 호손도 같이 몸을 떨었다.

"그때 갑자기 뒤에서 거칠고 낮은 노인의 목소리가 들렸어. '내 숲을 돌아다니는 녀석이 누구지?' '누가 내 산딸기를 가져갔지?' 마녀가 말했어."

"소년은 도망치려고 했지만, 마녀는 소년의 목덜미를 낚아채서는 낄낄 웃으면서 집으로 데려갔고 도마에 눕혔어." (모리건은 마녀처럼 낄낄 웃은 부분이 특히 자랑스러웠다.) "마녀가 칼을 높이 쳐드는 순간, 밤을 가르며 울부짖는 소리가 들렸어."

모리건은 강아지 그림자를 만들었다. 그림자는 늑대 한 마리로 변했다가 이내 늑대 무리로 불어났다. 늑대들은 마녀와 소년을 에워싸며 포악하게 으르렁거렸다. 모리건은 늑대를 그렇게 많이 만들 생각이 아니었지만 그림자들에겐 그들만의 생각이 있었다. 그림자는 너무 능수능란했다. 모리건은 이야기가 걷잡을 수 없이 번지기 전에 주도권을 잡아야 했다.

"그때" 모리건은 서둘러 끝내기로 단단히 마음먹고 이야기를 이어 나갔다. "소년은, 음… 소년에게 멀리서 어머니가 부르는 소리가 들렸어. 어머니가 소년을 구하러 클롭 경사라는, 오랫동안 함께 지낸 충실한 말을 타고 오고 있었던 거야. 그리고… 그리고 소년은 어머니가 말을 타고 언덕을 넘어 전력을 다해 달려오는 모습을 보고 환호했어!"

모리건의 말 그림자 인형은 실로 전속력으로 달려 소년과 마녀와 늑대 떼가 우글거리는 곳에 다다랐다. 그러나 말을 타고 와서 이야기를 해결해야 할 영웅적인 어머니는 보이지 않았다. 어머니 같은 건 어디에도 없었다. 어머니가 앉아 있어야 할 자리에는 검은 장총을 든, 해골 같은 몸을 한 남자가 우뚝 솟아 있을 뿐이었다.

"저건 내가 만든 게 아니야." 모리건이 낮게 읊조렸다. 서늘한 공포가 목구멍을 타고 올라왔다. 그림자가 모리건의 이야기를 장악했다.

첫 번째 말 뒤로 여단을 이루듯 말이 불어났고, 말마다 유령 같은 사냥꾼들이 고삐를 쥐고 앉아 있었다. 그림자 마녀와 그림자 소년은 어둠 속으로 숨어 버리고, 늑대 떼는 모리건과 호손을 에워싸며 점점 다가왔다.

모리건은 비명을 질렀다.

모리건이 문을 향해 뛰자 호손도 바짝 뒤따랐다. 환하게 불을 밝힌 복도로 쏟아져 나오고 나서야 모리건은 아무도 쫓아오지 않는다는 걸 깨달았다.

"왜 그래?" 호손이 물었다. "점점 실감 나고 있었는데."

모리건은 고개를 저으며 몸을 떨었다. "그건 내가 한 게 아니었어. 연기와 그림자 사냥단을 이야기에 넣으려고 했던 게 아니라고."

"뭐? 무슨 사냥단?"

모리건은 불안하게 숨을 내쉬며 열한 번째 생일날에 있었던 일을 호손에게 들려주었다. 한 번 말을 꺼내자 그동안의 일이 모두 쏟아져 나왔다. 이븐타이드의 저주와 죽을 운명이었지만 주피터가 찾아왔던 일, 두 사람이 함께 연기와 그림자 사냥단에 쫓기다 시계를 통과해서 호텔 듀칼리온까지 오게 된 일, 자신에게 정말 *정말*로 비기가 없고, 자신이 여기서 무엇을 하고 있는지 전혀 모르겠다는 고백까지 술술 말했다. 모리건은 가장 괴롭고 무서운 부분인 플린트록 경위에 대한 이야기와, 만일 협회에 들어가지 못하면 네버무어에서 쫓겨나 다시 사냥단과 조우해야 한다는 사실도 털어놓았다.

호손은 이야기를 다 듣고 난 뒤에도 잠깐 동안 말이 없었다. 충격을 받은 듯 얼떨떨해 보였다. 모리건은 호손을 바라보며 입술을 깨물었다. 너무 많은 이야기를 한 건 아닌지 걱정됐다. 공화국에서 왔고 네버무어에는 불법체류 중이라는 이야기는 어쩌면 빼는 게 나았을지 모른다. 저주에 대한 부분도. 그밖에 다른 이야기들도 전부.

"기분 나쁘게 듣지 마." 마침내 호손이 입을 열었다. "하지만 이 이야기가 네가 지어낸 이야기보다 *훨씬* 나아."

김이 *팍* 새는 기분이었다. 호손은 모리건의 유다른 부분과 마주할 때면 으레 이런 식으로 대수롭지 않게 받아넘기곤 했지만, 그래도 모리건은 몹시 마음이 놓였다.

"호손, 내 이야기는 *절대*로 어디 가서 말하면 안 돼. 나도 말하지 않기로 했거든. 만일 누가 나에 대해, 만일 플린트록 경위가—"

호손이 새끼손가락을 내밀었다. "모리건 크로우." 그는 엄숙하게 말했다. "아무에게도 말하지 않고 비밀을 꼭 지키겠다고 새끼손가락을 걸고 약속할게."

모리건이 놀라서 눈을 동그랗게 떴다. "새끼손가락을 걸고 뭘 해?"

"새끼손가락을 걸고 약속한다고." 호손이 새끼손가락을 모리건의 얼굴 앞으로 바싹 들이밀었다. "새끼손가락을 걸고 한 약속은 내 평생 한 번도 깬 적이 없어. *절대.*"

모리건은 호손과 새끼손가락을 걸었다. 두 사람은 함께 고개를 *끄덕*였다.

"그럼" 호손이 이마에 주름을 잡으며 말했다. "총을 든 사냥꾼들에게 쫓겨서 거대한 거미를 타고 시계를 통과해 오는 부분을 다시 얘기해 줘."

하지만 모리건이 그 이야기를 할 기회는 오지 않았다. 번뜩 두 가지 생각이 머리를 스쳤기 때문이었다.

1. 모리건과 호손은 소름 끼치는 오싹한 방의 문을 열어 둔 채로 나왔다.
2. 모리건이 만든 그림자 늑대 하나가 방을 탈출해서 복도를 활보하고 있었다.

<hr />

"없어졌을 거야." 호손이 주방을 세 번째로 수색하면서 투덜거렸다. 두 사람이 호텔을 샅샅이 찾아다녔지만 그림자 늑대는 용케도 눈에 띄지 않았다. "다른 그림자도 다 없어졌잖아."

"하지만 없어지지 않았으면 어떡해? 투숙객이라도 마주치면? 사람들이 무서워서 죽으려고 할걸. 그럼 그 가족이 호텔을 고소할 거고, 아저씨는 날 가만두지 않을 거야. 다른 사람이 보기 전에 우리가 먼저 찾아야 돼." 그림자 늑대를 찾는다 해도 어떻게 하면 없앨 수 있는지 방법을 몰랐지만, 지금은 그런 생각을 할 겨를이 없었다.

"뭘 먼저 찾아야 하는데?"

모리건은 정말로 반갑지 않은 목소리를 들었다. 잭이 주방 한구석에 서서 우유를 따르고 있었다.

모리건은 재빨리 둘러댔다. "아무것도 아니야. 상관 마."

잭이 안대를 하지 않은 쪽 눈을 짜증난다는 듯이 굴렸다. "뭔가가 어슬렁거리고 돌아다니면서 사람들을 무서워 죽을 지경으로 만든다면, 그건 내가 상관할 일이야. 잠자러 방에 올라가는 길에 시체가 발에 채이는 건 싫거든. 뭐야?"

"넌 믿지 않을 거야."

"말이나 해 봐."

두 사람은 잭에게 오싹한 방에서 있었던 일을 말했다. 잭은 점점 짜증을 느끼면서 이야기를 들었다. "제발 좀! 그림자의 방에 포악한 늑대 떼를 풀어놓을 거면 나올 땐 적어도 빌어먹을 문을 닫아. 문을 잠가 둔 건 그럴 이유가 있어서야. 들어가긴 어떻게 들어간 거야?"

"나는… 그… 그게, 알고 보니까—"

"그만둬!" 잭이 손을 들어 모리건의 말을 막았다. "나를 공범자로 만들지 마. 삼촌이 *펄펄 뛰겠군.*"

모리건은 인정하기 싫었지만 잭을 만난 건 뜻밖의 행운이었다. 잭은 모리건보다 호텔을 훨씬 더 잘 알았다. 잭은 두 사람을 시설관리 창고로 데려간 다음 손전등 세 개를 꺼냈다.

"잘 들어. 셋이 갈라져서 찾아야 해. 나는 동관을 맡을 거야. 너는" 잭이 호손을 가리켰다. "서관을 맡아. 그리고 모리건, 너는 북관으로 가. 늑대를 발견하면 손전등을 가장 밝은 밝기로 해서 *직접* 빛을 비춰. 도망가게 두지 말고, 그림자가 서서히 사라질 때까지 계속 불을 비춰야 돼."

"복도나 주방 같은 데 말고, 더 어둡고, 숨을 만한 다른 그림자가 있는 어딘가에 있을 거야. 방 안에서 구석 쪽으로 숨어들면, 전등 스위치를 찾아서 방 전체가 환해지도록 불을 켜. 스위치를 찾지 못하면 각자 들고 있는 손전등으로 대신하는 수밖에 없어. 자, 명심해. 찾을 때까지 중간에 포기하면 *안 돼*. 밤을 새더라도 말이야."

모리건은 갈라져서 찾자는 발상이 마음에 들지 않았다. 어떤 일이 있어도 홀로 어둠 속을 더듬으며 굶주린 거대 그림자 늑대를 찾아 헤매고 싶지는 않았지만 어쩔 도리가 없었다. 그림자가 나와서 돌아다니는 건 모리건의 잘못이었다. 모리건이 찾아야만 했다.

북관은 의외로 어두웠다. 모리건은 검은 계단을 기어 내려가 문이 열려 있는 방을 느릿느릿 지났다. 지나다니는 소리를 그림자가 들을 수 있을지 어떨지는 확실히 알 수 없었지만 모험을 할 마음은 없었다. 어둠 속에서 무언가를 찾는 건 쉽지 않았다. 그림자 속에서 어떻게 그림자를 어떻게 찾아야 할까?

그림자 늑대 찾기를 시작한 지 몇 시간은 지난 듯한 기분이 들 즈음, 모리건이 당장이라도 그만두고 나갈 마음을 먹게 된 건 달빛이 비치는 6층 거실의 발코니에서 들리는 소리 때문이었다. 그곳에서 누군가 하늘을 올려다보며 나직이 노래를 부르고 있었다. 안으로 흘러드는 노랫소리를 들으니 노랫말은 알아듣기 어려웠지만 선율은 알 수 있었다. 노래를 부르는 남자도.

모리건은 얇게 비치는 하얀 커튼을 한쪽으로 밀치고 발코니로 나가 만월의 푸르스름한 빛 아래 섰다. 그리고 들고 있던 손전등으로 남자의 얼굴을 비췄다. "존스 아저씨?"

남자가 화들짝 몽상에서 깨어났다. "크로우! 또 보네."

"또 오셨네요." 모리건이 인사했다. "네버무어에 자주 오시나 봐요."

"그래, 가끔 이곳에 볼일이 있거든. 친구들을 만나러 가는 것도 좋아하고." 존스 씨는 약간 멋쩍은 듯 웃으며 손을 들어 눈을 가렸다. 모리건은 손전등을 내렸다. "윈터시 당에서 괜찮다고 할 것 같진 않지만, 그들로선 모르는 게 약일 거야. 우리 비밀 거래는 아직 유효한 거지? 내 일을 다른 데 알리지 않겠지?"

"아저씨가 내 비밀만 지켜 주신다면요." 몸이 떨렸다. 가벼운 저녁 바람이 차갑게 스치고 지나갔다. "여기서 뭘 하고 계세요?"

"아, 그냥… 음악 살롱을 찾고 있어. 내 스위트룸 근처에 있는 줄 알았는데, 길을 잘못 든 것 같아. 몇 년을 드나들었지만 듀칼리온은 아직도 알 수가 없어. 이 멋진 곳을 지나가다 보니 별빛이 쏟아지는 밤하늘을 보며 사색에 잠기고 싶은 유혹을 떨칠 수가 없더라고." 그의 목소리에 아쉬움이 묻어 있었다. "이렇게 아름다운 밤이라니."

"맞아요. 오늘은—" 그때 얼핏 거실 안에서 무언가 움직이는 게 보였다. 모리건은 커튼을 홱 젖히고 손전등을 이리저리 비추어 보았지만, 열린 문으로 들어온 바람에 흔들리는 관목 화분의 가지만 있었다. "어디에 있는 거야?" 모리건이 중얼거렸다.

"뭐 찾는 게 있니?"

"음… 네. 하지만 말씀드려도 아마 믿지 않으실 거예요."

존스 씨가 지긋이 웃었다. "틀림없이 믿을걸."

모리건은 그에게 그림자의 방에 대해 말했다. 존스 씨는 눈썹 하나 까딱하지 않았다. "그런데 내가 만든 그림자 하나가 달아나서 얼른 찾아야 해요. 사람들 눈에 띄면 무서워 죽겠다고 할 거고 그럼 아저씨는 호텔 문을 닫고 빈털터리가 되고 말 거예요. 잭이 그러는데 그걸 죽이려면 빛을 비춰서 사라지게 하는 수밖에 없대요."

존스 씨는 모리건을 비웃거나 거짓말쟁이로 여기지 않았고, 심지어 눈곱만큼도 놀란 기색을 보이지 않았다. "그 그림자를 네가 혼자 만들었다고?"

"그렇다고 할 수도 있고. 뭐랄까… 저절로 그렇게 변했어요."

존스 씨는 묘하게도 깊은 감명을 받은 표정이었다. "흠, 무서운 그림자라고 했지?"

"그 그림자들은 전부 다 무서워요. 새끼 고양이처럼 귀여운 걸 만들어도 하나같이 사람을 잡아먹는 호랑이나 그런 맹수로 변하거든요. 일부러 무서워지려는 것 같아요."

"그건 당연해."

뜻밖의 대답이었다. "그런가요?"

"그림자는 그림자란다, 크로우 양." 존스 씨의 눈에 달빛이 반짝였다. "그들은 어둠이 되고 싶어 하지."

모리건은 그림자 늑대가 그곳에 있다면 당장 잡히기를 바라며 기습 공격을 하듯 손전등을 사방으로 마구 휘둘렀다. 불빛이 깜박거리더니 점점 약해졌다. 모리건은 손전등 옆을 탁탁 때렸다. "건전지 수명이 거의 다 된 것 같아요." 손전등은 마지막으로 한 번 깜박거리고 완전히 꺼져 버렸다. 모리건은 한숨이 나왔다.

"그게 문제가 되는지는 잘 모르겠는데." 존스 씨가 말했다. "크로우 양, 그림자 죽이는 법을 알려 주었다는 그 친구가―"

"친구는 *아니에요*―"

"―단순히 재미로 크로우 양을 골려 먹은 게 아닐까 싶어." 존스 씨가 달래는 듯한 미소를 지었다. "크로우 양이 만든 악당 그림자는 틀림없이 저절로 사라졌을 거야."

모리건이 미간을 찡그렸다. "그걸 어떻게 알아요?"

"내가 듀칼리온에 묵은 게 한두 해가 아니란다. 그동안 듀칼리온이 간직한 비밀을 조금은 알게 됐는데 말이야. 내가 알기로는 그림자의 방에서 만들어진 건 그저 환각에 지나지 않아. 그냥 극장 같은 거지. 사람을 해치지는 못해."

"그거 확실한 거예요?"

"확실해."

안도감이 물밀 듯이 밀려들었다가 이내 싸늘한 분노로 바뀌었다. *허상을 쫓느라 이 오랜 시간을 낭비했단 말이야?* "잭, 가만두지 않을 거야."

존스 씨가 빙긋 웃었다. "진짜 늑대를 보내 따끔한 맛을 보여 줄 수 없는 게 안타깝구나. 자, 나는 그만 자야겠어. 아침에 떠날 예정이거든. 잘 자라, 크로우 양. 그리고 잊지 마라. 내 고용주의 제안은 언제나 유효하다는 걸."

존스 씨가 완전히 사라지고 난 뒤에야 모리건은 찾고 있던 그림자가 늑대라는 사실을 말해 준 적이 없다는 걸 깨달았다.

———◆◆———

"뭐야, 너. 너는 북관을 찾아보기로 했잖아!"

텅 비고 어둑한 동굴 같은 로비에 홀로 남은 잭은 2인용 소파에 느긋하게 앉아서 겉표지를 천으로 꾸민 책을 읽고 있었다. 조금씩 천천히 자라나는 샹들리에는 여전히 유아기인 상태로 머리 위에서 힘없이 가물거렸다. 잭이 손전등으로 얼굴을 비추는 바람에 복도에서 로비로 들어선 모리건은 순간 앞이 거의 보이지 않았다.

"찾아봤어, 이 *비열한 자식.*" 모리건은 왔던 길을 흘긋 뒤돌아봤다. "저기가 북관이잖아."

"아니야." 잭은 약간 당황한 모습이었다. "저쪽은 남관이야. 내부 수리 때문에 문을 닫았고, 위험해. 어떤 경우에도 들어가면 안 돼. 글 못 읽어?"

잭이 **내부 수리로 휴관함. 위험. 어떤 경우에도 절대 들어가지 말 것**이라고 적힌 안내문을 가리켰다. 모리건은 그 경고문을 그냥 지나쳤다. *아이코.*

"그건, 너 때문이야!" 모리건이 식식거리며 말했다. "넌 거짓말을 했어, 잭. 우린 그 멍청한 늑대를 찾아 호텔을 사방팔방 돌아다닐 필요가 없었다고."

"네가 남관에 간 걸 본 사람 있어? 피네스트라가 가만두지 않을—"

"남관이건 뭐건 알 게 뭐야? 너는 그림자가 저절로 사라진다는 걸 알고 있었지? 넌 거짓말쟁이야."

잭은 죄책감 같은 건 조금도 느끼지 않는 표정이었다. "네가 어리숙한 게 내 잘못은 아니잖아. 다음번에는 머리란 걸 좀 써

봐." 잭은 얼굴을 찡그리고 고개를 흔들며 중얼거렸다. "어떻게 삼촌은 *너* 같은 애가 원드러스협회에 어울린다고 생각하는지 알 수가 없다. 안내문도 못 읽는 애를."

"질투하는 거니? 그거구나?" 모리건은 잭이 앉은 자리 옆으로 손전등을 던졌다. "아저씨가 네가 아니라 나를 지원자로 선택해서 질투가 나?"

잭이 눈을 가늘게 떴다. "뭐, 너 방금, *질투? 너를?* 내가 왜 너를 질투하겠어? 너는 비기도 없는데! 네 입으로 그랬잖아. 아까 그림자의 방—"

모리건은 깜짝 놀라 숨을 몰아쉬었다. "*너 우리를 엿보고 있었구나!*"

그때 호손이 로비로 뛰어 들어오며 손전등으로 자신의 얼굴을 비추고 미친 듯이 웃었다.

"*음하하, 나는 그림자 도살자 호손이다. 나를 두려워해야 할 것이다, 그림자 늑대야. 너의 운명이 내 손에 달렸도다.*"

"너무 늦었어, 그림자 도살자." 모리건이 호손의 손전등을 채 가서 잭에게 던졌다. "그림자는 이미 죽었어."

"이런." 호손이 어깨를 축 늘어뜨렸다. "그림자를 무찔렀을 때 부를 승리의 노래를 이제 막 만들었는데. 너한테 춤도 가르쳐 주려고 했단 말이야."

모리건은 호손을 금색 유리 승강기로 데리고 가며, 로비에 목소리가 울릴 정도로 크게 말했다. "주피터의 족제비 같은 조카에 관한 노랫말로 개사를 하면 되잖아. 사람을 염탐하고 거짓말을 하고 미움받을 짓만 한다고."

"아니면 삼촌의 재능 없는 지원자에 대한 건 어때, 멍청해서 그림자가 만들어지는 원리도 모르고 호텔을 뛰어다니면서 바보 같은 짓만 한다고 말이야." 잭이 다시 소파에 몸을 기대고 책으로 눈을 돌리며 말했다.

모리건은 승강기에서 내릴 층의 버튼을 쿡 찔렀다. 아직도 속이 부글부글 끓었다. 콧노래를 흥얼거리던 호손은 승강기 문이 닫힐 때 모리건을 돌아보았다.

"*족제비 같은 조카*는 운을 어떻게 맞출까?"

네버무어 : 모리건 크로우와 원드러스 평가전 1

초판 1쇄 인쇄 2018년 8월 1일
초판 1쇄 발행 2018년 8월 5일
초판 2쇄 발행 2018년 8월 10일
초판 3쇄 발행 2018년 8월 20일

지은이 제시카 타운센드
옮긴이 박혜원

펴낸이 김연홍
펴낸곳 디오네

출판등록 2004년 3월 18일 제313-2004-00071호
주소 서울시 마포구 성미산로 187 아라크네빌딩 5층(연남동)
전화 02-334-3887   **팩스** 02-334-2068

ISBN 979-11-5774-608-8 04840
          979-11-5774-607-1 04840(세트)